HEYNE BÜCHER



SCIENCE FICTION

Herausgegeben
von Wolfgang Jeschke

Ein vollständiges Verzeichnis aller
im HEYNE VERLAG erschienenen STAR TREK-Romane
siehe im Anschluß an den Band.

STAR TREK
VOYAGER™

MARK A. GARLAND
&
CHARLES G. MCGRAW

# GEISTERHAFTE VISIONEN

*Roman*

**Star Trek®**
**Voyager™**
**Band 7**

Deutsche Erstausgabe

WILHELM HEYNE VERLAG
MÜNCHEN

HEYNE SCIENCE FICTION & FANTASY
Band 06/5407

Titel der amerikanischen Originalausgabe
STAR TREK®
VOYAGER™
GHOST OF A CHANCE
Übersetzung aus dem Amerikanischen von
ANDREAS BRANDHORST

*Umwelthinweis:*
Dieses Buch wurde auf
chlor- und säurefreiem Papier gedruckt.

Redaktion: Rainer Michael Rahn

Erstausgabe bei POCKET BOOKS,
a division of Simon & Schuster, Inc., New York

Umschlagbild: POCKET BOOKS/Simon & Schuster, New York
Printed in Germany 1997
Umschlaggestaltung: Atelier Ingrid Schütz, München
Technische Betreuung: M. Spinola
Satz: Schaber Satz- und Datentechnik, Wels
Druck und Bindung: Ebner Ulm

ISBN 3-453-12644-0

*Für meine Frau Geneviève.*
*Sie macht den großen Unterschied.*

M.A.G.

*In Liebe und Dankbarkeit jenen Frauen, die*
*mein Leben bestimmt haben:*
*Elizabeth, Nancy, Nora.*
*Mutter, Frau und Tochter.*

C.G.M.

Wir danken Tyya Turner und John Ordover
für die Chance, die *Voyager*
bei ihrer Odyssee zu begleiten.

Besonderer Dank gebührt Angela Frey.
Sie half dabei,
die Ecken und Kanten zu glätten.

# 1

Commander Chakotays Seelengefährte besuchte ihn häufig in seinen Träumen. Mit ihm kamen nicht etwa Unruhe und Verwirrung, sondern Klarheit und Visionen, die die äußere Welt wie das innere Universum für Chakotay durchschaubarer machten. Doch es war nicht jener Seelengefährte, der in dieser Nacht die Gedanken und Empfindungen des schlafenden Commanders berührte. Statt dessen kam ein Geist.

Der Entität fehlte eine substantielle Gestalt – sie machte sich als ein kühler Luftzug bemerkbar. Langsam kam sie näher, tastete erst vorsichtig und zögernd nach dem Ruhenden. Doch ihre Unsicherheit währte nicht lange. Der Kontakt schien den Geist zu stimulieren, und daraufhin begann er mit einer Veränderung. Chakotay spürte so etwas wie ... Aufregung. Plötzlich sah er ins Selbst des Wesens.

Ihm präsentierten sich Bilder, die weniger fremdartig wirkten wie das Geschöpf, das sie brachte. Er sah eine herrliche Welt voller Leben, ausgestattet mit einer weiten und sehr vitalen Wildnis. Sie bewegte sich, und zwar so schnell, daß der Commander keine Einzelheiten mehr erkennen konnte. Als die Bilder wieder klare Konturen gewannen, sah er eine große Siedlung zwischen den Bäumen, das pulsierende Leben einer primitiven Kultur. Ihre Details blieben ihm verborgen, doch der allgemeine Eindruck veranlaßte ihn, an seine Vorfahren zu denken, an die indianischen Völker vor etwa tausend Jahren.

Die Häuser bestanden aus den Materialien, die der Wald zur Verfügung stellte, und das galt auch für die Kleidung. Nirgends gab es Anzeichen von Not oder Krieg. Auch diese Bilder blieben nur von kurzer Dauer und wichen anderen, die Chakotay mit Tod und Zerstörung konfrontierten. Ein anderer Ort? Eine andere Zeit?

Er beobachtete, wie sich der Boden öffnete, wie Meere verdampften und Berge das glutflüssige Innere des Planeten gen Himmel schleuderten. Die Welt schien entschlossen zu sein, mit heftigen Erdbeben und zornigem Feuer sich selbst und alles auf ihr zu vernichten.

Der Geist und die Bilder zogen sich aus Chakotays Bewußtsein zurück und hinterließen eine Botschaft, die in seinem mentalen Kosmos widerhallte – bis er schließlich erwachte. Er richtete sich auf, und das stumme Bitten des Geistes filterte durch seinen Kopf, um von den Wänden der Unterkunft reflektiert zu werden.

Der Fremde hatte einen verzweifelten Hilferuf an ihn gerichtet.

Chakotay betrat die Brücke der *Voyager* und sah sofort zu Harry Kim an der Funktionsstation. Das leise Zischen der aufgleitenden Tür veranlaßte den Fähnrich, von den Kontrollen der Konsole aufzublicken. Für Kim, jüngstes und unerfahrenstes Mitglied der Brückencrew, war die Mission der *Voyager* in den Badlands der erste Einsatz im All gewesen. Inzwischen hatte er mehr als einmal Gelegenheit erhalten, seine Tüchtigkeit zu beweisen.

»Status?« fragte Chakotay.

»Wir erreichen das Drenar-System in elf Minuten«, erwiderte Kim. Ein anderer Fähnrich griff nach einem Datenblock mit dem aktuellen Statusbericht und brachte ihn dem Commander. Chakotay sah kurz aufs Display und ließ seinen Blick dann über die Brücke schweifen. Seine Aufmerksamkeit verharrte kurz bei zwei Personen, zuerst bei Lieutenant Tom Paris. Der Terraner saß am Navigationspult und bedachte Chakotay mit einem Lächeln, das jetzt nicht mehr ganz so arrogant wirkte. Zwar stammte er aus einer Admiralsfamilie, aber seine manchmal übertriebene Selbstsicherheit ging nicht etwa darauf zurück; sie basierte auf Talent und Erfahrung.

Die zweite Person war Lieutenant Tuvok, einziger Vulkanier an Bord. Er stand an der taktischen Station rechts von Chakotay, und sein Interesse galt allein den Anzeigen seiner Konsole – offenbar hielt er sie für wichtiger als etwas so Banales wie einen Gruß. Daran gab es für den Ersten Offizier nichts auszusetzen. Die *Voyager* flog ständig durch unbekannten, unerforschten Raum, und deshalb kam der taktischen Station besonders große Bedeutung zu.

Chakotay holte tief Luft und gelangte zu dem Schluß, daß alles in Ordnung war. Er empfand diese Erkenntnis als sehr beruhigend und ließ den Atem langsam entweichen, fühlte dabei, wie sich die Reste der Anspannung in ihm verflüchtigten. Die Erinnerungen an Träume und Visionen der vergangenen Nacht hafteten nach wie vor in seinem Gedächtnis, aber sie verloren nun ihren Platz in der Realität – es hatte sicher keinen Sinn, weitere Gedanken an sie zu vergeuden.

*Ein Traum, weiter nichts,* dachte er und versuchte, die Bilder ganz aus sich zu verbannen.

Die Visionen waren so intensiv gewesen, daß er fast damit gerechnet hatte, im Kontrollraum konkrete Hinweise auf die Existenz fremder Geschöpfe zu finden. Er hatte sogar die Logbücher und Aufzeichnungen der vergangenen Dienstschichten überprüft, um festzustellen, ob während seiner Ruheperiode irgend etwas Ungewöhnliches geschehen war. Doch das schien nicht der Fall gewesen zu sein.

Chakotay setzte sich wieder in Bewegung, schritt übers untere Deck der Brücke, vorbei an grauschwarzen Wänden und Geländern. Das elektronische Glühen der vielen Displays an den technischen und wissenschaftlichen Stationen wirkte irgendwie tröstlich.

»Noch sechs Minuten, Commander«, sagte Kim.

»In Ordnung. Captain zur Brücke.« Bei den letzten drei Worten hob Chakotay die Stimme, um das Interkomsystem zu aktivieren. Zwar stellte das Drenar-System nur eine Zwischenstation für die *Voyager* dar, aber Kathryn Janeway verband besondere Pläne damit. Sie und Tuvok hatten eine neue, bisher lediglich theoretische Methode entwickelt, die Deuteriumtanks des Impulstriebwerks wieder aufzufüllen. In wenigen Minuten wollten sie ihre Ideen in der Praxis erproben.

Kurze Zeit später kam Captain Janeway auf die Brücke, dichtauf gefolgt von dem Talaxianer Neelix. Ihre Uniform saß tadellos, und sie hatte das Haar wie üblich zu einem Knoten zusammengesteckt – keine einzige Strähne ragte daraus hervor. Mit seinem seltsam fleckigen Gesicht und dem wuscheligen, orangefarbenen Haar bildete der kleine Neelix einen auffallenden Kontrast zur Kommandantin der *Voyager.* In seiner bunten Kleidung sah er neben ihr fast wie ein Clown aus.

Sie bildeten jedoch ein gutes Team. Der eifrige und oft sehr launische Talaxianer lieferte immer wieder wertvolle Informationen, denn er stammte aus diesem Quadranten der Galaxis. Janeway war häufig auf Neelix' Hinweise angewiesen.

Wie zuvor der Erste Offizier sah sich auch die Kommandantin kurz auf der Brücke um, bevor sie das untere Deck betrat, neben Chakotay stehenblieb und die Arme verschränkte. »Bericht«, sagte sie.

»Wir erreichen das Drenar-System in drei Minuten«, meldete Kim.

»Es befindet sich genau dort, wo es nach Neelix' Auskunft sein sollte.« Paris drehte den Kopf und warf dem Talaxianer einen freundlichen Blick zu.

»Danke«, erwiderte Neelix fröhlich und verbeugte sich aus der Taille heraus. »In dem vor uns liegenden

Sonnensystem finden Sie bestimmt Gelegenheit, Ihre Ideen auszuprobieren, Captain. Es enthält mehrere Gasriesen, und fast alle von ihnen sind mit hübschen Monden ausgestattet, die das Herz eines jeden Raumschiffkommandanten höher schlagen lassen.«

»Danke, Neelix.« Janeway nickte knapp. Ein Lächeln huschte über ihre Lippen, bevor sie sich umdrehte. »Brücke an Maschinenraum.«

»Ja, Captain?« erklang die Stimme von B'Elanna Torres, zur einen Hälfte Mensch und zur anderen Klingonin.

»Wie sieht's aus?«

»Wir sind mit den Vorbereitungen fertig und können jederzeit beginnen.«

»Sie haben noch nicht genau erklärt, was Sie planen«, sagte Neelix. Während er auf eine Antwort wartete, neigte er fast wie ein Vogel den Kopf zur Seite.

Janeway hatte die Details niemandem erläutert. Sie war Wissenschaftlerin gewesen, bevor sie Starfleet-Offizier wurde. Deshalb vergaß sie manchmal, daß ihren Kollegen ein entsprechender Hintergrund fehlte.

»Wir verwenden die Bussard-Bugschaufeln, um Rohstoffe von einem geeigneten Mond im Orbit eines Gasriesen zu gewinnen. Wir hoffen, daß einige von ihnen über Atmosphären mit hohen Anteilen an Wasserstoff und Methan verfügen. Anschließend sollten wir in der Lage sein, die gesammelten Materialien in verwendbares Basisdeuterium zu verwandeln. Darum geht es Torres und mir.«

»Eine ausführliche Beschreibung des Umwandlungsvorgangs ist im Computer gespeichert«, warf Tuvok ein. »Ich nenne Ihnen gern die Datei, falls Sie daran interessiert sind.«

Neelix stellte keine entsprechende Frage.

»Wir haben die Koordinaten erreicht«, verkündete Kim.

»Gehen Sie auf Impulskraft«, wies ihn Chakotay an.

»Warptransfer wird beendet«, sagte Lieutenant Paris und berührte die entsprechenden Schaltflächen.

Als das Schiff in den Normalraum zurückkehrte, prallte es gegen eine Wand.

Captain Janeway fand sich unter dem Ersten Offizier wieder, war mit ihm nach links und zu Boden geworfen worden. Einen Sekundenbruchteil später kippte die *Voyager* nach rechts und schüttelte sich heftig. Alarmsirenen heulten. Das Impulstriebwerk kreischte, und es wurde dunkler im Kontrollraum. Bordsysteme fielen aus.

Janeways Kopf prallte aufs graue Deck, und sie biß sich auf die Zunge, schmeckte Blut. Chakotay versuchte, die Orientierung wiederzugewinnen und von der Kommandantin herunterzurollen. Paris klammerte sich an seiner Station fest und versuchte, die Navigationskontrollen zu bedienen. Irgendwo hinter Janeway schnaufte Tuvok, als er gegen einen harten Gegenstand stieß.

Das Schiff schlingerte wieder nach links, wodurch die Brückenoffiziere erneut das Gleichgewicht verloren. Diesmal gelang es Janeway, sich am Geländer festzuhalten. Sie sah zur Seite und stellte fest, daß Tuvok noch immer an seiner Station stand – er bewies damit die gleiche Hartnäckigkeit wie Lieutenant Paris.

»Bericht, Mr. Tuvok!« rief sie, um das Heulen der Sirenen und das Donnern des Triebwerks zu übertönen.

»Wir befinden uns im Einflußbereich eines starken Gravitationsfelds. Ich bemühe mich, die Quelle zu lokalisieren.«

»Das wäre sicher recht nützlich.«

»Captain …«, sagte der Vulkanier fast sofort. »Direkt voraus registrieren die Sensoren einen Stern, einen braunen Zwerg.«

»Ich versuche zu kompensieren«, ließ sich Paris vernehmen. »Das Ding hat uns fest in seinem Griff.«

»Hier hat es keinen braunen Zwerg gegeben, da bin ich ganz sicher!« schrillte Neelix, der vor dem Kommandosessel lag. »Und ich bin erst vor einigen Jahren im Drenar-System gewesen!«

»Die gesamte zur Verfügung stehende Energie wird ins Impulstriebwerk geleitet«, sagte Kim und ergriff damit die erforderlichen Maßnahmen.

»Maximalschub«, meldete Paris. »Wir kommen trotzdem nicht frei.« Er saß starr und steif in seinem Sessel, entspannte sich ein wenig, als die Erschütterungen nachließen. Doch unmittelbar darauf kam es zu heftigen Vibrationen, die bestrebt zu sein schienen, das Raumschiff zu zerreißen.

»Alle Abteilungen melden Fehlfunktionen«, sagte Kim, noch bevor ihn Janeway zu einem Statusbericht aufforderte.

Die Kommandantin schob sich am Geländer entlang, hielt sich immer mit mindestens einer Hand fest und näherte sich dem Kommandosessel. »Gibt es Verletzte?«

»Viele«, bestätigte Tuvok. »Aber glücklicherweise keine ernsten Fälle.«

Janeway hob den Kopf und sprach zur Decke. »Maschinenraum, haben wir Warppotential? Wir müssen weg von hier.«

»Ja, Captain«, erwiderte B'Elanna. »Die oberen Materiekonstriktoren sind eben gerade ausgefallen. Ich nehme eine Reinitialisierung vor. Geben Sie mir eine Minute.«

»Soviel Zeit haben wir nicht.«

Einige Sekunden verstrichen, und niemand sprach ein Wort. Die Vibrationen wurden noch stärker – diesen Eindruck gewann Janeway, als sie mit gebeugten Knien auf dem zitternden Deck stand.

»Ich glaube, jetzt sind wir soweit, Captain«, berichtete B'Elanna früher als erwartet.

»Mr. Paris!« kam es scharf von Janeways Lippen.

»Warptransfer eingeleitet«, sagte der Navigator sofort.

Der Boden unter den Füßen der Kommandantin hob und senkte sich. Ihre Hände schlossen sich fester ums Geländer, und Chakotay hielt sich am Sessel hinter ihm fest. Die dunkle Scheibe auf dem Hauptschirm geriet in Bewegung, aber sie verschwand nicht.

»Es genügt nicht, Captain«, brachte Lieutenant Paris hervor. Er warf einen fast verzweifelten Blick über die Schulter. »Wir bleiben in dem Gravitationsfeld gefangen.«

»Maschinenraum, wir brauchen mehr Energie!« sagte Janeway mit Nachdruck.

»Sie haben bereits alles bekommen«, erwiderte Torres. Ihre Stimme verlor sich fast im akustischen Chaos des Maschinenraums.

Janeway wandte sich den anderen Offizieren zu. »Tuvok, Kim, leiten Sie alles ins Triebwerk, auch die Energie der Lebenserhaltungssysteme!«

Von einem Augenblick zum anderen wurde es fast völlig dunkel auf der Brücke – das einzige Licht stammte jetzt von der Notbeleuchtung. Die *Voyager* schüttelte sich einmal mehr, als das energetische Potential des Triebwerks erneut wuchs. Janeway sah zum Hauptschirm und beobachtete, wie die Sterne vor dem Bug des Schiffes zur Seite glitten, gefolgt von der dunklen Scheibe. Aber auch diesmal hörte die Bewegung schon nach wenigen Sekunden auf.

»Captain ...«, ertönte B'Elannas Stimme aus dem Lautsprecher der internen Kommunikation. »Wenn ich einen Vorschlag unterbreiten darf ...«

Janeway kniff die Augen zusammen, als sie ahnte, welchen Vorschlag die Chefingenieurin machen wollte. »Notbeschleunigung«, sagte sie leise.

»Ja«, bestätigte Torres. »Wenn wir der Impulsreaktionskammer etwas Antimaterie hinzufügen ... Dadurch bekommen wir vielleicht die benötigte zusätzliche Energie.«

»Eine verheerende Explosion wäre nicht ausgeschlossen«, warnte Chakotay.

Janeway sah ihn an und hob eine Braue.

Wie unschuldig zuckte er mit den Schultern. »Aber lassen Sie sich davon nur nicht aufhalten.«

»Also los!« sagte Janeway.

Zunächst änderte sich nichts am Heulen des Triebwerks und den heftigen Vibrationen. Dann meldete B'Elanna: »Das Hinzufügen der Antimaterie erfolgt... jetzt!«

Die *Voyager* sauste nach vorn, wie ein Boot, das plötzlich von einer Welle erfaßt wurde und auf ihr ritt.

»Belastung der Außenhülle übersteigt das äußerste Limit«, sagte Tuvok ruhig.

Janeway warf ihm einen kurzen Blick zu. »Wir bleiben bei Vollschub, Mr. Paris.«

»Aye, Captain.«

»Wir kommen frei!« rief Kim, und Janeway spürte es ebenfalls. Diesmal verharrten die Sterne auf dem Hauptschirm nicht nach wenigen Sekunden. Das zusätzliche Bewegungsmoment trug die *Voyager* fort vom braunen Zwerg.

»Wir verlieren unser Warppotential«, sagte Paris plötzlich.

Funken stoben aus mehreren Konsolen im Kontrollraum. Hier und dort flackerten kleine Flammen, und von verschmorten elektronischen Komponenten stieg Rauch auf. Spezielle Sicherheitssysteme reagierten sofort und erstickten die Flammen, während mehrere Offiziere nach den Feuerlöschern griffen und sie bereithielten – bis sich herausstellte, daß sie nicht gebraucht wurden.

»Das energetische Niveau des Impulsantriebs ist auf normale Werte gesunken«, informierte Paris die Kommandantin. »Außerdem funktioniert das Triebwerk – noch.«

»Setzen Sie den Flug ins Drenar-System mit halber

Impulskraft fort«, wies Janeway den Navigator an. »Und geben Sie mir Bescheid, wenn sich der Zustand des Triebwerks verschlechtert.«

»Transferierte Energie wird in die Lebenserhaltungssysteme zurückgeleitet«, sagte Kim, und seine Finger huschten über die Schaltelemente. Die Dunkelheit wich aus dem Kontrollraum, und der Computer rejustierte die Ambientensysteme. Ventilatoren saugten den Rauch fort.

Janeway nahm im Kommandosessel Platz, lehnte sich zurück und empfing Schadensberichte. Der Zustand der Brücke ließ sie Schlimmes ahnen.

Ihre Erwartungen wurden nicht enttäuscht.

»Fast alles ist ausgefallen«, berichtete B'Elanna Torres und bestätigte damit die bereits von Tuvok übermittelten schlechten Nachrichten. »Der Hauptcomputer hat Belastungen festgestellt, die groß genug waren, um den Warpkern zu deaktivieren. Das Warptriebwerk, Phaser, Transporter sowie alle anderen Installationen, die viel Energie verbrauchen, sind derzeit lahmgelegt. Das uns verbliebene energetische Potential verwende ich fürs zentrale Computersystem, den Impulsantrieb und die Lebenserhaltung. Das ist ein erster, vorläufiger Überblick. Erst nach einer vollständigen technischen Diagnose kann ich Ihnen sagen, ob das alles ist oder ob wir noch schlimmer dran sind.«

Janeway runzelte die Stirn. Eine lange, blonde Strähne hatte sich aus dem Knoten gelöst und hing ihr nun ins Gesicht, schien sie zu verspotten. Sie strich den dünnen Haarstrang beiseite, aber er kehrte sofort zurück. »Wenigstens sind wir nicht manövrierunfähig.«

»Nein, Captain«, sagte B'Elanna. »Aber gehen Sie vorsichtig mit dem Impulstriebwerk um. Wer weiß, was die letzten Erschütterungen angerichtet haben.«

»Navigation?«

»Die *Voyager* reagiert ein wenig träge, aber sie läßt sich auch weiterhin steuern, Captain«, sagte Paris.

»Gut.« Janeway wandte sich ein wenig nach links. »Mr. Neelix, ich möchte noch einmal mit Ihnen reden.«

Der Talaxianer wirkte ziemlich mitgenommen, als er aufstand und mit zitternden Händen seine bunte Kleidung glattstrich. »Captain ... Ich muß zur Krankenstation, um festzustellen, wie es Kes geht.«

»Ja, gewiß. Aber bitte sagen Sie mir zuerst, was Sie über den braunen Zwerg wissen. Ich möchte möglichst viel über ihn erfahren.«

»Da sind Sie bei mir an der falschen Adresse, Captain. Für mich war er eine ebenso große Überraschung wie für Sie. Wenn ich doch nur von seiner Existenz gewußt hätte ...«

»Verstehe.« Der Talaxianer war kein Lügner, und unter den aktuellen Umständen bedeutete das für Janeway: Sie mußte das Rätsel des braunen Zwergs selbst lösen. »Na schön, Sie können gehen.«

Neelix drehte sich um und eilte durch die offene Tür des Turbolifts. Nichts geschah.

»Offenbar müssen Sie noch etwas länger auf der Brücke bleiben«, sagte Tuvok mit der für den Vulkanier typischen Bestimmtheit.

Zum erstenmal seit Beginn des Zwischenfalls lächelte Janeway. Aber sie wurde fast sofort wieder ernst. »Mr. Tuvok, setzen Sie sich mit der Krankenstation in Verbindung und finden Sie heraus, wie es um Kes steht. Was die anderen betrifft ... Versuchen Sie, die ausgefallenen Bordsysteme zu reaktivieren. Mr. Paris, nehmen Sie Kurs auf den größten Gasriesen. Ich sehe keinen Grund, einfach nur zu warten und zu schmollen. Mr. Kim, volle Sensorsondierung. Sammeln Sie möglichst viele Daten. Beginnen Sie mit dem braunen Zwerg und scannen Sie anschließend das ganze Drenar-System. Ich brauche Informationen. Wenn welche vorliegen, so transferieren Sie die Daten zum Terminal des Bereitschaftsraums.« Sie stand auf. »Ich möchte wissen, was hier vor sich geht.«

# 2

Die Offiziere bestätigten und machten sich an die Arbeit. Janeway seufzte tief und blickte erneut zum Hauptschirm. Des Drenar-System bestand aus einer Sonne vom G-Typ und elf Planeten. Eigentlich zeigte es keine Besonderheiten, und eines stand fest: Es war nie ein Doppelsternsystem gewesen. Die Konstellation der Planeten bot einen deutlichen Hinweis. Mit ein wenig Glück konnten hier einige interessante astrophysikalische Daten gewonnen werden. Und mit noch etwas mehr Glück war die *Voyager* imstande, es nach einigen Tagen wieder zu verlassen. Aber derzeit wagte es Janeway nicht, sich so etwas wie Glück zu erhoffen.

Sie überließ Chakotay das Kommando und zog sich in den Bereitschaftsraum zurück.

Derzeit bestand ihre einzige Hoffnung darin, daß es der Crew tatsächlich gelang, zumindest die wichtigsten Bordsysteme zu reparieren, so daß die *Voyager* ihre lange Heimreise fortsetzen konnte. Es gab noch viele andere Sonnensysteme, Orte, wo sie Hilfe und benötigte Versorgungsgüter bekommen konnten – das hatte Neelix der Kommandantin versichert. Aber solange das Schiff praktisch aktionsunfähig war, nützten ihnen jene Oasen der Sicherheit überhaupt nichts.

In diesem Quadranten der Galaxis existierte nichts Vertrautes. Hier konnte man nicht einfach zur nächsten Starbase fliegen, um umfangreiche Instandsetzungsarbeiten durchführen zu lassen – oder um Zuflucht zu suchen. Die Besatzungsmitglieder versuchten, nicht über diese bittere Wahrheit nachzudenken, aber seit einiger Zeit ließen sich solche Gedanken kaum mehr vertreiben.

Janeway blinzelte, um die Finsternis aus ihren Überlegungen zu verbannen. Sie konzentrierte sich wieder auf die Datenkolonnen, die ihr das Terminal im Bereitschaftsraum zeigte. Die Flugbahn des braunen Zwergs ließ sich problemlos feststellen – sie führte geradewegs durchs Drenar-System. Auf die *Voyager* hatte er fast katastrophal gewirkt, und bestimmt blieb er auch nicht ohne Konsequenzen für dieses Sonnensystem. Die Kommandantin war mit entsprechenden Berechnungen beschäftigt, als der Türmelder summte. Sie sah auf. »Herein.«

Das Schott glitt beiseite, und Commander Chakotay betrat den Bereitschaftsraum. »Wir haben den größten Mond des sechsten Planeten erreicht und sind in eine Umlaufbahn geschwenkt, Captain«, sagte er. »Das Impulstriebwerk scheint zuverlässig zu funktionieren, und wir brauchen noch immer Rohmaterial für unseren Treibstoff. Jetzt sogar noch dringender als vorher. Ich sehe keinen Grund, warum wir darauf verzichten sollten, Ihren ursprünglichen Plan durchzuführen. Wenn Sie gestatten, beginnen Tuvok und Kim mit dem Experiment.«

»Einverstanden, und danke«, erwiderte Janeway. Sie hatte diese Angelegenheit mit den Führungsoffizieren erörtern wollen, und es freute sie, daß sie ihr einen Schritt voraus waren. »Ich kehre gleich auf die Brücke zurück.«

»Haben Sie die Verletztenliste gesehen?«

Janeway hielt unwillkürlich den Atem an. »Nein.«

»Nichts Ernstes. In den meisten Fällen nur blaue Flecken und Hautabschürfungen. Ein Besatzungsmitglied hat sich den Arm gebrochen. Glücklicherweise passierte es in der Krankenstation.«

»Gut.« Janeway nickte und blickte wieder auf den Bildschirm.

»Allerdings betrifft die Sache Kes.«

Daraufhin sah Janeway wieder auf. Kes war eine Ocampa, gehörte damit zu einer Spezies, deren durchschnittliche Lebenserwartung nur neun Standardjahre betrug. Mit gut einem Jahr galt Kes nach den Maßstäben ihres Volkes als Erwachsene. Andererseits war sie noch jung genug, daß Verletzungen schnell heilen würden. Vermutlich ging es ihr nicht annähernd so schlecht, wie Neelix befürchtete.

Chakotay zuckte mit den Achseln. »Inzwischen funktionieren die Turbolifte wieder, was bedeutet: Neelix befindet sich jetzt nicht mehr im Kontrollraum, sondern weilt bei Kes.«

Janeway klopfte auf ihren Insignienkommunikator. »Captain an Krankenstation. Wie geht es Kes?«

»Eigentlich recht gut«, antwortete der holographische Arzt. »Obwohl die anderen Patienten sicher froh wären, wenn sich Kes wieder um sie kümmern würde. Sie ist mir eine große Hilfe. Ich ...«

Janeway wartete und wechselte einen Blick mit dem Ersten Offizier, als die Stille andauerte.

»Ich verstehe«, sagte die Kommandantin schließlich. »Sie ist wirklich bemerkenswert.«

»Morgen kann sie die Arbeit wieder aufnehmen. Eine Zeitlang dürfte sich der Arm noch etwas steif anfühlen, aber das geht vorbei ...«

Erneut wartete Janeway.

Der Arzt klang recht fröhlich, und das fand sie erstaunlich genug. Der holographische Doktor war das Produkt eines medizinischen Notprogramms, das schon seit einer ganzen Weile die Pflichten des Bordarztes wahrnahm, und zwar zur vollen Zufriedenheit von Janeway. Allerdings neigte er dazu, manchmal ein wenig ... exzentrisch zu sein.

»Ja?« hakte die Kommandantin nach.

»Captain ...« Die Stimme des Arztes war jetzt kaum mehr als ein Flüstern. »Ich wäre Ihnen außerordentlich dankbar, wenn Sie eine Aufgabe für Mr. Neelix finden könnten ... eine Aufgabe, die seine Anwesenheit an einem anderen Ort erfordert.«

»Mal sehen«, erwiderte Janeway, unterdrückte ein Kichern und unterbrach die Verbindung.

»Ich füge das meiner Zu-erledigen-Liste hinzu«, sagte Chakotay und lächelte, als er den Bereitschaftsraum verließ.

Janeway blieb zunächst am Terminal sitzen und sah sich noch einmal die grafische Darstellung der Flugbahn des braunen Zwergs an. Er war so nahe ans Zentralgestirn Drenar herangekommen, daß das Ergebnis fast aus einem neuen Doppelstern bestanden hätte. In diesem System ließen sich zweifellos hochinteressante Daten gewinnen, vorausgesetzt natürlich, man brachte genug Zeit für eingehende Untersuchungen mit. Und genau daran mangelte es ihnen: an Zeit.

Wie dem auch sei: Sie konnten die Gelegenheit nutzen, um Meßergebnisse aufzuzeichnen – um sie dann später, während des Flugs durch die Galaxis, zu analysieren.

Nach einigen Sekunden schüttelte Janeway den Kopf. Eigentlich war es sinnlos, weiterhin am Terminal zu sitzen. Sie wies den Computer an, die Berechnungen fortzusetzen, stand auf und kehrte in den Kontrollraum zurück.

»Mr. Tuvok ...«, sagte Janeway, als sie die Brücke betrat.

»Es ist alles vorbereitet, Captain«, erwiderte der Vulkanier. »Der Hauptdeflektor wurde rekonfiguriert, und die übrigen Anpassungen sind ebenfalls vorgenommen worden.«

Kim saß an der Funktionsstation und nickte. »Die Manövrierdüsen halten unsere Position stationär«, sagte er. »Ich habe gerade genug Energie vom Impulstriebwerk abgezweigt.«

Janeway sank in den Kommandosessel und hob zwei Finger zum Kinn. »Also gut. Fangen wir an.«

»Aktiviere Bussard-Bugschaufeln«, ließ sich Tuvok vernehmen. Die Kommandantin sah auf ihren Monitor und beobachtete, wie vor den beiden Warpgondeln zwei Kraftfelder entstanden und sich nach vorn dehnten. Normalerweise dienten sie dazu, während eines Warptransfers interstellaren Wasserstoff zu sammeln.

»Strukturbeugung des Deflektorfelds initialisiert«, sagte Kim und bediente die Kontrollen seiner Konsole.

»Feldüberlagerung herbeigeführt, Mr. Kim«, sagte Tuvok. »Sie können damit beginnen, sie nach unten zu lenken.«

»Richtungsveränderung beginnt ... jetzt.«

Janeway sah, wie sich die beiden Kraftfelder überlagerten, sich gewissermaßen umschlangen und eine Art Trichter bildeten, der langsam nach unten kippte, in einem Winkel von fast fünfundvierzig Grad. Rein theoretisch sollten sie imstande sein, das an Wasserstoff reiche Gasgemisch in den oberen Atmosphäreschichten aufzunehmen und zu den Kollektoren in den Warpgondeln zu leiten.

»Bringen Sie uns ein wenig näher, Mr. Paris«, forderte Chakotay den Navigator auf. Langsam glitt die *Voyager* dem Mond entgegen.

Die Öffnung des Trichters füllte sich allmählich mit dünnen Wolken aus Wasserstoff und Methan, als die beiden miteinander verbundenen Kraftfelder über den peripheren Bereich der Atmosphäre glitten. Ein rätselhafter Wind schien das Gas in den energetischen Trichter zu wehen. Paris brachte das Schiff weitere hundert Kilometer tiefer, stieß damit fast an die Leistungsgrenze der Manövrierdüsen. Doch innerhalb weniger Sekunden kollabierten die beiden Kraftfelder, als sie ein größeres Volumen an gasförmigen Substanzen aufnahmen.

»Zuviel«, sagte Janeway. »Steuern Sie uns wieder höher.«

Als sich die *Voyager* vom Mond entfernte, wurden die Kraftfelder wieder stabil.

»Das Experiment ist erfolgreich, wenn auch in einem begrenzten Rahmen«, stellte Tuvok fest.

»Danke«, tönte B'Elannas Stimme aus den Kom-Lautsprechern.

Janeway sah von ihrem Monitor auf und lächelte. »Ich schätze, damit können wir leben. B'Elanna, für wie lange lassen sich die Kraftfelder auf diesem Niveau stabilisieren?«

»Für ungefähr siebenundzwanzig Minuten.«

»Gut. Vielleicht versuchen wir es später noch einmal. Zunächst einmal möchte ich die Sondierung des Sonnensystems vervollständigen. Die bisherigen astrophysikalischen Daten sind schon bemerkenswert genug, aber bestimmt gibt es hier noch viel mehr.«

»Das glaube ich auch, Captain«, sagte Chakotay. »Die ersten gewonnenen Daten deuten auf die Notwendigkeit weiterer Untersuchungen hin. Der vierte Planet weist offenbar eine überaus reiche Biosphäre auf. Vielleicht kommt er sogar als Nachschubquelle für Nahrungsmittel in Frage. Und ...« Er unterbrach sich und schüttelte den Kopf.

»Was ist?«

»Oh, nichts.«

Janeway spürte, daß es noch mehr gab. Einige Sekunden lang wartete sie stumm und musterte den Ersten Offizier. »Sie verschweigen mir etwas.«

»Kann ich unter vier Augen mit Ihnen reden?« fragte Chakotay nachdenklich.

Die Kommandantin fand dieses Anliegen recht seltsam. »Tuvok, Sie haben die Brücke.« Sie drehte sich um. »Commander, gehen wir in meinen Bereitschaftsraum.«

»Na schön«, sagte sie, als sich die Tür hinter ihnen geschlossen hatte. »Was ist los?«

»In der vergangenen Nacht hatte ich eine Vision.« Chakotays Blick wanderte wie unstet durch den Raum, bevor er schließlich zu Janeway fand. »Oder eine Vorahnung. Ich weiß nicht, welche Bezeichnung angemessener ist, denn so etwas habe ich noch nie zuvor erlebt. Ich erhielt Besuch von … von einem Geist.«

Janeway trat durchs kleine Zimmer und nahm auf dem Sofa an der gegenüberliegenden Wand Platz. »Von einem Geist?« wiederholte sie. Der Commander setzte sich nicht, ging auf und ab, als er von der wunderschönen Welt und ihren Bewohnern erzählte, dann auch von den Bildern der Verheerung und dem Hilferuf berichtete.

»Wenn jene Bilder die Realität widerspiegeln, wenn sie ›echt‹ sind …«, sagte Chakotay. »Dann gilt das auch für den Ruf um Hilfe.«

»Glauben Sie, daß wir den Fremden – wer auch immer sie sind – helfen können?«

»Ich weiß es nicht. Aber ich würde dieser Angelegenheit gern auf den Grund gehen.«

»Sie denken dabei an den vierten Planeten dieses Sonnensystems, nicht wahr?« fragte Janeway.

»Nur er kommt in Frage. Die Welt könnte durchaus bewohnt sein, und erste Spektralanalysen der Atmosphäre weisen auf vulkanische Aktivität hin. Und noch etwas, Captain. Ich habe beim Doktor in der Krankenstation nachgefragt. Einige Besatzungsmitglieder klagten über Alpträume und darüber, ›Dinge‹ zu sehen. Die ›Visionen‹ betreffen nicht nur mich.«

»Gibt es auch inhaltliche Parallelen?«

»Zwei Personen sprachen von ›Geistern‹.«

Janeway musterte den Ersten Offizier einmal mehr. »Soll das heißen, es spukt an Bord der *Voyager?*«

»Ich weiß es nicht.«

Dünne Falten bildeten sich in Janeways Stirn. »Als ob wir nicht schon genug Probleme hätten.«

Chakotay hob beide Brauen, wodurch die indianische Tätowierung an der linken Stirnseite in Bewegung geriet. »Ja«, sagte er. »Aber ich dachte … Nun, da wir schon einmal in der Nähe sind …«

»… sollten wir uns die Sache genauer ansehen.« Die

Kommandantin nickte. »Auch ich bin von diesem Sonnensystem fasziniert. Ich plane detaillierte Untersuchungen, die auch den vierten Planeten sowie die Frage betreffen, welche Auswirkungen der braune Zwerg auf das dortige Leben hatte, falls welches existiert. Aber wenn es auf jener Welt eine prätechnische Zivilisation gibt …«

»Dann halten wir uns von ihr fern. Ja, ich habe Ihre ach so wichtige Erste Direktive nicht vergessen.« Bei diesen Worten erklang deutliche Unzufriedenheit in Chakotays Stimme.

»Die Erste …« Janeway unterbrach sich, als der Türmelder summte. »Herein«, sagte sie, und Tuvok betrat den Raum.

»Unsere Treibstoffvorräte sind fast vollständig erneuert, Captain. Das Impulstriebwerk arbeitet mit einer Kapazität von achtzig Prozent, doch nach Lieutenant Torres' Schätzungen sind für die Reparatur der übrigen Systeme sowie die Reinitialisierung des Warpkerns mehrere Tage erforderlich.«

»*Tage?*« entfuhr es Chakotay, und damit kam er Janeway um einen Sekundenbruchteil zuvor.

»Offenbar bleiben wir eine ganze Weile ›in der Nähe‹«, sagte die Kommandantin und warf dem Ersten Offizier einen bedeutungsvollen Blick zu. Sie widerstand der Versuchung, noch einmal alles durchzugehen, auf die möglichen Folgen und Konsequenzen hinzuweisen – als Starfleet-Captain fühlte sie sich unter solchen Umständen immer dazu verpflichtet. Aber sie wußte auch, daß Chakotay ihre Bedenken inzwischen gut kannte.

»Nun gut. Mr. Tuvok, wir führen eine genaue Untersuchung dieses Sonnensystems durch. Mehr kann ich derzeit nicht in Aussicht stellen.« Sie erhob sich, blieb vor Chakotay stehen und sah ihm in die Augen. »Dieser Teil der Galaxis ist uns fremd. Ich respektiere Ihre Instinkte und Überzeugungen ebenso wie Ihren Wunsch, das Rätsel der Visionen zu lösen. Doch die *Voyager* kann nicht jedesmal dann die Erste Direktive über Bord werfen, wenn es Ihnen oder jemand anders gefällt.«

»Ich verstehe. Aber wenn sich ein fremdes Volk mit uns in Verbindung setzt, dürfen wir uns nicht einfach zurückziehen und auf die Rolle von Beobachtern beschränken.« Mit diesem Hinweis setzte Chakotay eine Diskussion fort, die seit der Begegnung mit dem Beschützer, seiner gewaltigen Raumstation und den Ocampa stattfand.

»Ich möchte folgendes betonen«, warf Tuvok ein. »Aktivität und Passivität können gleichermaßen ernste Konsequenzen nach sich ziehen, für die wir rein theoretisch Verantwortung tragen.«

»Meinen Sie Verantwortung der Gegenwart oder der Zukunft gegenüber?« fragte Janeway.

»Sowohl als auch«, sagte Chakotay. Er beugte sich ein wenig vor, und Sorge zeigte sich in seinen Augen. »Allerdings leben wir jeweils nur heute.«

»Wenn es auf Drenar Vier Bewohner gibt, die noch nie ein Raumschiff oder irgendwelche Besucher aus dem All gesehen haben, so wird kein Kontakt irgendeiner Art stattfinden«, entschied Janeway. »Wir achten die Vorschriften der Ersten Direktive. Ist das klar?«

»Ja, Captain«, bestätigte Chakotay. Er rang sich ein Lächeln ab.

»Wenn die Treibstoffaufnahme abgeschlossen ist, fliegen wir mit halber Impulskraft nach Drenar Vier und nehmen unterwegs weitere Analysen vor«, wandte sich Janeway an die beiden Offiziere. »Halten Sie sich gegenseitig auf dem laufenden. Und teilen Sie den anderen mit, daß Torres nicht gestört werden darf. Sie können gehen.«

Sie sah ihnen nach, ging dann zum Schreibtisch und setzte sich. Mit halber Impulskraft erreichte die *Voyager* den vierten Planeten erst gegen Mittag des nächsten Tages. Janeway wußte, daß sie die Zeit nutzen sollte, um zu schlafen und sich auszuruhen. Sie beschloß, es zumindest zu versuchen. *Jeweils nur ein Tag,* wiederholte sie in Gedanken Chakotays Worte und schüttelte den Kopf, als sie zu ihrem Quartier zurückkehrte.

Dort verbrachte sie einige Stunden im Bett, fand jedoch kaum Ruhe. Nach einer Zeit, die ihr wie eine halbe Ewigkeit erschien, stand sie wieder auf und zog die Uniform an. Einige Minuten später saß sie wieder im Bereitschaftsraum und ließ sich vom Terminal die neuesten Daten zeigen.

Das Drenar-System war alt genug für die Entwicklung von intelligentem Leben, und der vierte Planet schien recht angenehme Umweltbedingungen zu bieten. Außerdem hatte er drei große Monde, was recht ungewöhnlich war für einen so sonnennahen Planeten.

Als die Entfernung schrumpfte, ermittelten die Sensoren und Scanner weitere Daten. Es gab keine Anzeichen für eine industrielle Kultur, wie Janeway vermutet hatte. In den oberen Schichten der Atmosphäre fehlten die dafür typischen Gase wie zum Beispiel Kohlenwasserstoffe, und es ließen sich auch keine künstlichen Strahlungsquellen feststellen. Doch als die Nachtseite des Planeten sichtbar wurde ... Auf dem größten Kontinent gab es viele kleine Feuer, die unmöglich natürlichen Ursprungs sein konnten.

Janeway lehnte sich zurück und nickte. Nach dem gegenwärtigen Stand der Dinge konnte Chakotay kaum glücklich sein. Sie rieb sich die Augen, wandte sich von der Konsole ab ... und spürte einen kühlen Hauch, als sei eine Tür zum Weltraum geöffnet worden. Sie schauderte, hob den Kopf und war plötzlich sicher, daß sich noch jemand im Bereitschaftsraum befand.

# 3

Die Entität schwebte über dem Boden, war ohne Substanz und gestaltlos, aber an ihrer Existenz konnte kein Zweifel bestehen. Ein inneres Licht glühte in ihr und schien in ständiger Veränderung begriffen zu sein. Das Etwas wirkte wie ein Phantom, wie ein … Geist.

Captain Janeway erhob sich langsam und beobachtete, wie farbige Schlieren zu Bändern wurden, der Entität Konturen verliehen. Sie öffnete den Mund, um etwas zu sagen, doch der Besucher kam ihr zuvor. Er sprach nicht mit Worten, sondern mit Bildern, die zunächst ebenso vage und schemenhaft blieben wie der Geist, dann aber rasch an Klarheit gewannen.

Vor ihrem inneren Auge betrachtete Janeway jene Szenen, die ihr Chakotay beschrieben hatte. Sie sah ein sterbendes Volk, von heftigen Erdbeben zerstörte Häuser, aufplatzende Erde und einen Himmel, der in Flammen zu stehen schien. Überall zogen Rauchschwaden dahin; Ruß und graue Asche bedeckten den Boden.

Immer düsterer wurden die Visionen, und schließlich kehrte ein wenig Licht in sie zurück. Janeways visionärer Blick strich nun über eine weitere, grasbewachsene Ebene hinweg. Dutzende von Humanoiden lagen auf dem Boden, und die meisten von ihnen hielten primitive Waffen in den Händen: Messer und Armbrüste, Äxte und Schleudern. Sie trugen schlichte, zerrissene Kleidung, und gräßliche Brandwunden zeigten sich an den Körpern. Sie erschienen der Kommandantin auf schreckliche Weise vertraut …

Wieder wogte Dunkelheit heran, begleitet von einer Botschaft, die keine Worte oder Bilder benötigte. Janeway *wußte* einfach, daß der Geist die verzweifelte Bitte um Hilfe übermittelte.

Anschließend wich die fremde Präsenz aus ihren Gedanken, und daraufhin erwachten wieder die externen Sinne. Sie sah, wie sich nicht nur die Bilder auflösten, sondern auch die geisterhafte »Gestalt« des Besuchers. Die vertrauten Konturen des Bereitschaftsraums nahmen seinen Platz ein. Janeway fühlte eine Welle der Erschöpfung, als sich das fremde Selbst ganz aus ihr zurückzog. Sie versuchte aufzustehen und wäre fast gefallen. Mit beiden Händen stützte sie sich am Schreibtisch ab, schloß die Augen und atmete mehrmals tief durch, bis der Schwächeanfall vorüber war. Als sie ihn überstanden glaubte, räusperte sie sich, strich ihre Uniform glatt und ging zur Brücke.

»Wie ist unsere Position?« fragte sie und bemühte sich, so energisch wie sonst zu wirken.

»Wir schwenken gerade in einen hohen Sondierungsorbit um Drenar Vier, Captain«, erwiderte Paris und sah von seiner Konsole auf.

»Wir haben mit einem detaillierten Scan des Planeten begonnen«, fügte Chakotay hinzu. »In einigen Minuten sollten erste Resultate vorliegen.«

»Gut.« Janeway blieb vor dem Kommandosessel stehen und merkte, daß Chakotay sie aufmerksamer als sonst musterte.

»Ist alles in Ordnung, Captain?« fragte er.

»Ja.«

Sie blickten beide zum Hauptschirm. Drenar Vier war eine herrliche Welt mit blauen Meeren, weißen Wolken und einem großen Kontinent auf der Tagseite; dort gab es weite Wälder und lange Bergketten. Selbst mit bloßem Auge bemerkte Janeway deutliche Anzeichen für ausgeprägte vulkanische Aktivität. Die Rauchfahnen und Aschewolken reichten bis zur Stratosphäre empor.

»Sind Sie sicher?« hakte Chakotay nach.

»Was?«

»Sind Sie sicher, daß alles in Ordnung ist?«

»Nein«, sagte Janeway.

Chakotay richtete einen verwirrten Blick auf sie. »Captain?«

Sie beschloß, ehrlich zu sein, beugte sich zur Seite und sprach leiser. »Was halten Sie davon, wenn wir noch einmal über Ihre ... Visionen reden, Commander?«

Chakotay nickte. »Wie Sie wünschen.«

»Einige Aspekte dieses Planeten ergeben schon jetzt keinen Sinn«, flüsterte Janeway.

»Zum Beispiel?«

»Nun, er ist wundervoll. Wenn er sich im stellaren Territorium der Föderation befände, wäre er längst kolonisiert worden. Manchmal erhebt ein privates Konsortium Anspruch auf einen solchen Planeten und verwendet ihn als eine Art Urlaubsparadies. Das geschieht nicht sehr oft, aber es kommt vor. In solchen Fällen gibt es jedoch Besuchszentren und Service-Einrichtungen. Davon fehlt hier jede Spur. Es überrascht mich, eine derartige Welt praktisch im unberührten Zustand vorzufinden.«

»Drenar Vier scheint nicht unbewohnt zu sein«, sagte Chakotay.

»Darauf deuten die vielen kleinen Feuer hin, ja«, bestätigte Janeway.

»Haben Sie schon etwas herausgefunden, Mr. Tuvok?« wandte sich der Erste Offizier an den Vulkanier.

»Die Sensoren registrieren Hunderte von humanoiden Lebensformen«, erwiderte Tuvok. Er betrachtete die grauen und orangefarbenen Darstellungen der Displays. »Eine prätechnische Kultur mit landwirtschaftlicher Ausprägung. Ich bin noch dabei, Daten zu sammeln.«

»Auf dem Planeten herrscht erhebliche seismische

Aktivität«, sagte Kim. Er sah erst zu Tuvok, dann zu Chakotay. »Sie ist wesentlich stärker als erwartet.«

»Was hat es damit auf sich, Mr. Tuvok?« fragte Janeway und blickte wieder zum Hauptschirm. Ein Teil ihres Bewußtseins befaßte sich noch immer mit Geistern, und sie versuchte, die betreffenden Gedanken zu verdrängen.

»Die seismische Aktivität ist nicht nur erheblich, sondern erreicht ein kataklysmisches Ausmaß«, sagte der Vulkanier. »Ich registriere heftige Erschütterungen in der planetaren Kruste, und die Stoßwellen pflanzen sich global fort. Ich kenne keinen anderen Planeten in diesem geologischen Alter, bei dem so viel geothermische Energie frei wird.«

»Das dürfte weitere Untersuchungen wert sein, nicht wahr, Captain?« Chakotays Tonfall machte deutlich, daß er nur eine rhetorische Frage stellte und eigentlich gar keine Antwort erwartete. »Zumal ich genau so etwas erwartet habe.«

In aller Deutlichkeit erinnerte sich Janeway an die von der geisterhaften Entität übermittelten Visionen. Und auch an Chakotays Beschreibungen. »Ja, Commander«, sagte sie und beobachtete auch weiterhin den Planeten. »Da haben Sie vollkommen recht.« Sie blinzelte und versuchte erneut, den Dunst der Bilder aus ihrem mentalen Kosmos zu vertreiben. »Mr. Tuvok, kann man davon ausgehen, daß der einheimischen Bevölkerung unter solchen Umständen erhebliche Gefahr droht?«

»Eine solche Annahme erscheint mir durchaus logisch«, entgegnete der Vulkanier. »Allerdings möchte ich darauf hinweisen, daß ein Versuch, den Bewohnern von Drenar Vier zu helfen, gegen die Vorschriften der Ersten Direktive verstieße.«

»Das weiß sie, Tuvok«, warf Chakotay ein.

Janeway sah beide Männer an und seufzte. »Ja, das weiß ich tatsächlich. Trotzdem danke ich Ihnen, daß Sie mich daran erinnern, Tuvok. Setzen Sie die Sondierungen fort. Wir müssen noch mehr in Erfahrung bringen, bevor ich irgendeine Entscheidung treffe. Derzeit begnüge ich mich damit, die verschiedenen Möglichkeiten gegeneinander abzuwägen. Es ist seltsam, aber vor einigen Minuten ...«

»Die Sensoren haben ein fremdes Raumschiff geortet, Captain«, sagte Tuvok plötzlich. Seine Hände huschten über die Kontrollen, als eine Warnsirene mehrmals kurz heulte. »Und zwar in der Nähe.«

Janeway drehte sich sofort zu ihm um. »Was für ein Schiff?«

»Die Konfiguration ist unbekannt. Offenbar fliegt es in einem sehr hohen Orbit – die Umlaufbahn befindet sich nur ein wenig unter der unsrigen. Es hat gerade ein Beschleunigungsmanöver eingeleitet, um den Horizont zwischen sich und uns zu bringen.«

»Die Fremden wollen sich verstecken«, sagte Janeway.

»Eine korrekte Situationsbewertung«, erwiderte der Vulkanier.

»Halten Sie den Kontakt, Mr. Paris«, wies Janeway den Navigator an. »Warum haben wir das Schiff nicht eher entdeckt?«

»Vielleicht verfügt es über eine Tarnvorrichtung«, spekulierte Kim.

Janeway schüttelte den Kopf. »Warum wird sie dann jetzt nicht verwendet?«

»Wenn den Fremden tatsächlich eine solche Technik zur Verfügung steht, so kam es möglicherweise zu einer Fehlfunktion«, sagte Tuvok. »Wie dem auch sei: Unter den gegenwärtigen Umständen sehe ich keinen Sinn in derartigen Erwägungen.«

Janeway nickte zustimmend. »Öffnen Sie die Grußfrequenzen.«

Fähnrich Kim berührte mehrere Schaltelemente. »Keine Antwort, Captain.«

»Wir könnten etwas näher heran«, schlug Paris vor.

Janeway trat auf den Hauptschirm zu, der das fremde Schiff als einen Fleck zwischen der Dunkelheit des Alls und der marmorierten Kugel des Planeten zeigte. »Also gut, Mr. Paris.«

Der Navigator steuerte die *Voyager* dem fremden Raumer entgegen.

»Hier spricht der Captain. Mr. Neelix, bitte kommen Sie unverzüglich zur Brücke ...«

»Captain ...«, ertönte fast sofort die Stimme des Talaxianers aus dem Lautsprecher der internen Kommunikation. Sie klang ein wenig kummervoll. »Ich hoffe, bei Ihnen ist alles in Ordnung.«

»Nein, das ist es nicht. Wir brauchen Sie hier.«

»Aber ich kann Kes nicht allein lassen ...«

»Captain«, warf der holographische Arzt ein, »Kes schläft. Wenn sie erwacht, dürfte sie sich fast vollständig erholt haben. Ich sehe nur ein einziges Problem. Es besteht darin, daß Neelix sie vorzeitig weckt.«

Die letzten Worte des Doktors zeichneten sich durch unüberhörbare Schärfe aus.

»Kommen Sie zur Brücke, und zwar *sofort*«, sagte Janeway.

»Captain«, wandte sich Tuvok an die Kommandantin, »das fremde Schiff sondiert uns. Und das energetische Niveau in seinen Waffensystemen steigt.«

»Verdammt«, murmelte Janeway. Sie stützte die Hände an den Hüften ab. »Alarmstufe Rot. Maschinenraum, können wir die Schilde aktivieren?«

»Noch nicht, Captain«, lautete B'Elanna Torres' Antwort. »Die Generatoren werden repariert.«

Janeway spürte, wie sich ein bereits vertraut gewordener Knoten in ihrer Magengrube bildete. Wie jeder gute Captain hatte sie schon vor einer ganzen Weile lernen müssen, damit zu leben. Das beste Gegenmittel bestand darin, aktiv zu werden, doch manchmal gab es kaum eine Möglichkeit, konstruktiv zu handeln. So wie jetzt.

»Ausweichmanöver, Mr. Paris. Aber achten Sie darauf, die Fremden nicht zu provozieren. Kim, versuchen Sie auch weiterhin, einen Kom-Kontakt herzustellen. Tuvok, bereiten Sie die Photonentorpedos für den Einsatz vor – falls Sie dazu in der Lage sind.«

»Die energetischen Katapulte für die Photonentorpedos scheinen ebenfalls ausgefallen zu sein«, erwiderte Tuvok ruhig.

»Maschinenraum!« sagte Janeway scharf. »Ich brauche offensives oder defensives Potential.«

»Unsere Kom-Signale bleiben nach wie vor ohne Reaktion«, meldete Kim.

»Die Fremden eröffnen das Feuer«, berichtete Tuvok.

Auf dem Hauptschirm war zu sehen, wie ein gelblicher Energiestrahl durchs All raste und die *Voyager* nur knapp verfehlte. Paris Hände blieben über den Navigationskontrollen in ständiger Bewegung, und das Bild im zentralen Projektionsfeld veränderte sich, kippte von einer Seite zur anderen. Die *Voyager* tanzte regelrecht durchs All, um den Strahlblitzen der Fremden zu entgehen.

»Die Waffen ähneln Phasern, Captain«, sagte Tuvok, der die Ortungsdaten analysierte. »Allerdings liegt die Energiestärke bei weniger als fünfhundert Megawatt.« Er zögerte kurz. »Es sind vierhundertvierundvierzig Komma sieben zwei drei Megawatt, um ganz genau zu sein.«

»Das ist nur die halbe Kapazität unserer oberen Phaserbänke«, stellte Chakotay fest. »Glauben Sie, die Angreifer halten sich zurück?«

»Im Vergleich mit uns beträgt die Kapazität dreiundvierzig Komma sechs Prozent«, korrigierte Tuvok. »Und was Ihre Frage betrifft: Ja, das wäre nicht auszuschließen.«

Die Tür des Turbolifts öffnete sich mit einem leisen Zischen, und Lieutenant Torres eilte auf die Brücke. Sie begab sich sofort zur technischen Station und betätigte dort einige Schaltelemente, woraufhin Displays aufleuchteten.

»Captain«, sagte sie halb über die Schulter hinweg, während sie auch weiterhin die Kontrollen bediente, »zwei Photonentorpedos sind jetzt für den Einsatz bereit. Und ich glaube, die Akkumulatoren der Phaser können wieder Energie aufnehmen, aber ...« B'Elannas Hände verharrten, und sie sah zu Janeway. »Aber ich habe noch nichts getestet. Die Plasma-Verteilungskanäle sind gerade synchronisiert worden.«

»Gute Arbeit!« lobte die Kommandantin und gestattete sich ein erleichtertes Lächeln. Sie sah zum Hauptschirm, gerade rechtzeitig genug, um zu beobachten, wie ein weiterer Energiestrahl der *Voyager* entgegenraste. Diesmal streifte er das Schiff und sorgte für Erschütterungen.

»Geringfügige Schäden an der Außenhülle«, sagte Tuvok. »Drei Besatzungsmitglieder haben leichte Verletzungen erlitten.«

Erneut öffnete sich die Tür des Turbolifts, und Neelix kam auf die Brücke. Sofort eilte er zu Janeway und Chakotay, blieb rechts von der Kommandantin stehen. »Gibt es irgendwelche ... Probleme?« fragte er mit einer Mischung aus Sarkasmus und Furcht.

»Das war ziemlich knapp«, meinte Janeway, ohne auf die Frage des Talaxianers einzugehen.

»Eine hohe Wahrscheinlichkeit spricht dafür, daß wir beim nächsten Mal einen Volltreffer zu erwarten haben«, verkündete Tuvok.

»Danke für Ihren Optimismus in Hinsicht auf meine Fähigkeiten«, sagte Paris.

»Ich wollte nur zum Ausdruck bringen ...«, begann der Vulkanier.

»Ich weiß.« Paris schnitt eine kurze Grimasse.

»Phaser vorbereiten«, ordnete Janeway an. »Die Fremden sollen wissen, daß wir uns durchaus zu wehren verstehen.«

»Brauchen Sie mich für eine bestimmte Sache?« fragte Neelix. Ihm gelang es nicht, seine Nervosität zu verbergen. »Sie scheinen derzeit sehr beschäftigt zu sein, und ich würde es vorziehen, auch weiterhin der armen Kes Gesellschaft zu leisten ...«

»Dort.« Janeway deutete zum großen Bildschirm. Inzwischen ließen sich Einzelheiten des fremden Schiffes erkennen: Es sah aus wie ein grauer Keil mit mehreren langen Erweiterungen. »Was sind das für Leute?«

»Alles klar, Captain«, sagte Torres und drehte den Kopf.

Janeway kniff die Augen zusammen, so als zielte sie über den Lauf eines Phasergewehrs – sie konnte einfach nicht anders. »Obere Phaserbatterie, volle Salve. Feuer.«

Die von der *Voyager* ausgehenden Strahlen waren heller als die des fremden Raumers – und auch besser gezielt, stellte Janeway zufrieden fest. Lieutenant Kim meldete einen direkten Treffer, und er hatte die Worte gerade erst ausgesprochen, als sich das Licht im Kontrollraum plötzlich trübte. Funken stoben aus der technischen Station, und mit der einen Hand fächelte die Chefingenieurin eine kleine Rauchwolke fort.

»In den Heckschilden des Ziels ist eine große Strukturlücke entstanden«, sagte Tuvok. »Darüber hinaus registrieren die Sensoren Schäden am Achterschiff.«

»Was ist passiert, Torres?« fragte Janeway.

B'Elanna wirkte zornig, als das klingonische Temperament in ihr erwachte. Mit beiden Fäusten schlug sie auf die Konsole ein, bevor sie sich wieder in die Gewalt bekam. Doch sie hielt den Kopf gesenkt, und das herunterhängende Haar verwehrte einen Blick in ihr Gesicht. »Die Phaser sind erneut ausgefallen, Captain.« Ihre Stimme zitterte – zuviel Adrenalin, Besorgnis oder Streß. Oder alles zusammen.

»Können Sie unser Phaserpotential wiederherstellen?«

»Ich … ich glaube nicht, Captain. Diesmal sind die Schäden umfangreicher, wodurch die Reparatur länger dauert.«

»Versuchen Sie alles, was in Ihrer Macht steht«, erwiderte Janeway. »Wir stecken in einer ziemlichen Zwickmühle.«

Sie schloß die Augen, brauchte Zeit, um sich etwas einfallen zu lassen. Am besten wäre es vielleicht gewesen, sich taktvoll zurückzuziehen. Die Fremden wußten jetzt, daß ihnen die *Voyager* überlegen war, und möglicherweise verzichteten sie deshalb auf weitere Angriffe. Aber wenn sie weiterhin von ihren Waffen Gebrauch machten … Janeway mußte davon ausgehen, daß der Gegner über Warppotential verfügte, was bedeutete: Die hilflose *Voyager* konnte ihm nicht entkommen.

»Captain, die Fremden setzen sich mit uns in Verbindung«, sagte Kim und unterbrach damit die Überlegungen der Kommandantin.

Sie hob den Kopf. »Auf den Schirm.«

»Es werden nur Audiosignale übertragen«, erläuterte Kim.

»Das ist seltsam.« Chakotay trat näher an Janeway heran, als wollte er ihr auf diese Weise moralische Unterstützung gewähren. »Und mehr als nur ein wenig verdächtig.«

»Vielleicht«, entgegnete Janeway, die einen Kom-Kontakt zumindest für eine Chance hielt. Sie befanden sich in einer sehr schwierigen Situation, doch alle Crewmitglieder erfüllten zuverlässig ihre Pflicht, vertrauten dem Captain und dem Ersten Offizier. *Es könnte schlimmer sein,* fuhr es Janeway durch den Sinn, und sie spürte, wie sich ein Teil des Knotens in ihrer Magengrube auflöste. Die Fremden mochten viele Gründe dafür haben, ihr Erscheinungsbild nicht zu offenbaren; das Spektrum reichte von Sicherheitserwägungen bis hin zu kulturellen Tabus. »Vielleicht sind sie nur ein wenig scheu.« Sie lächelte, als die Anspannung auf der Brücke ein wenig nachließ. Die übrigen Offiziere blinzelten verwundert und nickten.

»Kontakt herstellen«, sagte Janeway.

»Kom-Kanal geöffnet«, meldete Kim

»Hier spricht Captain Kathryn Janeway vom Föderationsschiff *Voyager*. Wir sind Ihnen nicht …«

»Hier spricht Dritter Direktor Gantel von den Televek.« Die Stimme klang dumpf und trocken; man konnte sich vorstellen, daß sie von einem Humanoiden stammte. »Sie werden hiermit aufgefordert, sich sofort von dem Planeten zu entfernen. Falls Sie sich weigern, fordern Sie Ihre Vernichtung heraus.«

»Wir sind Ihnen nicht feindlich gesinnt und wollen niemandem Schaden zufügen«, beendete Janeway den begonnenen Satz.

»Allein mit Ihrer Präsenz richten Sie Schaden an.«

Janeway neigte den Kopf ein wenig zur Seite. »Wieso?«

»Warum sind Sie hier?« fragte der Fremde nach einigen Sekunden. Die Fortsetzung des Dialogs erfüllte Janeway mit Erleichterung; solange sie miteinander sprachen, wurden keine Phaser eingesetzt.

»Einen Augenblick, bitte.« Sie bedeutete Kim, die Signalübertragung zu unterbrechen. »Torres«, sagte sie und drehte den Kopf, »setzen Sie die Arbeit an den Schilden und Waffensystemen fort. Und bringen Sie auch den Warpantrieb in Ordnung. Ich wäre Ihnen sehr dankbar, wenn Sie in möglichst kurzer Zeit den einen oder anderen Erfolg vorweisen könnten. Halten Sie Mr. Tuvok auf dem laufenden.«

»Ja, Captain.« B'Elanna deaktivierte die technische Station der Brücke und eilte zum Turbolift. Janeway gab Kim ein neuerliches Zeichen, und er nickte.

»Es gibt zahlreiche geringfügige Schäden an unserem Schiff, die wir derzeit reparieren«, teilte die Kommandantin Gantel mit. »Sobald wir damit fertig sind, setzen wir den Flug fort. Die Instandsetzungsarbeiten sollten nicht sehr lange dauern. Ich wiederhole noch einmal: Wir hegen keine feindlichen Absichten, weder gegen Sie noch gegen sonst jemanden in diesem Quadranten. Die Reparaturen sind notwendig und bereits eingeleitet.« Janeway verzichtete darauf, sich für die Verletzung irgendwelcher territorialer Hoheitsrechte zu entschuldigen – das Schiff der Fremden kam bestimmt nicht aus dem Drenar-System.

Sie wartete, und das Schweigen dauerte an. Nach einer Weile beschloß sie, den Spieß umzudrehen. »Warum befinden Sie sich im Orbit um den Planeten? Und warum haben Sie das Feuer auf uns eröffnet?«

Wieder folgte kurze Stille, und dann: »Wir fragen uns, warum Sie ausgerechnet diesen Planeten für Ihre Reparaturen gewählt haben.«

»Ich möchte Sie nicht mit Einzelheiten langweilen, aber es geht uns auch darum, unsere organischen Vorräte zu erneuern: Nahrungsmittel, möglicherweise Saatgut und verschiedene Rohstoffe. Darüber hinaus möchten wir feststellen, ob der einheimischen Bevölkerung aufgrund der starken seismischen Aktivität Gefahr droht. Wie dem auch sei: Sie haben *meine* Fragen noch nicht beantwortet.«

Es war einen Versuch wert, fand Janeway. Zweifellos wußten die Fremden etwas über die Vorgänge auf dem Planeten. *Und ihnen muß auch klar sein, daß wir von entsprechenden Annahmen ausgehen.*

Sie wartete auf eine Reaktion, und wieder geschah eine Zeitlang überhaupt nichts. Janeway ging einige Schritte, fort von Chakotay und gefolgt von Neelix, der ein für ihn untypisches Schweigen wahrte. Nach mehreren Metern drehte sich die Kommandantin um, und der Talaxianer wich hastig beiseite.

»Captain«, begann er leise, »wenn ich etwas sagen darf …«

»Das wurde auch Zeit, Mr. Neelix«, erwiderte Janeway. »Wissen Sie etwas über die Fremden?«

»Ich denke schon.«

»Captain ...«, erklang wieder Gantels Stimme. »Sie sprechen da einen interessanten Punkt an. Genau deshalb sind wir hier: um die ungewöhnliche geologische Aktivität zu untersuchen und den Bewohnern gegebenenfalls Hilfe anzubieten. Wir haben nur deshalb das Feuer auf Sie eröffnet, weil wir einen Angriff fürchteten. Ein Raumschiff wie das Ihre sehen wir jetzt zum erstenmal.«

»Verstehe«, erwiderte Janeway. »Bitte gedulden Sie sich ein wenig.« Einmal mehr forderte sie Kim mit einem Wink auf, die Signalübertragung zu unterbrechen. »Nun, Mr. Neelix, bitte sagen Sie mir jetzt, was Sie über die Fremden wissen«, wandte sie sich an den Talaxianer.

»Das versuche ich schon seit einer ganzen Weile«, entgegnete Neelix mit einem Hauch Empörung. »Die Televek sind ein sehr altes Volk. Und sie genießen keinen besonders guten Ruf.«

»Fahren Sie fort«, drängte Chakotay.

»Man sagt ihnen nach, daß sie auch im Sklavenhandel und als Piraten tätig sind. Seit einiger Zeit haben sie sich einen zweifelhaften Ruf als Waffenhändler erworben. Sie verkaufen Tod und Vernichtung.«

»Parasiten, die von der Feindschaft anderer leben«, stellte Janeway fest.

»Sie leben nicht nur von der Feindschaft anderer, sondern stimulieren sie auch«, fügte Neelix hinzu. »Das ist gut fürs Geschäft.«

»Die bittere Wahrheit lautet, daß die Dienste solcher Leute oft notwendig sind«, warf Chakotay ein. »Woher haben die Widerstandskämpfer des Maquis wohl ihre Waffen bekommen?«

»Diese speziellen Waffenhändler sind nicht gerade für ihre Skrupel bekannt, Commander«, fuhr Neelix fort. »Häufig verkaufen sie bei einem Konflikt an beide Kontrahenten oder an *alle* Seiten. Dabei heben sie das Niveau der Waffentechnik nach und nach an, wodurch die Anzahl der Opfer immer mehr steigt.«

»Bis sich die Kunden der Televek schließlich gegenseitig auslöschen«, sagte Paris und schüttelte angewiderte den Kopf.

»Ein derartiges Gebaren könnte tatsächlich viel Feindschaft zur Folge haben«, bemerkte Tuvok.

Janeway nickte. »Vielleicht sind sie deshalb ein bißchen nervös.«

»Sie gelten als sehr verschlossen«, meinte Neelix. »Ich bin nie direkt einem Televek begegnet und hatte auch nicht geschäftlich mit ihnen zu tun – lassen Sie mich diesen Punkt unterstreichen. Soweit ich weiß, greifen sie bei Verhandlungen auf die Dienste sogenannter Mittler zurück.«

»Wenn Sie mir einen Vorschlag gestatten, Captain ...«, ließ sich Tuvok vernehmen.

Janeway nickte.

»Lieutenant Torres hat mir gerade mitgeteilt, daß ein Flußregulator des Elektroplasmasystems ausgetauscht werden muß, um das Phaserpotential wiederherzustellen. Es ist außerordentlich schwierig, eine neue entsprechende Komponente herzustellen. Aber da die Televek mit Waffen und Technologie handeln, und da ihnen ganz offensichtlich die Phasertechnik zur Verfügung steht ... Vielleicht könnten sie uns helfen.«

Captain Janeway wußte schon seit einer ganzen Weile, daß sie von Tuvok in allen Situationen klugen Rat erwarten durfte. Er neigte dazu, immer den vernünftigsten, rationalsten Weg vorzuschlagen, selbst dann, wenn es überhaupt keinen zu geben schien. Sie maß den Vulkanier mit einem nachdenklichen Blick. Die Anregung erschien zunächst absurd, doch wenn man sie genauer prüfte ...

»Wollen Sie etwa Geschäfte mit den Televek machen?« wandte sich Chakotay an Tuvok.

»Wir benötigen etwas, das sich vermutlich in ihrem

Besitz befindet«, lautete die Antwort des Vulkaniers. »Es ist nicht nur logisch, sondern entspricht auch den besten Interessen aller Beteiligten, wenn wir versuchen, das erforderliche Ersatzteil von den Televek zu bekommen, um es dann unseren Systemen anzupassen.«

»Keine schlechte Idee.« Janeway klopfte sich mit der Faust ans Kinn, als sie genauer darüber nachdachte. »Aber was könnten wir als Gegenleistung anbieten?«

»Vielleicht fällt den Televek etwas ein«, erwiderte Chakotay.

»Ich habe gehört, daß sie in dieser Hinsicht ziemlich viel Phantasie haben sollen«, sagte Neelix. »Allerdings rate ich Ihnen, den Televek keinen Augenblick lang zu vertrauen.«

»Nein?« fragte Chakotay.

»Nein. Weil Sie zu keinem Zeitpunkt sicher sein können, da es die Televek ehrlich meinen.«

Janeway nickte langsam. »Danke für den Hinweis, Mr. Neelix.« Sie bedeutete Kim, den Kom-Kanal wieder zu öffnen. »Vielleicht läßt sich eine Zusammenarbeit vereinbaren, Direktor Gantel«, sagte sie. »Wir könnten uns gegenseitig helfen. Was halten Sie von einem ... Austausch, der beiden Seiten zum Vorteil gereicht? Wären Sie bereit, darüber zu diskutieren?«

Wieder folgte Stille.

»Das kommt darauf an«, antwortete Gantel schließlich. »Wir sind vernünftige Leute. Was schlagen Sie vor?«

»Inzwischen liegen wichtige neue Daten über den Planeten vor, Captain«, warf Tuvok ein und überließ Janeway die Entscheidung, ob sie den neuesten Bericht jetzt sofort hören oder bis später damit warten wollte.

»Wenn Sie mich noch einmal entschuldigen würden ...«, sagte sie zu Gantel und wiederholte die Geste, die Kim dazu veranlaßte, den Audiokanal vorübergehend zu schließen. »Ich höre«, wandte sie sich an Tuvok.

»Drenar Vier bricht fast auseinander«, begann der

Vulkanier. »Die seismische Aktivität nimmt immer mehr zu. Wenn es so weitergeht wie bisher, kann der Planet in seiner gegenwärtigen Form nicht von Bestand bleiben. Das Ende wird recht schnell kommen. Ich habe erhebliche Veränderungen in der Stabilität des planetaren Magnetfelds festgestellt. Offenbar richtet es sich neu aus.«

»Was auf Bewegungen des geschmolzenen Planetenkerns schließen läßt.« Janeway nickte Kim zu, der die Verbindung mit dem anderen Raumschiff sofort wiederherstellte. »Zumindest in einer Hinsicht sind wir sicher einer Meinung«, teilte die Kommandantin den Televek mit. »Der Bevölkerung von Drenar Vier droht große Gefahr, und wir sind beide besorgt. Dieser gemeinsame Punkt ist sicher ein Anfang. Was können Sie uns über die Bewohner des Planeten berichten?«

»Was wir Ihnen berichten können?« erwiderte Gantel verwundert.

»Ja. Wir haben zahlreiche Dörfer geortet, und einige von ihnen sind groß genug, um als Städte bezeichnet zu werden. Aber über die Bewohner selbst liegen uns keine Informationen vor. Haben Sie sich bereits mit ihnen in Verbindung gesetzt?«

»Nein, Captain, das haben wir nicht. Auch wir wissen kaum etwas über die Einheimischen.«

»Ich verstehe.« Janeway ging einige Schritte, verharrte wieder, sah zum Hauptschirm und bedauerte, daß sich dort kein Gesicht zeigte.

»Wir würden gern mit Ihnen verhandeln«, sagte sie. »Vielleicht können Sie uns dabei helfen, bestimmte technische Komponenten zu bekommen, die wir für die bereits erwähnten Reparaturen brauchen. Als Gegenleistung wären wir zum Beispiel bereit, Sie bei eventuellen Rettungsmissionen auf dem Planeten zu unterstützen.«

»Wir danken Ihnen für diesen Vorschlag, Captain. Sie scheinen aus einem sehr vernünftigen und scharfsinnigen Volk zu stammen. Nun, es wäre sicher angebracht, diese Angelegenheit bei einer direkten Begegnung zu erläutern. Und zwar an Bord Ihres prächtigen Schiffes, wenn Ihnen das recht ist. Bestimmt gibt es viele Dinge, auf die wir uns einigen können. Was halten Sie davon, wenn wir eine kleine Repräsentantengruppe an Bord einer unbewaffneten Kapsel zu Ihnen schicken? Wären Sie damit einverstanden und auch bereit, die Sicherheit der Gesandten zu gewährleisten?«

Janeway sah zu Chakotay, und der Erste Offizier erwiderte ihren Blick. Beide zuckten gleichzeitig mit den Achseln.

»Wir kommen nicht weiter, indem wir einfach abwarten«, hauchte der Commander.

So viel war klar. »Na schön«, sagte Janeway. »Wir erwarten Ihre Repräsentanten, und ich versichere Ihnen, daß den Gesandten kein Leid widerfahren wird.«

»Mr. Chakotay, Sie haben das Kommando«, fügte sie hinzu, als die Televek den Kom-Kontakt beendet hatten.

»Captain ...« Kim wartete, bis Janeway zu ihm sah. Sie kannte den Fähnrich erst seit vergleichsweise kurzer Zeit, aber es fiel ihr nicht schwer, seinen Gesichtsausdruck zu deuten und Besorgnis darin zu erkennen.

»Ja?«

»Da ist noch etwas anderes, Captain. Ich habe die Sondierung wiederholt, um ganz sicher zu sein. Immerhin sind die Interferenzen ziemlich stark.«

»Was haben Sie entdeckt?« fragte Janeway.

»Eine sehr moderne stationäre Energiequelle, einige Kilometer unter der Oberfläche des Planeten. Sie entspricht keinen bekannten Konfigurationen.«

Janeway trat rasch zu Kims Station und sah sich die Daten selbst an. Diesmal folgte ihr Neelix nicht, sondern blieb bei Chakotay.

»Wo?« fragte sie den Fähnrich. »Blenden Sie eine grafische Darstellung ein.«

»Auf dem Hauptkontinent, unter einigen Vorbergen,

im Osten einer der größten Siedlungen.« Kim zeigte die Stelle auf dem Monitor.

Janeway drehte sich um. »Was hat es damit auf sich, Mr. Tuvok?«

»Das weiß ich noch nicht, Captain. Aber die Sensoren registrieren zahlreiche Energiesignaturen, die zwar kleiner sind, der Hauptquelle jedoch ähneln. Die meisten von ihnen scheinen mobil zu sein.« Er zögerte kurz und berührte Schaltflächen. »Ein klares Verteilungsmuster läßt sich nicht erkennen. Die Signaturen erscheinen wie durch Zufall und bleiben von unterschiedlicher Dauer.«

»Ich beobachte die primäre Energiequelle schon seit einer ganzen Weile«, sagte Kim. »In unregelmäßigen Abständen sinkt das energetische Niveau plötzlich ab, um dann langsam wieder anzusteigen. Ich weiß nicht, ob es einen Zusammenhang mit den mobilen Signaturen gibt. Das Durchschnittsniveau scheint allmählich abzunehmen.«

»Unsere Televek-Freunde dort drüben würden bestimmt behaupten, daß sie nichts davon wissen«, sagte Chakotay.

»Es ist seltsam, daß die Televek dieses Phänomen nicht erwähnt haben«, meinte Tuvok.

»In der Tat.« Janeway schürzte die Lippen und betrachtete noch immer die Darstellungen des Monitors. Die Fluktuationen des Magnetfelds wirkten sich sehr nachteilig auf die Sondierungssignale aus, und dadurch wurde es schwierig, exakte Daten zu gewinnen. Trotzdem konnte ihrer Meinung nach kein Zweifel daran bestehen, daß Kim recht hatte. Die Energiequelle existierte tatsächlich, war ziemlich groß und exotischer Natur.

Plötzlich fiel Janeway etwas anderes auf: ein vager Schatten dicht unter der Oberfläche des Planeten. Die Sensoren hatten ihn gerade erfaßt, als er sich auch schon wieder auflöste. »Haben Sie das gesehen, Mr. Tuvok?«

»Ja, Captain. Eine kurze Reflexion.«

»Was könnte die Ursache dafür sein?«

»Verarbeitete Metalle, Legierungen vielleicht?« spekulierte Kim.

»Das ist eine wahrscheinliche Erklärung«, bestätigte Tuvok.

»Also ein Gebilde aus Metall«, überlegte Janeway laut. »Ein Gebäude. Oder ein Raumschiff.«

»Möglich«, räumte der Vulkanier ein.

»Ich habe Ihnen ja gesagt, daß man den Televek nicht vertrauen darf«, erinnerte Neelix alle Anwesenden und preßte die Hände an die Brust. »Brauchen Sie mich noch, Captain?«

»Wir sind Ihnen sehr dankbar für Ihren Rat«, erwiderte Janeway. »Vielleicht benötigen wir ihn noch einmal.«

Neelix schnitt eine Miene, deren Bedeutung rätselhaft blieb.

»Wenn uns klar ist, daß man den Televek nicht vertrauen darf ...«, sagte Paris. »Können wir dieses Wissen nicht zu unserem Vorteil nutzen? Ich meine, es gibt hier sonst niemanden, von dem wir technische Hilfe erwarten dürfen – daran läßt sich leider nichts ändern. Aber deswegen brauchen wir ihnen noch lange nicht zu erlauben, alle Regeln zu bestimmen.«

»Da stimme ich Ihnen zu«, entgegnete Janeway. »Andererseits: Wenn wir uns auf einen Handel mit den Televek einlassen, so würde das den wechselseitigen Transfer von Wissen und Technologie bedeuten. Mir liegt nichts daran, die Geheimnisse der *Voyager* einem Volk anzuvertrauen, das sie nicht verdient. Ich fürchte, bei den Televek wären sie besonders schlecht aufgehoben.«

»Ja«, pflichtete ihr Paris bei. »Aber Informationen müßten bis zu einem gewissen Ausmaß in beide Richtungen fließen, oder?«

»Der Hinweis des Lieutenants hat durchaus etwas für sich«, sagte Chakotay. »Derzeit sind wir sehr im Nachteil, und es dürfte nur eine Frage der Zeit sein, bis das den Fremden klar wird.«

Trotz der ernsten Situation spürte Janeway Zufriedenheit, als sie den Brückenoffizieren zuhörte. Das Schicksal hatte sie zusammengeführt, fast achtzigtausend Lichtjahre von der Heimat entfernt. Die wichtigsten Bordsysteme funktionierten nicht mehr, und feindselige Fremde befanden sich in der Nähe. Trotzdem blieben die Offiziere ruhig und gefaßt, bildeten auch weiterhin eine Gemeinschaft, eine gut funktionierende Maschine. Die Umstände zwangen Janeway häufig, sehr schwierige Entscheidungen zu treffen, und es half zu wissen, daß sie sich auf diese Personen verlassen konnte.

»Wenn wir den Bewohnern von Drenar Vier – und uns selbst – helfen wollen, so bleibt uns nichts anderes übrig, als mit den Televek zu verhandeln«, sagte die Kommandantin und nickte Tuvok zu.

»Können wir das Sonnensystem nicht einfach verlassen?« fragte Neelix.

»Nein, noch nicht«, erwiderte Janeway. Sie schwieg einige Sekunden lang. »Mr. Tuvok, bitte ergreifen Sie alle notwendigen Sicherheitsmaßnahmen. Ich möchte nicht unfreundlich erscheinen, aber wir sollten jedes Risiko vermeiden. Falls Sie mich brauchen … Ich statte dem Maschinenraum einen Besuch ab. Geben Sie mir Bescheid, wenn die Gesandten eintreffen. Mr. Kim …« Sie drehte sich zu dem jungen Fähnrich um und musterte ihn kurz. »Sie begleiten mich. Ich möchte, daß Sie den Shuttlehangar aufsuchen und dort etwas für mich erledigen.«

Im Anschluß an diese Worte schritt sie zum Turbolift, gefolgt von Kim.

# 4

B'Elanna Torres kaute auf der Unterlippe, als sie zu den Displays der Hauptkonsole sah. »Lieutenant Carey, wie kommen Sie mit den magnetischen Konstriktorspulen voran?« rief sie. Er arbeitete auf dem oberen Deck des Maschinenraums, an einer Stelle, die Torres von ihrer derzeitigen Position aus nicht sehen konnte.

Er spähte kurz übers Geländer, und so etwas wie Verzweiflung zeigte sich in seinem Gesicht.

»Sie können gleich aktiviert werden.«

B'Elanna atmete tief durch und nickte dann. Am meisten ärgerte sie sich darüber, daß sie nicht alles selbst erledigen konnte. Aber Carey verstand sein Handwerk, ebenso wie die anderen, die mit ihm zusammen bemüht waren, das Warptriebwerk zu reparieren. Torres begriff, daß sie Aufgaben delegieren mußte, aber dadurch wurde es nicht leichter.

Sie trieb nicht nur ihre Mitarbeiter an, sondern auch sich selbst, und zwar aus gutem Grund. Der Captain verlangte Resultate. Und die *Voyager* befand sich in einer kritischen Situation – vielleicht hing das Überleben der Crew davon ab, wie schnell die Reparaturen durchgeführt wurden.

Doch es gab gewisse Grenzen, die beachtet werden mußten.

B'Elanna beugte sich wieder zur Konsole vor und berührte Schaltflächen. Die dunklen Bildschirme über dem Pult erhellten sich nacheinander, zeigten Diagramme und andere grafische Darstellungen. Inzwischen krochen so viele Techniker durch die Wartungsschächte, daß Torres den Überblick zu verlieren drohte. Hinzu kam jene Gruppe, die sich um die Subsysteme des Transporters kümmerte – rote Indikatoren auf dem Statusdisplay machten deutlich, daß die entsprechenden Schaltkreise noch immer nicht funktionierten. Torres hatte die dafür zuständigen Leute erst vor zehn Minuten nach dem Stand ihrer Arbeit gefragt, aber sie war noch nicht bei ihnen gewesen, um sie direkt zu … *stimulieren.*

Eine andere Schaltfläche, und die Darstellungen veränderten sich. Weitere rote Markierungen erschienen. »Das wird dem Captain ganz und gar nicht gefallen«, murmelte die Chefingenieurin.

»Was wird mir nicht gefallen?« fragte Janeway.

B'Elanna drehte den Kopf und stellte fest, daß die Kommandantin direkt hinter ihr stand. Sie verzog das Gesicht. »Eine Menge.«

»Wie sieht's aus?«

Torres holte tief Luft und fragte sich, wo sie beginnen sollte. Ganz gleich, wo sie anfing: Es mangelte nicht an schlechten Neuigkeiten. »Carey arbeitet am Warptriebwerk. Das ist derzeit unsere Priorität. Die Lebenserhaltungssysteme sind stabil. Die Kapazität des Impulstriebwerks beträgt fünfundachtzig Prozent, vielleicht auch sechsundachtzig. Soweit die guten Nachrichten. Was die Phaser betrifft … Tut mir leid, Captain, aber es wird noch eine ganze Weile dauern, bis ich ihre Einsatzbereitschaft melden kann.«

»Ich weiß. Tuvok hat mich bereits darauf hingewiesen. Nun, wenigstens wissen die Televek nichts davon. Besser gesagt: Sie wissen nichts von diesem speziellen Schaden. Wir gehen das Phaserproblem inzwischen von einer anderen Seite an.«

B'Elanna bedacht Janeway mit einem neugierigen Blick. »Wie meinen Sie das?«

»Vielleicht verfügen die Televek über die von uns

benötigten technischen Komponenten. Wobei ich davon ausgehe, daß sie imstande sind, ihre Technik der unsrigen anzupassen. Wahrscheinlich erklären sich die Fremden zur Kooperation bereit. Offenbar sind sie zuerst und vor allem Händler; alles andere kommt für sie an zweiter Stelle. Inzwischen halten sie uns für potentielle Kunden und haben einige Repräsentanten beauftragt, uns zu besuchen.«

»Zu einem Versuch bin ich gern bereit«, erwiderte Torres. »Ich würde selbst Gummibänder benutzen, wenn ich mir etwas davon verspräche. Aber daß uns die Televek dabei helfen, unser Waffenpotential wiederherzustellen … Können wir ihnen vertrauen?«

»Nein.« Janeway lächelte, was B'Elanna zu beruhigen schien. »Das ist der knifflige Teil. Trotzdem bin ich bereit, eine Zusammenarbeit zu riskieren – natürlich unter der Voraussetzung, daß wir die ganze Zeit über vorsichtig bleiben. Der Chefingenieur sollte bei den ersten Verhandlungsgesprächen zugegen sein. Glauben Sie, man kann Sie hier unten für eine Weile entbehren?«

Torres sah sich um und beurteilte die aktuelle Situation. Sie bemerkte mehrere hoffnungsvolle Blicke. »Ich schätze, derzeit würde mich hier niemand vermissen.«

»Gut.«

»Brücke an Captain«, erklang Tuvoks Stimme aus dem Interkom.

Janeway klopfte auf ihren Insignienkommunikator. »Ja, Mr. Tuvok?«

»Die Televek sind an Bord und tatsächlich unbewaffnet.«

»Führen Sie sie zum Besprechungsraum. Wir sind gleich da.«

Jeder Erstkontakt war einzigartig, aber Janeway hatte genug erlebt, um zu wissen: Es gab viele Gemeinsamkeiten, und man mußte gewisse Prinzipien achten. Sie hielt an ihrer Bereitschaft fest, die Besucher höflich zu empfangen, aber sie wollte auch nicht auf eine gesunde Portion Argwohn verzichten.

»Willkommen an Bord der *Voyager*«, sagte Janeway und stellte sich vor, nachdem Tuvok die Namen der Fremden genannt hatte. Jonal war der einzige Mann der aus drei Personen bestehenden Gesandtengruppe: eine elegante, auf sonderbare Weise attraktive Gestalt, ein wenig älter als die beiden Begleiterinnen, die sich durch eine geradezu atemberaubende Schönheit auszeichneten. Alle drei waren in physischer Hinsicht sehr eindrucksvoll, und ihre Kleidung betonte diesen Aspekt, indem sie einen großen Teil der Arme und Beine ganz offen zeigte. Mila und Tassay hatten wie Jonal bronzefarbene Haut. Bei ihnen ging von beiden Seiten der Stirn ein Knochenkamm aus, der direkt über den grünen Augen begann und unter dem langen weißen Haar verschwand.

Janeway deutete auf die anderen Mitglieder ihrer Crew. »Das ist mein Erster Offizier, Commander Chakotay. Unser Navigator, Mr. Paris. Mr. Neelix, unser … Verbindungsoffizier. Und Chefingenieurin B'Elanna Torres.«

Die Besucher nickten und streckten die Hände mit den Handflächen nach oben aus – offenbar eine Geste des guten Willens. Janeway erwiderte sie und dachte voller Erleichterung daran, daß trotz mehrfacher gründlicher Sondierungen keine Waffen entdeckt worden waren.

»Wir sind keine Televek, sondern Drosary«, sagte Jonal.

»Wir kommen als Mittler«, fügte Mila hinzu, die kleinere der beiden Frauen. »Im Namen unserer Wohltäter.«

Die andere Frau namens Tassay schwieg, als sie am Konferenztisch Platz nahmen.

»Warum kommen die Televek nicht selbst?« fragte Janeway.

»So ist es ihre Art«, antwortete Jonal.

»Wir bieten unsere Dienste als Mittler gern an, denn damit ist allen geholfen«, sagte Mila mit einer Umgänglichkeit, die zu den natürlichen Eigenschaften ihres Volkes zu gehören schien.

Janeway stellte schon nach kurzer Zeit fest, daß ihr Jonal mit besonderer Aufmerksamkeit begegnete, während Tassays Interesse vor allem Chakotay zu gelten schien. Darüber hinaus merkte sie, daß sich die Blicke von Paris und Mila recht oft trafen.

Die drei Drosary waren offenbar recht freundlich, aber Janeway dachte einmal mehr an Neelix' nicht besonders schmeichelhafte Bemerkungen über die Televek. »Was können Sie uns über Ihre ... Auftraggeber sagen?« fragte sie. »Uns sind ... beunruhigende Berichte zu Ohren gekommen.«

»Von denen viele kaum der Wahrheit entsprechen können, denn sonst wären wir nicht hier«, sagte Tassay und sprach damit zum erstenmal. Ihre Stimme klang noch weicher und sanfter als die der beiden anderen Drosary.

»Die Televek werden oft mißverstanden, Captain«, betonte Jonal.

»Von Mißverständnissen habe ich noch nie viel gehalten«, sagte Janeway. »Bitte klären Sie uns auf.«

»Wir stammen von einer Welt, die durch Kriege zerstört wurde und nicht unsere wahre Heimat darstellte«, begann Jonal sofort. »Unser Volk hatte versucht, dort eine Kolonie zu bilden. Einige Tausend von uns, darunter auch wir, versuchten, Tyrannei und Völkermord zu entkommen. Doch die Kriege, die unserem Volk für so lange Zeit Kummer und Verzweiflung gebracht hatten, folgten uns zu den anderen Kolonien, brachten die Gewalt und das Chaos auch zu anderen Völkern. Bald schickte eine Nachbarwelt Angriffskommandos zu uns, denen wir praktisch hilflos ausgeliefert waren.«

»Unsere eigene Regierung konnte oder wollte uns nicht helfen«, sagte Tassay. Sie schien direkt zu Chakotay zu sprechen. »Sie behauptete, wir befänden uns außerhalb des primären Bereichs. Man überließ uns unserem Schicksal. Sie wissen sicher nicht, was so etwas bedeutet.«

»O doch, ich kann es mir vorstellen.« Chakotay warf B'Elanna Torres, die ebenfalls zum Maquis gehört hatte, einen kurzen Blick zu. »Und vermutlich nicht nur ich.«

Janeway verzichtete auf einen Kommentar.

»Die Televek retteten einige von uns aus Trümmern und Asche, boten uns an, als Mittler zu fungieren«, sagte Mila. »Sie sind sehr gut zu uns gewesen. Wir kennen sie besser als sonst jemand.«

»Das sind interessante Ausführungen«, erwiderte Chakotay. »Aber ...«

»Aber sie haben mein Schiff angegriffen«, sagte Janeway geradeheraus.

»Manchmal sind die Televek ein wenig ... nervös, Captain«, erklärte Jonal. »Das liegt an den Umständen. Bei einer Konfrontation neigen sie dazu, sofort von den Waffen Gebrauch zu machen, und häufig aus gutem Grund. Wissen Sie, die Televek handeln in vielen Sektoren mit der besten und neuesten Technik, die meist der Verteidigung dient. Deshalb ...«

»Und offensive Technologie ist überhaupt nicht Teil ihres Repertoires?« fragte Neelix, der die letzte Bemerkung nicht einfach so hinnehmen wollte.

»Als führende Händler auf diesem Gebiet bieten die Televek eine vollständige Produktpalette an«, erwiderte Jonal.

»Warum auch nicht?« warf Mila in einem fast beschwörenden Ton ein. »Welches Recht hat jemand in unserem Universum, über andere zu urteilen, ohne die Hintergründe zu kennen?«

»Zugegeben.« Chakotay schien es gar nicht erwarten zu können, auch den Rest zu hören. »Bitte fahren Sie fort.«

»Ja, bitte.« Janeway beugte sich vor.

»Die besondere Position der Televek erregt die Aufmerksamkeit vieler Völker, und zwar aus unterschiedlichen Gründen – das Spektrum reicht von Vereinbarungen über Meinungsverschiedenheiten bis hin zu Piraterie«, sagte Jonal. »So etwas kann zu Komplikationen führen. Zum Beispiel sind nicht alle bereit, einen fairen Preis zu bezahlen.«

»Ja.« Tassay nickte und faltete die zarten Hände wie zu einem Gebet. »Wissen Sie, manche Leute schrecken vor nichts zurück, um die Technik zu bekommen, die sie sich wünschen.«

»Jedesmal dann, wenn die Televek einen Vertrag respektieren, gewinnen sie nicht nur Freunde, sondern auch Feinde«, meinte Mila. »Und manche Feinde können sehr nachtragend sein. So etwas geschieht recht oft.«

»Ja, das habe ich gehört«, murmelte Neelix, woraufhin ihn alle drei Mittler stumm ansahen.

»Wie dem auch sei ...«, sagte Janeway. »Die gegen mein Schiff gerichtete Aggression werte ich nach wie vor als Affront. Ich wäre vielleicht bereit, darüber hinwegzusehen, aber zunächst möchte ich mehr über die Gründe erfahren, warum die Televek ihren Raumer in den Orbit von Drenar Vier gesteuert haben. Wenn es ihnen wirklich darum geht, der einheimischen Bevölkerung zu helfen, so würde ich gern wissen, was sie überhaupt an dem Planeten beziehungsweise seinen Bewohnern interessiert.«

»Teilen Sie uns außerdem mit, welche Bedingungen sich Gantel für eine Vereinbarung mit uns vorgestellt hat.« Chakotay behielt die Besucher bei diesen Worten aufmerksam im Auge.

»Wir haben natürlich nur das Beste im Sinn«, erwiderte Jonal.

»Das Beste und Vernünftigste«, bekräftigte Tassay, und wieder galten ihre Worte vor allem Chakotay. Der Commander und die Drosary sahen sich einige Sekunden lang stumm an, schienen die Präsenz der anderen Personen zu vergessen.

*Ein sehr leidenschaftliches Volk,* dachte Janeway und wußte nicht, ob sie Gefallen an dieser Vorstellung finden konnte. Hinzu kam folgendes: Jonal ließ kaum einen Zweifel daran, daß sie ihn faszinierte. Erstaunlicherweise übte dieser Umstand einen gewissen Reiz auf sie aus.

»Wir verstehen Ihre Besorgnis«, sagte Jonal. »Wir sind gern bereit, alle Ihre Fragen zu beantworten, und wir hoffen, daß wir anschließend auch Auskunft von Ihnen bekommen. Die Televek können praktisch alles liefern, das Sie brauchen, um Ihr Schiff wieder vollkommen in Ordnung zu bringen. Und als Gegenleistung haben Sie sicher viel anzubieten. Die *Voyager* und Ihre Technologie sind völlig neu für unsere Auftraggeber. Daher dürfen Sie mit großem Interesse rechnen.«

»Mit großem Interesse an unserer Technik«, entgegnete Janeway.

Verwunderung huschte durch Jonals Gesicht. »Natürlich«, fuhr er fort, und sein Blick glitt durchs Zimmer. »Das verstehen Sie bestimmt. Immerhin sind sie nie zuvor einem Schiff wie dem Ihren begegnet. In diesem Zusammenhang interessiert es sie sehr, Ihr Angebot zu erfahren.«

Darauf hatte Janeway gewartet. Die Drosary wirkten freundlich und zuvorkommend, aber sie gewann allmählich den Eindruck, daß sie mit einem Team von aalglatten und überaus geschickten Verkäufern sprach. Auf diesem Gebiet mangelte es ihr an Erfahrung, doch derartige Verhandlungen basierten wie Erstkontakte auf bestimmten Grundsätzen. Janeway hatte mehr als nur einen zeitgenössischen Roman zu diesem Thema gelesen, und daher wußte sie: Einem derartigen Dilemma begegnete man am besten, indem man möglichst wenig Geld in der Tasche trug – aber möglichst viele Taschen mitbrachte.

»Wir wären imstande, Ihnen bestimmte medizinische Techniken anzubieten, die sicher einen großen Nutzen für Sie hätten«, sagte Janeway.

»Unsere medizinische Wissenschaft hat einen sehr hohen Entwicklungsstand erreicht«, erwiderte Mila. Es klang kühler als vorher.

»Wir könnten die Daten unserer Bibliothek in Ihren Bordcomputer transferieren.« Janeway unterstrich ihre Worte mit einem Lächeln. »Sie enthält Texte und multimediale Informationen über Hunderte von Völkern in unserem Teil der Galaxis. Damit meine ich Völker, die Sie bisher nicht kennen. Einige der größten Werke von Literatur und ...«

»Es fällt uns schon schwer genug, in bezug auf die vielen Kulturen in unserem Quadranten auf dem laufenden zu bleiben, Captain«, sagte Jonal. »Meine derzeitige Leseliste ist ziemlich lang. Trotzdem: Dieser Punkt ist nicht ganz und gar uninteressant. Hier könnte es tatsächlich einen gewissen Wert geben. Was sonst noch?«

»Was sonst noch?« wiederholte Chakotay ein wenig entrüstet.

»Wie ich schon Gantel gegenüber erwähnte ...«, sagte Janeway etwas strenger. »Wir sind bereit, Sie bei Hilfsmaßnahmen in Hinsicht auf die Bevölkerung des Planeten zu unterstützen. Immerhin meinte er, deshalb seien Sie hier – um den in Gefahr geratenen Einheimischen zu helfen. Die medizinischen Daten und Bibliotheksinformationen sind gewissermaßen ein zusätzlicher Beitrag von uns.«

»Ja, natürlich«, bestätigte Jonal. Er klang liebenswürdig, ohne übermäßig begeistert zu wirken. Nach einigen Sekunden sah er Janeway so an, als seien sie schon seit langer Zeit miteinander bekannt, als teilten sie ein profundes Geheimnis oder den Schatz eines sehr bedeutungsvollen Wissens. »Dürfen wir einen weiteren Vorschlag unterbreiten?«

Janeway lehnte sich zurück. »Ich höre.«

»Die Televek handeln häufig mit Waffen, Captain, das ist kein Geheimnis. Und um ganz offen zu sein: Ihre sind sehr beeindruckend. Unsere Auftraggeber wären sehr daran interessiert zu erfahren, wie Sie ein so unglaublich hohes energetisches Niveau bei den Phasern bewerkstelligen und doch die Zielgenauigkeit wahren konnten. Darüber hinaus lassen die Sondierungsergebnisse vermuten, daß Ihre Warpgondeln nicht stationär sind, sondern ...«

»Nein«, sagte Janeway in einem kategorischen Tonfall. Eine besorgte Stimme regte sich in ihrem Innern, eine Stimme, die sie seit ihrer Zeit an der Akademie kannte. Ganz bewußt wandte sie den Blick von den Drosary ab, insbesondere von Jonal, fixierte ihre Aufmerksamkeit statt dessen auf das Modell der *Voyager* an der gegenüberliegenden Wand. So etwas wie Euphorie war bei der Besprechung entstanden, doch die allgemeine Zuversicht schien jetzt nachzulassen, während gleichzeitig Janeways innere Stimme lauter wurde. »Unter gar keinen Umständen überlassen wir die Waffentechnik der Föderation den Televek oder einem anderen Volk. So etwas ist absolut ausgeschlossen.«

»Wir bedauern sehr, das zu hören, Captain«, erwiderte Mila und sah ihre beiden Begleiter an. Die drei Drosary schienen eine stumme Übereinkunft zu treffen, so als seien sie zur wortlosen Kommunikation imstande. Janeway hielt sie nicht für Telepathen, wünschte sich jedoch Kes' Präsenz. Die Ocampa hatte bei mehreren Gelegenheiten latente telepathische Fähigkeiten bewiesen und wäre vielleicht in der Lage gewesen, solche Eigenschaften bei den Besuchern zu erkennen. Aber Kes befand sich noch in der Krankenstation und lag im Heilschlaf.

*Allmählich werden die Taschen knapp,* dachte Janeway und vermied es noch immer, in Jonals hellgrüne Augen zu sehen. Die Warpgondel-Konfiguration der *Voyager* verwendete das Konzept der variablen Geometrie, um die negativen Auswirkungen von Warpfeldern auf das Subraum-Kontinuum und bewohnte Welten möglichst gering zu halten. So etwas mußte natürlich das Interesse der Televek wecken, die offenbar eine primitivere Reaktortechnik verwendeten. *Darüber könnten wir eventuell reden,* dachte die Kommandantin. *Wenn uns nichts anderes übrigbleibt.*

Sie formulierte entsprechende Worte.

»Hochverehrter Captain«, erwiderte Jonal, und es klang sehr traurig, fast gequält, »ich werde Ihre Vorschläge natürlich weiterleiten und versuchen, sie bei meinen Auftraggebern möglichst attraktiv erscheinen zu lassen. Aber ich glaube nicht, daß Ihre Anregungen in der bisherigen Form genügen. Ich verstehe Ihre Besorgnis, möchte jedoch darauf hinweisen, daß die Televek bereits über eine hochentwickelte Waffentechnik verfügen. Allerdings scheinen Ihnen in diesem Bereich einige wesentliche Verbesserungen gelungen zu sein.«

»Unsere Ortungsdaten weisen darauf hin, daß Sie zwei mit Warppotential ausgestattete Geschosse auf das Raumschiff der Televek gerichtet haben«, sagte Mila und neigte den Kopf zur Seite, wodurch ihr langes weißes Haar über die braune Schulter glitt. Ihr Blick blieb auf Paris gerichtet. »Unsere Auftraggeber könnten an einem Verhandlungsgespräch darüber interessiert sein. Die Televek sind bestimmt neugierig und möchten erfahren, warum jene Waffen einsatzbereit bleiben, obgleich sie selbst alle ihre offensiven Systeme deaktiviert haben.«

»Es handelt sich um Photonentorpedos«, erklärte Paris und erwiderte Milas Blick. »Sie sind sehr wirkungsvoll.«

Janeway klopfte auf ihren Insignienkommunikator. »Captain an Fähnrich Rollins. Sichern Sie die Photonentorpedos. Bleiben Sie aber bei Alarmstufe Gelb.« Sie sah

Mila an, als sich die Drosary ihr zuwandte, und die beiden Frauen wechselten ein freundliches Lächeln.

»Das ist sehr ermutigend«, kommentierte Tassay, die damit nach längerer Pause das Wort ergriff. »Die Televek haben ähnliche Waffen, von vergleichbarer Stärke, aber ich glaube, dabei wird ein Pulsgenerator verwendet. Ein Vergleich mit Ihren Systemen wäre von einem gewissen Interesse; vielleicht könnten wir in diesem Zusammenhang eine Vereinbarung treffen.«

»Das halte ich für unwahrscheinlich«, sagte Chakotay und warf Janeway einen Blick zu, der ihr mitteilte, daß er ebenfalls skeptisch blieb.

»Bitte versuchen Sie, vernünftig zu sein«, sagte Jonal, und seine Worte galten in erster Linie Janeway. »Immerhin liegt es in Ihrem eigenen Interesse, eine möglichst breite Basis für die Zusammenarbeit zu schaffen.«

Janeway schwieg und musterte die Drosary, vor allem Jonal, der ihr wie ein sehr freundlicher und wohlwollender Diplomat erschien. Ein Mann, der ihr große Beachtung schenkte ... Und natürlich hatten diese Gesandten recht mit ihren Ausführungen – wenn man die Dinge aus ihrer Perspektive sah. Doch das galt auch für Janeways Blickwinkel.

Letztendlich verhandelte sie nicht mit diesen Leuten, sondern mit den Televek. Wie konnte sie diesen drei Drosary trauen, auch wenn das durchaus angebracht zu sein schien?

Ihre eigenen Möglichkeiten waren begrenzt, während die Televek einen größeren Spielraum hatten. *Wir stehen unter Druck, nicht sie,* dachte Janeway. Aber noch wollte sie nicht nachgeben. Ihr blieb eine Westentasche ...

»Wenn Sie uns bitte entschuldigen würden ...«, sagte sie, und ihr Tonfall machte deutlich, daß sie keine Frage stellte. »Ich möchte mich mit meinen Offizieren beraten. Vielleicht haben auch Sie den Wunsch, die bisherigen Erörterungen unter sich zu diskutieren. Ich muß einige

Situationsaspekte überprüfen, darunter unsere Protokolle.«

»Natürlich«, sagte Tassay liebenswürdig.

»Ich weiß nicht, wieviel Zeit unsere Gespräche in Anspruch nehmen. Sie können natürlich an Bord bleiben. Wir werden versuchen, Ihnen den Aufenthalt so angenehm wie möglich zu machen. Vielleicht gelingt es uns anschließend, einen Konsens zu erzielen.«

»Davon bin ich überzeugt, Captain«, erwiderte Jonal und lächelte strahlend. Mila und Tassay nickten freundlich.

»Danke«, sagte Janeway. Sie gab den beiden Sicherheitswächtern an der Tür ein Zeichen, und daraufhin geleiteten sie die Drosary hinaus.

»Warten Sie eine Weile – solange sie können –, bevor Sie die Besucher zurückrufen«, wandte sich die Kommandantin an Chakotay, als sie allein waren. »Verhandeln Sie mit ihnen, bis ich zurück bin. Sie haben das Kommando und sind befugt, eine Vereinbarung zu treffen, wenn die Gesandten unsere ursprünglichen Bedingungen akzeptieren. Was ich allerdings bezweifle. So freundlich und zuvorkommend die Drosary auch sind: Ich bin ziemlich sicher, daß sie selbst und erst recht ihre Auftraggeber an ihren eigenen Bedingungen festhalten wollen.«

»Darf ich fragen, was Sie vorhaben?« fragte der Erste Offizier verwundert.

»Je mehr ich mich bemühe, desto schwerer fällt es mir, einen Sinn in dieser ganzen Sache zu erkennen. Wenn die Televek tatsächlich mit einer Rettungsmission beschäftigt sind, so haben sie es damit offenbar nicht sehr eilig. Es gibt nicht einmal Anzeichen dafür, daß entsprechende Initiativen begonnen haben. Als ich darauf zu sprechen kam, wichen die Drosary diesem Thema aus.«

»Sie scheinen sehr eingleisig zu sein.« B'Elanna Torres sprach nun zum erstenmal seit Beginn der Verhandlungen. »Ich halte nicht viel davon, daß sie unsere Waffen- und Triebwerkssysteme auskundschaften. Das gefiele mir nicht einmal dann, wenn ich dabei direkt neben ihnen stünde. Und eins steht fest: Ich würde auf keinen Fall zulassen, daß sie *ohne* mich einen technischen Streifzug unternehmen. Ich weiß nicht warum, aber irgend etwas an den Drosary läßt mich schaudern.« Sie sah sich am Tisch um, erwartete vermutlich Zustimmung.

»Ich habe nichts dergleichen bemerkt«, sagte Chakotay.

»Ich auch nicht«, pflichtete ihm Paris bei.

B'Elanna runzelte die Stirn.

»Freundlichkeit gehört nicht zum Stil der Televek«, betonte Neelix und schloß sich damit dem Standpunkt der Chefingenieurin an. »Wenn Sie mich fragen: Die Burschen planen etwas. Es ist richtig, daß Sie ihnen nicht vertrauen, Captain. Mir sind gräßliche Geschichten über die Televek zu Ohren gekommen. Wissen Sie, ich habe einmal eine sehr vorteilhafte Vereinbarung mit einigen Idsepianern getroffen, keine fünfzig Lichtjahre von hier entfernt, doch dann stellte sich heraus, daß sie einen ziemlich scheußlichen Streit mit den Tethoeen im Nachbarsystem hatten, und bevor ich den erzielten Profit in Sicherheit bringen konnte ...«

»Danke, Mr. Neelix«, unterbrach Janeway den Talaxianer. »Ich weiß Ihre Hinweise sehr zu schätzen. Und ich bin Ihrer Meinung, zumindest prinzipiell. Wir können es uns nicht leisten, den Drosary – und den Televek – uneingeschränkt zu vertrauen, auch wenn wir das möchten. Wir wissen nicht genug über sie, und es steht zuviel auf dem Spiel.«

»Ja, Sie haben recht«, bestätigte Chakotay.

Seit der fast fatalen Begegnung der *Voyager* mit dem braunen Zwerg spürte Janeway Unbehagen tief in ihrem Innern, und jetzt verdichtete es sich, wies darauf hin, daß sich die Lage ständig verschlechterte. Sie verabscheute es, auf der Verliererseite zu stehen, selbst dann, wenn die Umstände günstig waren – eine Beschreibung, die gewiß nicht auf die gegenwärtige Situation zutraf. Sie atmete tief durch, entschlossen dazu, nicht noch mehr außer Kontrolle geraten zu lassen.

»Ich möchte herausfinden, was auf dem Planeten geschieht«, sagte sie. »Die Sensoren können mir leider keine Antwort auf meine Fragen geben, und von den Televek dürfen wir offenbar keine Auskunft erwarten. Deshalb werde ich Drenar Vier einen Besuch abstatten.«

»Ich begleite Sie«, bot sich Chakotay sofort an.

Janeway schüttelte den Kopf. »Nein. Ich brauche Sie hier. Mr. Tuvok, Sie kommen mit mir.«

»Captain«, sagte Chakotay, »ich ...«

»Seien Sie unbesorgt«, entgegnete die Kommandantin. »Das heißt: Machen Sie sich nicht mehr Sorgen als sonst.«

Der Erste Offizier nickte wortlos. Janeway verabschiedete sich von den anderen und ging fort, gefolgt von dem Vulkanier.

Schweigend schritten sie durch die Korridore, und die Stille dauerte an, bis sie ihr Ziel fast erreicht hatten.

»Mit welchen Entdeckungen rechnen Sie?« fragte Tuvok, als sie den Shuttlehangar betraten. Harry Kim wartete neben der offenen Einstiegsluke eines Shuttles. Die *Voyager* verfügte über zwei Raumfähren dieser Art.

»Ich weiß es nicht«, erwiderte Janeway. »Ich rechne damit, Einheimischen zu begegnen, Vulkanausbrüche zu sehen, vielleicht Erdbeben zu erleben. Abgesehen davon ... nichts. Das hoffe ich jedenfalls. Aber ich bin nicht bereit, darauf zu wetten.«

»Wir sind startklar, Captain«, meldete Kim, als sich die Kommandantin ihm zuwandte.

»Ausgezeichnet, Fähnrich.« Sie kletterten an Bord und schlossen die Luke, warteten dann darauf, daß sich das Innenschott öffnete. Kurze Zeit später saßen sie an den Konsolen. Nach einer raschen Überprüfung der

Bordsysteme aktivierte Kim das Triebwerk, und Janeway steuerte sie in den Weltraum.

Chakotay klopfte auf seinen Insignienkommunikator. »Bringen Sie die Besucher zurück.« Er sah kaum einen Sinn daran, die Drosary noch länger warten zu lassen und dadurch ihre Geduld auf die Probe zu stellen. Alles in ihm drängte danach, die Verhandlungen fortzusetzen, sie zu einem erfolgreichen Abschluß zu bringen.

Die beiden Sicherheitswächter führten Jonal, Mila und Tassay wieder in den Besprechungsraum. Als alle saßen, wies Chakotay darauf hin, Janeway sei mit einigen Analysen beschäftigt und hoffe, sich ihnen bald hinzugesellen zu können.

Der Erste Offizier versuchte, dort anzuknüpfen, wo sie die Gespräche unterbrochen hatten.

»Vielleicht könnten wir über unsere Sensortechnik reden«, sagte er. »Ich glaube, auf diesem Gebiet sind wie Ihnen ein wenig voraus.«

Die drei Mittler wechselten rasche Blicke, und ihre Mienen schienen sich zu erhellen. »Ja, einverstanden«, entgegnete Tassay schließlich und musterte Chakotay bewundernd.

»Wir müssen natürlich feststellen, ob sie für die Televek einen echten Nutzen hat«, sagte Jonal. »Aber wie dem auch sei: Die Sensortechnik ist zweifellos ein Schritt in die richtige Richtung. Es geht hier nicht um den Verkauf eines Sternenreichs, nur um einen harmlosen Austausch von Produkten beziehungsweise Kenntnissen. Sie brauchen sich nicht vor uns oder den Televek zu fürchten, Commander. Unsere Auftraggeber meinen es gut. Bitte teilen Sie das Captain Janeway mit. Helfen Sie mir, sie zu überzeugen.«

Chakotay lächelte unwillkürlich. »Ich schätze, da kann ich Ihnen keine große Hilfe sein.«

»Erster Offizier zur Brücke!« tönte die Stimme von Lieutenant Rollins aus den Interkom-Lautsprechern.

»Hier Chakotay. Was ist los?«

»Commander, die Televek haben auf das Shuttle geschossen«, antwortete Rollins.

Paris war sofort auf den Beinen und eilte bereits zur Tür, als Chakotay aufsprang. »Statusbericht!«

»Das Shuttle hat einen direkten Treffer abbekommen und stürzt ab. Wir haben den Kom-Kontakt verloren.«

»Sie drei bleiben hier«, wies Chakotay die Drosary an. Und zu den Sicherheitswächtern: »Sorgen Sie dafür, daß niemand den Raum verläßt.«

Die beiden Männer nickten, zogen ihre Phaser und richteten sie auf die Gesandten.

»Commander ...« Jonal wirkte zerknirscht. »Ich versichere Ihnen, daß wir ...«

»Nicht jetzt.« Chakotay ging an ihm vorbei.

»Bitte warten Sie.« Tassay näherte sich, streckte die Hand nach ihm aus. »Geben Sie uns die Möglichkeit, Ihnen zu erklären ...«

»Nein«, sagte Chakotay kühl, wich der Hand aus und eilte im Laufschritt durch den Korridor.

Kim rief eine Warnung, und im gleichen Augenblick raste vom Raumschiff der Televek ein Strahlblitz heran. Das Shuttle schüttelte sich und schlingerte. Das Licht ging aus, und in der Dunkelheit flackerte es mehrmals, begleitet vom fauchenden Zischen einiger Kurzschlüsse. Einige Sekunden später verdrängte das rote Glühen der Notbeleuchtung die Dunkelheit. Janeway und Tuvok waren zu Boden geschleudert worden, standen wieder auf und wankten zur Hauptkonsole. Die Raumfähre schien sich um ihre eigene Achse zu drehen. Kim spürte, wie Furcht in ihm emporquoll, ihm den Hals zuschnürte. Das Atmen fiel ihm plötzlich schwer, und es kam einer Anstrengung gleich, die Lungen mit Luft zu füllen. Er kämpfte gegen die drohende Panik an und trachtete danach, sich wieder zu fassen, die Ruhe zu bewahren. »Wir haben das energetische Potential der

Backbordgondel verloren«, berichtete er, trat ebenfalls zur zentralen Konsole und sah auf die Displays. Datenkolonnen wanderten durch die kleinen Projektionsfelder.

»Das ist noch nicht alles.«

Kim glaubte, Besorgnis in Tuvoks Stimme zu hören, was für den Vulkanier recht ungewöhnlich war. Dieser Umstand beruhigte ihn keineswegs.

»Wir müssen die Drehbewegung stoppen, wenn wir eine Chance haben wollen«, sagte Janeway und rang mit den Kontrollen. »Mr. Kim, versuchen Sie es mit den Steuerbord-Stabilisatoren.«

Telemetriedaten leuchteten neben einem Anzeigefeld, das die relative Position des Shuttles zum Horizont verdeutlichte. Kim schaltete die Stabilisatoren auf ein Reservesystem um, während es Janeway und Tuvok gelang, wieder eine gewisse Kontrolle auf die Bewegungsmuster der Raumfähre auszuüben. Gemeinsam sorgten sie dafür, daß der Sturzflug etwas flacher wurde. Die Höhe verringerte sich nicht mehr ganz so schnell, und auf dem Hauptschirm geriet nun die Tagseite des Planeten in Sicht.

»Vielleicht schaffen wir es, Captain.« Kim verspürte das Bedürfnis, irgend etwas zu sagen, als das Überleben zumindest zu einer Möglichkeit wurde.

»Etwas anderes lasse ich nicht zu«, erwiderte Janeway und bedachte den Fähnrich mit einem kurzen Blick. Die Kommandantin schien die ganze Zeit über gewußt zu haben, daß sie am Leben blieben. Das war natürlich unmöglich; niemand konnte wissen, was die Zukunft brachte. Doch ein Teil von ihm wollte daran glauben, um die Furcht endlich zu besiegen.

»Ja, Ma'am«, sagte der junge Mann und kam dem nächsten Befehl zuvor, indem er die Landedüsen vorbereitete.

»Die Navigationskontrollen reagieren kaum«, meldete Tuvok. »Das energetische Niveau ist auf dreiundsiebzig Prozent gesunken. Ich glaube, wir kommen ziemlich nahe an das ursprünglich ausgewählte Ziel heran; allerdings haben wir keine Gelegenheit, einen geeigneten Landeplatz zu wählen.«

»Wenn es nur einer ist, den wir anschließend zu Fuß verlassen können«, kommentierte Janeway, was Kim zu einem nachdrücklichen Nicken veranlaßte.

Das Shuttle schlingerte erneut, kippte von einer Seite zur anderen, neigte dann den Bug abrupt nach unten. Kim spürte, wie sich ihm erneut die Schlinge der Angst um den Hals legte. Er versuchte, dieses unangenehme Gefühl einfach zu ignorieren, blickte zum Hauptschirm und beobachtete, wie die Raumfähre durch dunkle Aschewolken glitt. Kurz darauf wichen die Rußschwaden beiseite, und der Boden des Planeten schien ihnen entgegenzuspringen. Ein flickenartiges Muster aus Feldern, Wiesen, Ackerland und dichten Wäldern erstreckte sich unter ihnen, reichte bis zu den Hügeln und Bergen im Osten. Im Süden ragte eine weitere Bergkette empor, und von einigen Gipfeln wuchsen Rauchsäulen gen Himmel.

Kim zündete die Landedüsen und nahm manuelle Korrekturen vor, während sich Janeway und Tuvok bemühten, den Bug des Shuttles in der Waagerechten zu halten. Nach einem neuerlichen Taumeln, das Übelkeit in Kim entstehen ließ, neigte sich die Nase der Raumfähre nach oben, und dann setzte es auf – mit einem so heftigen Ruck, daß die drei Passagiere das Gleichgewicht verloren und stürzten.

»Alles in Ordnung?« fragte Captain Janeway, als sie und Tuvok sich aufrichteten. Ein einzelnes Element der Notbeleuchtung glühte, und in dem Halbdunkel waren nur undeutliche Konturen zu erkennen.

Die meisten Anzeigeflächen lieferten keine Daten mehr, stellte Kim fest, als er aufstand und sich umsah. Erneut schob er sich vor die zentrale Konsole, empfand dabei starke Schmerzen in den Rippen und am Ellenbogen. Er berührte Schaltflächen und versuchte herauszufinden, welche Bordsysteme noch funktionierten und warum die anderen ausgefallen waren.

»Ich bin nicht verletzt, Captain«, beantwortete er Janeways Frage.

»Das gilt auch für mich«, fügte Tuvok hinzu. »Aber mir scheint, dieses Shuttle kann erst wieder fliegen, nachdem umfangreiche Reparaturen durchgeführt wurden. Eine weitere Einsatzgruppe muß hierher transferiert werden.« Er trat neben Kim und blickte auf die Displays. »Wir haben keine Energie mehr, zumindest derzeit nicht. Und selbst wenn uns volle energetische Kapazität zur Verfügung stünde: Praktisch alle Bordsysteme sind ausgefallen.«

»Auch die Lebenserhaltung«, sagte Kim.

»Und die Kommunikation«, meinte Tuvok.

Janeway nickte, und ihr Gesichtsausdruck blieb in der Düsternis verborgen. »Na schön. Mal sehen, ob sich feststellen läßt, wie's oben aussieht.« Sie klopfte auf ihren Insignienkommunikator. »Janeway an *Voyager,* bitte melden Sie sich.«

Keine Antwort. Kim und Tuvok versuchten es auch mit ihren Kommunikatoren, doch es gelang nicht, eine Verbindung zum Schiff in der Umlaufbahn herzustellen.

»Die starken Fluktuationen im Magnetfeld des Planeten führen zu Interferenzen«, sagte Tuvok. »Vielleicht erreichen unsere Signale die *Voyager* überhaupt nicht.«

»Das wäre eine plausible Erklärung, Captain«, warf Kim in dem Wunsch ein, sich irgendwie nützlich zu machen. Ihm war klar: Tuvok und Janeway hatten zusammen mehr Erfahrung, als er in einem ganzen Leben sammeln konnte. Andererseits vermittelten sie ihm nicht das Gefühl, etwas anderes zu sein als ein geschätztes und geachtetes Besatzungsmitglied. Was ihn in dem Bestreben bestärkte, Kompetenz und Tüchtigkeit zu beweisen.

»Wir sind abgestürzt und von der *Voyager* abgeschnitten.« Janeway schüttelte ernst den Kopf. Nach zwei oder drei Sekunden stemmte sie die Hände in die Hüften, was auf einen Stimmungswechsel hinwies. »Welche Systeme können repariert werden?« fragte sie den Vulkanier. »Und wie lange dauert es? Derzeit bleibt uns nur Hoffnung.«

»Die eine oder andere Reparatur sollte möglich sein, obgleich ich nicht weiß, wieviel Zeit dafür erforderlich ist. Ich gebe den Kommunikationssystemen absoluten Vorrang.«

»Verstanden. Sie bleiben hier und machen sich sofort an die Arbeit. Mr. Kim und ich sehen uns draußen um. Vielleicht wurde unsere Landung von jemandem beobachtet. Wenn das der Fall ist, so möchte ich einen Eindruck von den Betreffenden gewinnen, bevor sie uns finden.«

»Nach meinen Berechnungen sind wir ein wenig nördlich des ursprünglichen Ziels gelandet«, sagte Kim und entsann sich an die letzten Telemetriedaten. Während des Wartens im Shuttlehangar hatte er sich Karten von der Oberfläche des Planeten und speziell des Landegebiets angesehen. Die Siedlung in der Nähe gehörte zu den größten auf dieser Seite von Drenar Vier. Die Landung war nicht weit davon entfernt vorgesehen gewesen. Während das Shuttle durch die Wolken raste, hatte Kim befürchtet, daß sie direkt über der »Stadt« abstürzten.

»Wir sind nur wenige Kilometer von den Vorbergen entfernt, unter denen sich die subplanetare Energiequelle befindet«, stellte Tuvok fest.

»Wir haben also praktisch den Zielort erreicht«, meinte Janeway. »Was uns allerdings kaum etwas nützt.«

»Captain ...« Kim zögerte, den Gedanken auszusprechen. »Glauben Sie, daß die *Voyager* angegriffen wird?«

»In dieser Hinsicht läßt sich keine Gewißheit erlangen«, erwiderte Tuvok.

»Ich meine ... Warum schicken die Televek Gesandte zur *Voyager* – um dann das Feuer zu eröffnen?«

»Ich glaube, sie haben allein auf das Shuttle geschossen«, sagte Janeway.

»Aber auch das ergibt keinen Sinn.«

»Deshalb sind wir hier, Mr. Kim: um mehr herauszufinden, einen Sinn in der ganzen Angelegenheit zu erkennen. Und an dieser Absicht halte ich fest. Phaser auf Betäubung justieren«, wies sie den Fähnrich an und veränderte die Einstellungen der eigenen Waffe. »Ich hoffe, daß wir die Strahler nicht brauchen. Wir sollten es vermeiden, uns den Einheimischen zu zeigen. Es gibt keinen Grund zu der Annahme, daß die Televek einen entsprechenden Kontakt herbeigeführt haben.«

»Aye, Sir.« Kim befestigte seinen Phaser wieder am Gürtel. »Ich bin soweit.«

»Gut.« Janeway betätigte die manuellen Kontrollen, und langsam schwang die Luke auf. »Also los.«

# 5

Gefechtsstationen besetzen, Mr. Rollins!« befahl Chakotay, als er auf die Brücke eilte, dichtauf gefolgt von B'Elanna Torres. »Photonentorpedos vorbereiten. Auf meinen Befehl hin das Feuer eröffnen. Navigation, halten Sie sich für Ausweichmanöver bereit.«

Rollins stand an Tuvoks Konsole und bediente die Kontrollen der taktischen Station. »Wir sollten besser darauf verzichten, die Torpedos einzusetzen, Sir«, sagte er. »Wir sind dem Ziel zu nahe.«

»Er hat recht«, ließ sich B'Elanna von der technischen Station her vernehmen. »Ohne den Schutz der Schilde könnte sich die energetische Druckwelle als sehr gefährlich erweisen.«

Chakotay musterte sie nacheinander. »Ich weiß. Die Photonentorpedos werden trotzdem vorbereitet.«

»Die Televek versuchen, einen Kom-Kontakt mit uns herzustellen«, meldete Rollins.

»Das überrascht mich nicht.«

»Ich wußte, daß man ihnen nicht trauen darf«, jammerte Neelix. Er hatte neben der Tür des Turbolifts gestanden, schritt nun zum Ersten Offizier und rieb sich nervös die Hände. »Darauf habe ich Sie mehrmals hingewiesen.«

Chakotay nickte, blickte dann zum Hauptschirm und beobachtete das seltsam kantige Televek-Schiff. »Kanal öffnen«, brummte er. »Ich bin neugierig, was sie uns zu sagen haben.«

»Warum wurde das Shuttle gestartet?« ertönte die unruhig klingende Stimme des Dritten Direktors Gantel. »Was wollten Sie damit erreichen?«

»Warum haben Sie das Feuer auf die Raumfähre eröffnet?« lautete Chakotays scharfe Gegenfrage. »Es stellte nicht die geringste Gefahr für Sie dar.«

»Wir wollten nur einen Warnschuß abgeben. Der Treffer war reiner Zufall.«

Chakotay runzelte die Stirn und stellte fest, daß er die Fäuste geballt hatte. Ganz bewußt streckte er die Finger. Er bezweifelte, daß die Televek-Kanoniere so schlecht zielten. »Einen *Warn*schuß wollten Sie abgeben? Als Warnung wovor? Die Mission des Shuttles war rein wissenschaftlicher Natur – es brach auf, um Daten zu sammeln. Das stark fluktuierende Magnetfeld des Planeten stört unsere Sensoren, wie sicher auch Ihre. Deshalb planten wir einen Erkundungseinsatz auf der Oberfläche.«

»Vermutlich liegt ein weiteres … Mißverständnis vor, Commander«, erwiderte Gantel und klang nun wieder völlig ruhig.

Chakotay spürte, wie er erneut die Fäuste ballte. »Das scheint bei Ihnen recht häufig zu passieren.«

»Nur dann, wenn man uns nicht informiert.«

»Es befinden sich Personen an Bord des Shuttles!« entfuhr es dem Ersten Offizier.

»Wir bedauern sehr, wenn jemand verletzt worden sein sollte. Es ist durchaus möglich, daß es Überlebende gibt.«

»Dann haben Sie sicher nichts dagegen, wenn wir ein zweites Shuttle schicken, um unsere Leute zu bergen«, sagte Chakotay. »Und zwar sofort.«

»Das ist leider nicht möglich.«

»Warum nicht?« fragte Paris. Er saß an der Navigationskonsole und wäre am liebsten aufgesprungen.

»Sie können doch nicht von uns erwarten, daß wir unsere Leute einfach so im Stich lassen!« fügte B'Elanna hinzu.

Das Feuer des Zorns brannte immer heißer in Chakotay. »Wir beabsichtigen eine Rettungsaktion. Wollen Sie uns daran hindern?«

Eine Zeitlang herrschte Stille. Schließlich antwortete Gantel: »Es gibt viel zu erklären. Ich fürchte, ein weiteres Mißverständnis bahnt sich an.«

»Das glaube ich auch«, sagte Chakotay.

»Sind Jonal und seine beiden Begleiterinnen sicher bei Ihnen eingetroffen?« fragte Gantel. »Haben Sie mit ihnen gesprochen?«

»Ja«, bestätigte der Commander. Es kostete ihn erhebliche Mühe, sich zu beherrschen. »Ihren Gesandten scheint es ebenso schwer zu fallen wie Ihnen, zur Sache zu kommen. Ich möchte einige klare Antworten von Ihnen.«

»Und die sollen Sie auch bekommen. Bitte gestatten Sie mir, vorher mit den Mittlern zu reden.«

»Jetzt sofort?«

»Ja. Das halte ich für den besten Weg. Verwirrung ist für alle Beteiligten schlecht. Direkte Kommunikation nützt beiden Seiten, das versichere ich Ihnen.«

»Vielleicht gibt es noch eine andere Möglichkeit«, sagte Chakotay. Er sah erst zu Paris und dann zu Torres, wußte schon vorher, daß er auch für sie sprach.

»Wenn wir uns gegenseitig vernichten, ist alles verloren«, fuhr Gantel fort. »Um der Kooperation willen und zum Wohle der Personen im Shuttle: Bitte rufen Sie die Gesandten.«

»Nun gut. Mr. Rollins, lassen Sie die Drosary zur Brücke bringen. Sie sollen die ganze Zeit über bewacht werden.«

»Wenn Sie gestatten, Commander ...«, begann Rollins. »Ich weiß nicht, ob das Sinn hat. Vielleicht ...«

»Wir klären die Sache hier und jetzt«, erwiderte Chakotay. »Mr. Paris, sondieren Sie auch weiterhin den Planeten. Versuchen Sie, das Feld der elektromagnetischen Interferenzen irgendwie zu durchdringen. Melden Sie sich sofort, wenn Sie etwas entdecken. Das gilt auch für alle anderen.«

Chakotay schritt stumm auf und ab, während man seine Befehle ausführte. Es dauerte nicht lange, bis die drei Drosary-Mittler eintrafen. Zwei bewaffnete Sicherheitswächter gingen vor den Gesandten und zwei hinter ihnen. Der Kom-Kanal war gerade wieder geöffnet, als Jonal auch schon zu sprechen begann. Eine hastig geführte Diskussion fand statt, an der auch Mila und Tassay teilnahmen. Es ließ sich jedoch kaum feststellen, worum es ging. Die Mittler schienen in einer Art Code zu sprechen.

Ganz offensichtlich gab es Meinungsverschiedenheiten, und sie betrafen die *Voyager.* Es ging um ein Joint Venture der Klasse neun, wie es Gantel nannte.

»Und das Bergungsgut?« fragte Jonal.

»Dieser Punkt kann absolut nicht strittig sein«, erwiderte Gantel.

»Darin bestand unsere ursprüngliche Position«, meinte Tassay.

»Ich bin immer für kontinuierliche Bewertungen eingetreten«, sagte Gantel.

»Insbesondere dann, wenn sie opportun waren«, bemerkte Mila nicht ohne einen gewissen Sarkasmus.

»Ich empfehle, daß wir ihnen praktische Anreize gewähren«, sagte Jonal mit Nachdruck. »Natürlich der zweiten Stufe.«

»Wie großzügig«, entgegnete Gantel scharf. »Das wird die Erste Direktorin sicher freuen.«

»Wenn wir nichts vorweisen können, dürfte ihre Freude noch viel größer sein«, kam es strenger von Milas Lippen, als Chakotay es erwartet hätte. Einige Sekunden lang herrschte Stille. Die drei Drosary standen ruhig und warteten geduldig, schienen sich ihrer Sache sehr sicher zu sein.

»Einverstanden«, sagte Gantel schließlich. »Allerdings hängt mein Einverständnis von den Entscheidungen der Ersten Direktorin ab, die sie bald treffen wird, wie wir vermuten.«

»Natürlich«, murmelte Tassay. Die drei Drosary wechselten einen schnellen Blick, den Chakotay mit einer Grimasse verglich.

»Klingt nach einem Familienstreit«, kommentierte der Commander leise und beugte sich dabei zu den anderen Brückenoffizieren vor, die nicht besonders begeistert wirkten. Chakotay versuchte, ihre Stimmung zu heben, indem er scherzhaft hinzufügte: »Ich frage mich, ob sie eigentlich wissen, was sie wollen.«

»Sie wissen es, Commander«, entgegnete Neelix, der einige Meter entfernt stand und erneut bewies, daß ihm in einem Umkreis von mehreren Lichtjahren kein Wort entging. »Sie wissen es ganz genau, glauben Sie mir.«

*Danke,* dachte Chakotay.

»Hoffentlich wissen *wir* es auch«, meinte B'Elanna. Es klang nicht sonderlich zuversichtlich.

»Das hoffe ich auch«, fügte Paris hinzu.

Chakotay nickte.

»Commander ...«, sagte Jonal nach einigen weiteren Wortwechseln, die irgendwelche Kontingente oder dergleichen zu betreffen schienen. »Im Namen der Televek möchten wir unsere Bemühungen erneuern, Bereiche der Kooperation zu finden und unsere Differenzen zu überwinden. Wir haben Informationen für Sie, die Ihnen vielleicht alles in einem anderen Licht erscheinen lassen. Lassen Sie uns mit folgender Feststellung beginnen: Wenn angemessene Kommunikation gewährleistet ist – und darum werden wir drei uns kümmern, mit Ihrer Erlaubnis –, so kann weiteren Mißverständnissen vorgebeugt werden. Die Televek versuchen, Probleme zu vermeiden. Sie wollen keine Schwierigkeiten schaffen, ob Sie das glauben oder nicht.«

»Das stimmt, Chakotay«, sagte Tassay, trat näher und sah ihn aus seelenvollen Augen an. »Ich glaube, wir müssen einen Schritt zurückweichen, um anschließend den Weg nach vorn fortzusetzen.«

»Zunächst einmal sind die Televek bereit, in Hinsicht auf die Verhandlungsbedingungen flexibler zu sein«, sagte Jonal. Die beiden anderen Drosary kommentierten diese Worte mit nachdrücklichem Nicken. »Außerdem bieten sie eine Koordinierung der Bemühungen an, die zum Ziel haben, das abgestürzte Shuttle auf dem Planeten zu lokalisieren und mit eventuellen Überlebenden Verbindung aufzunehmen. Vielleicht läßt sich sogar eine Rettungsmission durchführen, obwohl das komplizierter ist, als Sie derzeit ahnen. Auch in dieser Hinsicht stellen unsere Auftraggeber Erklärungen in Aussicht.«

»Fahren Sie fort«, sagte B'Elanna kühl und kam Chakotay damit zuvor.

»Ja, bitte«, fügte der Commander hinzu.

»Zwar hat der Phaserstrahl des Televek-Schiffes das Shuttle getroffen, aber wir glauben nicht, daß er allein den Absturz bewirkt haben kann«, meinte Jonal. »Dazu reichte das energetische Potential nicht aus.«

»Die Fakten widersprechen Ihnen«, entgegnete Chakotay.

»Vielleicht trägt der Planet zumindest einen Teil der Verantwortung für das, was geschehen ist«, sagte Tassay.

»Wieso denn?« fragte Paris.

»Über dieses Schlüsselelement möchten wir mit Ihnen reden«, erwiderte Mila. »Sie wissen nicht, womit wir es hier zu tun haben. Selbst die Televek haben gerade erst begonnen, es zu verstehen.«

»Während wir miteinander diskutieren, deaktivieren die Televek ihre Waffensysteme – vorausgesetzt, Sie sind ebenfalls dazu bereit.« Jonal klang so, als handelte es sich dabei nur um ein eher unwichtiges Detail. »Es fällt schwer, vernünftig miteinander zu sprechen, wenn einen nur wenige Sekunden von der Vernichtung trennen.«

Chakotay überlegte und musterte die Drosary. Es entging ihm nicht, daß sie jetzt wieder völlig ruhig und gelassen wirkten. Tassay richtete einen seltsamen Blick auf ihn: Sie schien eine Inspiration von ihm zu erwarten – vielleicht auch noch mehr. Sie war sehr attraktiv, aber derzeit hatte er einfach keine Zeit für eine persönliche Beziehung, und das galt sicher auch für sie. Andererseits stammten die Drosary aus einer fremden Kultur, mit anderen Idealen und Werten – das durfte man nicht vergessen. Vielleicht hielten sie es für ganz normal, Arbeit und Vergnügen miteinander zu verbinden. Möglicherweise waren sie nicht nur liebenswürdig, sondern auch kapriziös.

»Gehen wir in den Bereitschaftsraum des Captains«, sagte der Commander. »Ich habe weitaus mehr Fragen als Antworten, und daran möchte ich etwas ändern.«

»Ein ausgezeichneter Vorschlag«, pflichtete ihm Jonal bei.

»Sie kommen mit, Neelix«, sagte der Erste Offizier, und der Talaxianer wirkte alles andere als begeistert. Er wollte zu Kes, doch derzeit brauchte ihn die Ocampa nicht so dringend wie Chakotay.

Als er sich umdrehte, fiel ihm auf, daß Mila ganz dicht bei Paris stand und ein privates Gespräch mit ihm führte. Chakotay räusperte sich demonstrativ. Paris drehte den Kopf und begriff sofort die Bedeutung des durchdringenden Blicks, den ihm der Commander zuwarf. Der Lieutenant stand auf, griff sanft nach Milas Arm und führte sie fort von der Navigationsstation. »Wir sollten vermeiden, daß Sie durch Zufall irgendwelche Schaltelemente berühren«, erklärte er. »Ich schlage vor, Sie schließen sich dem Commander an.«

»Ja, natürlich«, stimmte Mila sofort zu. Sie schien ein wenig verlegen zu sein.

Alle lächelten.

*Es könnten Spione sein,* dachte Chakotay. Die Frage

lautete, ob es eine Rolle spielte oder nicht. Er war entschlossen, der Sache auf den Grund zu gehen, so oder so.

»Kommen Sie mit?« wandte sich Mila an Paris.

»Er wird hier gebraucht«, sagte Chakotay.

Mila wirkte fast wie ein Kind, als sie den Kopf ein wenig zur Seite neigte. »Bitte, Commander, ich bestehe darauf. Ihr Schiff liegt derzeit in einem stationären Orbit, ebenso wie unseres. Die Dienste eines Navigators werden also gar nicht benötigt. Oder legen Sie keinen Wert auf Paris' Meinung?«

Chakotay mochte es ganz und gar nicht, auf diese Weise unter Druck gesetzt zu werden. Und der Rest gefiel ihm nicht viel besser. Seiner Ansicht nach lief alles darauf hinaus, daß sie Zeit verloren.

»Na schön«, murmelte er und verbarg seinen Ärger nicht. B'Elanna Torres stand keinen Meter von ihm entfernt, zwischen den Drosary und der Tür des Bereitschaftsraums. Sie hatte die Arme verschränkt und rechnete damit, ebenfalls dazu aufgefordert zu werden, an den Besprechungen teilzunehmen.

»Soll uns sonst noch jemand begleiten?« fragte Chakotay.

Mila sah B'Elanna an und wandte dann den Blick ab. »Nein, das ist nicht nötig.«

B'Elannas Gesichtsausdruck hätte drindorianische Drachenmilch sauer werden lassen.

Chakotay schüttelte den Kopf. »Na schön«, brummte er, als er an Torres vorbeiging. »Jemand sollte dafür sorgen, daß wir mit der Arbeit weiterkommen.«

»Schon gut, Commander«, sagte Torres, als sich die Tür des Bereitschaftsraums öffnete. »Es ist alles in Ordnung.«

Chakotay zögerte und begegnete dem Blick der Chefingenieurin. Nicht zum erstenmal erlebte er sie so ernst. Bei den meisten Leuten handelte es sich dabei um eine übertriebene Reaktion, doch bei Torres sah die Sache anders aus, erst recht dann, wenn Leben auf dem Spiel standen. Derzeit kam ihre Stimmung einem Trost für ihn gleich. Er nickte ihr zu und trat durch den offenen Zugang.

Als sie sich in dem kleinen, spärlich eingerichteten Bereitschaftsraum versammelten, gelang es Mila, Paris ein Lächeln zu entlocken. Der Lieutenant schien der wunderschönen jungen Drosary immer mehr zugetan zu sein – eine durchaus verständliche Reaktion, fand Chakotay, selbst in der gegenwärtigen Situation. Tassay blieb zunächst an der Seite des Commanders, als er sich an Janeways Schreibtisch lehnte. Die anderen nahmen auf dem großen Sofa an der gegenüberliegenden Wand Platz. Tassay setzte sich dann an jenes Ende, das Chakotay am nächsten war.

»Wo ist Captain Janeway?« fragte Jonal. »Ich hatte gehofft, daß sie an unseren Diskussionen teilnimmt.«

»Sie … muß noch einige Dinge erledigen. Ich bin befugt, die Verhandlungen weiterzuführen.«

Jonals Gesichtsausdruck veränderte sich nicht. »Nun gut, Commander.«

»Absoluten Vorrang hat für mich die Rettung der Shuttlecrew«, sagte Chakotay. »Ich glaube, wir sollten dort anfangen. Die Televek hielten es offenbar für nötig, unsere Leute in Lebensgefahr zu bringen, um sie vor etwas zu warnen, das sich auf dem Planeten befindet. Von Ihnen erwarte ich nun, daß Sie die Hintergründe erläutern.«

Stille folgte diesen Worten. Chakotay musterte die Drosary und bemerkte einmal mehr die stumme Kommunikation zwischen ihnen. Eine Aura der Ehrlichkeit und Aufrichtigkeit umgab sie, auch unter ungünstigen Umständen. Den Televek traute er nicht, aber es schien keinen Zweifel zu geben, daß die Drosary Vertrauen verdienten, daß sie es gar nicht böse meinen *konnten*. Das galt insbesondere für Tassay.

»Drenar Vier ist unzugänglich«, sagte Jonal. »Die Televek wissen das, denn sie haben versucht, die Oberfläche zu erreichen. Ihre Leute hätten ohnehin nicht landen können.«

Chakotay beschloß, die Karten offen auf den Tisch zu legen und die Reaktionen der Drosary zu beobachten. »Sie sollten wissen, daß wir eine starke subplanetare Energiequelle geortet haben, in einer Tiefe von mehreren Kilometern. Darüber hinaus glauben wir, daß sich ein Raumschiff der Televek in jenem Bereich befindet. Ich nehme an, Sie wollen uns auch dafür eine Erklärung anbieten.«

»Oh, Commander ...« Jonal lächelte sanft. »Ich gratuliere Ihnen zu Ihrem Schiff und der tüchtigen Besatzung. Vielleicht käme Ihre Sensortechnik als Verhandlungsgegenstand in Frage.«

»Wir können natürlich alles erklären«, versicherte Tassay dem Commander.

»Dann fangen Sie gleich damit an«, erwiderte der Erste Offizier.

Jonal gab sich so, als hätte ihm Chakotay einen Gefallen erwiesen – eine willkommene Reaktion, wenn auch nicht die erwartete.

»Also gut«, sagte der Drosary. »Wissen Sie, trotz ihrer Bemühungen haben es die Televek nicht geschafft, den Bewohnern von Drenar Vier zu helfen. Landungen und selbst Flüge in niedrigen Umlaufbahnen sind aufgrund eines hochentwickelten planetaren Verteidigungssystems unmöglich. Wer zu landen versucht, wird angegriffen, was dazu führt, daß alle wichtigen Bordsysteme ausfallen. Wenn der Abstand zwischen Raumschiff und Planet unter ein gewisses Maß schrumpft, ist Zerstörung die unvermeidliche Folge. Die von Ihnen erwähnte Energiequelle steht offenbar in irgendeinem Zusammenhang mit dem Verteidigungssystem; das vermuten jedenfalls die Televek.«

»Sie haben bereits ein Schiff auf diese Weise verloren«, fügte Mila hinzu. »Einen Kreuzer wie den, der sich jetzt in einem hohen Orbit befindet. Daket, der Kommandant des anderen Schiffes, hielt es für möglich, die Schilde so zu modifizieren, daß sie einen sicheren Anflug ermöglichten. Gantel teilte diese Meinung nicht. Daket entschied schließlich, einen Versuch zu wagen, was zum Absturz seines Schiffes führte. Seitdem haben wir keinen Kontakt.«

»Und davor wollten die Televek uns warnen, als sie aufs Shuttle schossen?« fragte Paris ungläubig.

Mila legte ihm die Hand auf den Arm. »Es stimmt wirklich.«

Der Lieutenant runzelte die Stirn. »Warum haben sie keinen Kom-Kanal geöffnet?«

»Gantel glaubte, daß für eine Diskussion nicht genug Zeit blieb«, antwortete Tassay. »Ein Warnschuß erschien ihm als beste Lösung des Problems.«

»Die Televek sind noch nie zuvor mit einem derartigen offensiven oder defensiven System konfrontiert worden«, sagte Jonal. »Es ist intelligent und reagiert sehr schnell, verfügt außerdem über beträchtliche Ressourcen. Vielleicht stammt es aus einem anderen Teil der Galaxis. Möglicherweise aus Ihrem – obgleich Sie nicht damit vertraut zu sein scheinen.«

»Wir kennen es tatsächlich nicht«, bestätigte Chakotay.

»Wir haben einen Vorschlag«, sagte Tassay, und ihre Stimme erklang in unmittelbarer Nähe von Chakotays Ohr. Instinktiv wich er fort, schuf damit wieder eine gewisse Distanz.

»Ich höre«, erwiderte er knapp.

»Praktische Anreize«, erwiderte Tassay und strahlte.

»Diese Bezeichnung habe ich schon einmal gehört«, sagte Paris. »Was hat es damit auf sich?«

»Anreize sind wie Öl fürs Getriebe des Lebens«, erläuterte Mila. »Sie können sehr mächtig sein, wenn man richtig damit umgeht – die Televek wissen darüber Bescheid.« Sie bedachte Paris mit einem glücklichen Lächeln. »Das gilt für praktisch alle politischen, geschäftlichen und auch persönlichen Verhandlungen.«

»Es läuft auf folgendes hinaus«, meinte Jonal. »Wenn die *Voyager* dabei hilft, das planetare Verteidigungssystem zu analysieren und zu neutralisieren, so wäre anschließend eine gemeinsame Suche sowohl nach Ihrem Shuttle als auch nach dem abgestürzten Televek-Kreuzer möglich. Und wir könnten zusammen versuchen, den Einheimischen zu helfen.«

»Dafür sind Sie bereit, uns die benötigten Reparaturkomponenten zur Verfügung zu stellen?« fragte Chakotay.

»Ohne eine zusätzliche Art der Bezahlung zu verlangen, zum Beispiel in Form von Starfleet-Technik?« warf Neelix ein. »Sie fordern nicht mehr von uns, Ihnen die technischen Einzelheiten unserer Phaser zu enthüllen?«

»So ist es.« Jonal schien recht zufrieden zu sein, ebenso wie die beiden Drosary-Frauen.

Paris lächelte erfreut, doch Chakotay hielt an seiner Skepsis fest und versuchte, sich nicht zuviel zu erhoffen. »Welcher Vorteil ergibt sich für die Televek durch eine solche Vereinbarung?«

Jonal zuckte mit den Schultern – eine sehr menschliche Geste. »Unsere Auftraggeber haben den gleichen Wunsch wie Sie: Es geht ihnen darum, ihre Leute zu retten. Aber um ganz ehrlich zu sein, Commander: Sie wären auch nicht abgeneigt, das drenarianische Verteidigungssystem – oder auch nur einen Teil davon – zu erwerben. Immerhin hat es bisher erstaunlich hartnäckigen Widerstand geleistet.«

»Zu diesem Zweck würden Ihnen die Televek dabei helfen, Ihre Phaser zu reparieren«, sagte Mila ruhig. »Unter der Voraussetzung, daß eine günstige Übereinkunft in Hinsicht auf die Bergungsrechte getroffen werden kann.«

Paris musterte sie. »Was wissen Sie von unseren Phasern?«

Das freundliche Lächeln wich nicht von Milas Lippen. »Die Televek haben die Angewohnheit, aufmerksam zu beobachten. Derzeit sind Ihre Phaser ohne Energie, so wie auch während des Shuttle-Zwischenfalls. Deshalb werden sie wahrscheinlich repariert, wie viele andere Systeme. Sie brauchen das natürlich nicht zu bestätigen.«

»Aufmerksame Beobachter, ja«, murmelte Neelix.

»Nehmen wir einmal an, Sie haben recht«, sagte Chakotay. »Warum sollten uns die Televek bei der Wiederherstellung unseres Phaserpotentials helfen?« Gespannt wartete er auf die Antwort.

»Weil sie davon überzeugt sind, daß Ihre Phaser gebraucht werden«, erwiderte Tassay. Das kindliche Schmunzeln verschwand, und die Aura aufrichtiger Ehrlichkeit verstärkte sich. »Es ist eine rein rationale Situationsbewertung, die nichts mit dem Herzen zu tun hat.«

»Jetzt wird's interessant«, kommentierte Neelix.

»Wissen Sie, Commander«, fuhr Jonal fort, »die Televek hatten inzwischen Zeit genug, über die allgemeine Problematik der gegenwärtigen Lage nachzudenken, und sie haben einen Plan entwickelt. Das energetische Niveau des Verteidigungssystems sinkt immer mehr, was bedeutet: Früher oder später dürfte es möglich werden, die Oberfläche des Planeten zu erreichen. Aber selbst wenn wir dann landen können: Die Energiequelle und vermutlich auch das Kontrollzentrum des Verteidigungssystems befinden sich in einer Höhle, mehr als sieben Kilometer tief in der planetaren Kruste. Und offenbar gibt es keinen Weg, der zu jenem Ort führt.«

»Sicher existieren Tunnel oder ein System aus miteinander verbundenen Kavernen«, spekulierte Paris.

»Und wenn nicht?« hielt ihm Jonal entgegen. »Vielleicht sind die Tunnel längst eingestürzt. Und der Zeitfaktor könnte sehr wichtig sein. Der Planet ist instabil geworden, wie Sie sicher wissen.«

»Sie erwähnten einen Plan«, erinnerte Chakotay den Drosary.

Jonal nickte. »Gantel ging von folgenden Überlegungen aus: Wenn Sie den Televek helfen, die Kapazität ihrer Phaser auf das Niveau Ihres Schiffes anzuheben, so sollte es möglich sein, damit innerhalb kurzer Zeit eine Art Stollen in den Boden zu brennen. Oder Sie könnten Ihre eigenen zu dem gleichen Zweck einsetzen, sobald sie repariert sind. Falls eine solche Reparatur notwendig ist.«

Die drei Drosary lächelten, und Chakotay mußte zugeben, daß ihr Vorschlag durchaus einen Sinn ergab. Es dauerte sicher noch eine Weile, bis der Transporter wieder funktionierte – und außerdem wollte er den Televek nicht mitteilen, daß sie über eine solche Technik verfügten. Bei einer entsprechenden Vereinbarung steckte der Teufel sicher im Detail, aber ...

»Ich spreche mit dem Chefingenieur darüber, um festzustellen, ob sich so etwas bewerkstelligen läßt. Nun, wie es der Zufall will, brauchen wir tatsächlich ein Ersatzteil für unsere Phaser, und zwar einen ESP-Flußregulator. Wir können die Komponente selbst herstellen, aber nur unter einem ziemlich großen Zeitaufwand. Wenn die Televek ein vergleichbares Teil haben ...«

»Fürchten Sie nicht, daß Sie zu viele Geheimnisse preisgeben, Commander?« fragte Neelix besorgt. »Der Captain meinte ...«

»Es handelt sich um eine Basiskomponente«, sagte Chakotay, und seine Worte galten allen Anwesenden. »Sie läßt kaum Rückschlüsse auf die Funktionsweise unserer Phaser zu.«

»Dann sind Sie also bereit, auf unseren Vorschlag einzugehen?« fragte Mila hoffnungsvoll.

»Ja.« Chakotay nickte. »Dadurch kämen wir schneller voran. Der Planet ist tatsächlich sehr instabil, und deshalb bleibt den Überlebenden vermutlich nicht viel Zeit.« Er zögerte. Es bereitete ihm noch immer Unbehagen, in einer taktisch so schwierigen Situation zuzugeben, daß es der *Voyager* an Feuerkraft mangelte. Aber es schien wirklich keine andere Lösung zu geben.

»Mir gefällt die Idee ebenfalls«, sagte Paris und lächelte wie die Drosary.

»Bestimmt hat die Sache irgendwo einen Haken«, grummelte Neelix. Es klang jetzt eher kleinlaut.

»Wir verbergen nichts, Commander Chakotay«, sagte Tassay. »Überhaupt nichts.«

»Wann kann die Zusammenarbeit zwischen Ihren Leuten und den Televek beginnen?« fragte Jonal.

»Praktisch sofort.«

»Wundervoll«, freute sich Jonal. »Sie werden feststellen, daß Sie eine sehr vernünftige Entscheidung getroffen haben. Und vielleicht ist dies der erste Schritt zu einer … umfassenderen Zusammenarbeit, die auch den Austausch anderer Informationen ermöglicht.«

Chakotay erinnerte sich an die Gespräche mit Janeway und Tuvok. Wie dem auch sei: Dies war der einzige Weg, den er beschreiten konnte. Er kannte keine Alternative. »Ich bin nicht imstande, die Zukunft vorherzusagen«, entgegnete er. »Doch ich glaube, eine so begrenzte Übereinkunft läßt sich treffen.«

»Das genügt vorerst«, sagte Tassay voller Enthusiasmus. Ein oder zwei Sekunden lang rechnete Chakotay fast damit, daß sie aufsprang, um ihn zu umarmen.

Jonal erhob sich als erster. »Wir informieren Gantel, wenn Sie gestatten.«

»Natürlich.« Chakotay stand ebenfalls auf und führte die Gruppe in den Kontrollraum der *Voyager* zurück. Dort stellten sie eine Verbindung zum Televek-Kreuzer her, und Jonal erklärte alles. Der Dritte Direktor gab seine Zustimmung, ohne viele Worte zu verlieren.

»Allerdings könnte sich da ein kleines Problem ergeben«, wandte sich Gantel an Chakotay. »Wenn ich Sie um ein wenig Geduld und auch darum bitten darf, den Kom-Kanal geöffnet zu lassen …«

»Selbstverständlich.« Der Commander stand neben dem Kommandosessel, und seine Neugier wuchs. Niemand gab einen Ton von sich, und die Sekunden schienen langsamer zu vergehen als sonst. Als er schon ungeduldig zu werden begann, erklang wieder Gantels Stimme aus dem Lautsprecher der externen Kommunikation.

»Es kommt leider zu einer kleinen Verzögerung, Commander«, sagte der Televek. »Ich sollte Sie darauf hinweisen, daß dieser Kreuzer kein Handelsschiff ist. Derzeit haben wir nichts an Bord, das Ihren Erfordernissen entspricht. Allerdings sind wir schon bald imstande, Ihre Wünsche zu erfüllen und damit auch unseren eigenen Bedürfnissen gerecht zu werden. Ich gebe Ihnen mein Wort als Dritter Direktor. Die Einzelheiten erklären ich Ihnen später. Bitte übermitteln Sie uns unterdessen die Spezifikationen des ESP-Flußregulators. Wir schicken Ihnen dafür alle bisher über Drenar Vier gesammelten Daten. Anschließend sehen wir weiter.«

»›Bald‹?« wiederholte Chakotay skeptisch. »Wie bald?«

»*Sehr* bald.«

»Na schön.«

»Gut!« rief Tassay glücklich und berührte den Commander am Arm.

»Möchten Sie etwas zu essen oder zu trinken?« Paris sah bei diesen Worten Mila an, hob dann den Kopf und blickte auch zu den anderen. »Ich meine, diese Sache könnte eine Weile dauern.«

»Ja, das wäre wundervoll«, freute sich Tassay.

»Vorausgesetzt natürlich, Sie haben nichts dagegen«, sagte Jonal. Er trat zu Chakotay und fragte leise: »Könnte uns Ihr Captain vielleicht Gesellschaft leisten?«

»Ich bringe Sie zum Speiseraum«, sagte der Erste Offizier. »Allerdings bezweifle ich, ob Captain Janeway Zeit für uns findet. Sie ist noch immer sehr beschäftigt.«

Jonal wirkte ein wenig enttäuscht. »Ich verstehe.«

Als sie die Brücke verließen, forderte Chakotay die Sicherheitswächter mit einem Wink auf, ihnen zu folgen.

B'Elanna Torres eilte in Richtung Kombüse durch den Korridor. Seit vielen Stunden hatte sie nichts mehr gegessen, und das machte sich inzwischen bemerkbar. Sie brauchte etwas, um das Gefühl des Hungers zu lindern, die unangenehme Leere aus dem Bauch zu vertreiben. Die Reparaturen kamen gut voran, und alle gaben sich große Mühe. Trotzdem widerstrebte es B'Elanna, sich eine Pause zu gönnen. Sie wollte sich nur schnell einen Bissen genehmigen, um dann wieder in den Maschinenraum zurückzukehren.

Sie dachte dabei an einen Teller Haferbrei und ein Brötchen. Schon seit einer ganzen Weile gab sie der menschlichen Hälfte ihres Selbst den Vorrang, und auch aus diesem Grund waren ihr terranische Speisen lieber als klingonische. Die meisten von der Erde stammenden Gerichte lagen ihr weniger schwer im Magen als die im Imperium gebräuchlichen Spezialitäten. Außerdem konnte man sie in vielen Fällen wesentlich schneller zubereiten – ein Vorteil gerade unter den gegenwärtigen Umständen.

Vor ihr glitt das Schott der Kombüse beiseite, und B'Elanna trat sofort ein.

»Bitte setzen Sie sich zu uns, Torres«, sagte Commander Chakotay und deutete auf den langen, glänzenden Tisch, an dem er zusammen mit Lieutenant Paris, Neelix, Kes und den drei Drosary Platz genommen hatte.

Sie bildeten bereits eine recht große Gruppe – die nicht unbedingt noch größer werden mußte, fand B'Elanna. Sie wollte keine wertvolle Zeit verlieren, indem sie mit Leuten sprach, die – vermutlich aus gutem Grund – gar kein Interesse an Gesprächen mit ihr hatten.

So sehr sie auch versuchte, die Angelegenheit aus

einem rationalen Blickwinkel zu betrachten und das Emotionale auszuklammern: Es gelang ihr nicht, die Antipathie in bezug auf die Gesandten zu überwinden. Und allem Anschein nach handelte es sich dabei um etwas, das auf Gegenseitigkeit beruhte.

»Ich habe ziemlich viel zu tun und nur einige Minuten Zeit«, sagte sie.

»Na schön, dann eben nur für einige Minuten«, erwiderte Chakotay. Die anderen nickten. »Ich bestehe darauf.«

Es war kein Befehl. Der Commander wollte nur liebenswürdig sein, aus welchem Grund auch immer. Und es widerstrebte B'Elanna, seine Einladung abzulehnen. Nun, sie konnte die Gelegenheit nutzen und mit Kes reden, sie fragen, wie es ihr ging.

»Bitte, wir würden uns sehr über Ihre Gesellschaft freuen«, sagte Jonal. Er winkte ebenso wie zuvor Chakotay, ahmte die Geste fast perfekt nach. B'Elanna stellte einen erstaunlichen Stimmungswandel fest, der nicht nur die Einstellung der Drosary ihr gegenüber betraf, sondern auch Neelix. Offenbar hatte der Talaxianer sein Mißtrauen über Bord geworden, soweit es die Mittler betraf.

Die Chefingenieurin hielt es trotzdem für besser, auf der Hut zu sein. Vorsicht war sowohl bei Menschen als auch bei Klingonen eine Eigenschaft, die dem Überleben diente.

»Zuerst hole ich mir was zu essen«, sagte sie, trat in die Küche, hob dort die Deckel von Töpfen und hielt nach einem geeigneten Frühstück Ausschau, obwohl sie gar nicht wußte, wie früh oder spät es war. Schließlich füllte sie sich einen Napf mit etwas, das zum größten Teil aus Zerealien zu bestehen schien, wenn auch nicht aus Haferflocken. B'Elanna probierte einen Löffel davon, als sie zum Tisch ging. Der Brei erwies sich als recht schmackhaft, und sie erinnerte sich daran, woher die Grundstoffe stammten: von einem Planeten, den sie vor wenigen Wochen besucht hatten und der große Ähnlichkeit mit Drenar Vier aufwies. *Man muß nur Zucker hinzufügen,* dachte Torres. *Jede Menge Zucker.*

»Was ist mit dem Arm?« fragte sie die Ocampa, als sie sich setzte.

»Ich spüre fast überhaupt nichts mehr von dem Bruch«, antwortete Kes. »In unserer Krankenstation wird ausgezeichnete Arbeit geleistet.«

»Das habe ich gehört, ja.« B'Elanna begann damit, sich gelben Brei in den Mund zu schaufeln.

»Ohne Kes kommt der Doktor kaum zurecht«, sagte Neelix stolz. »Aber er muß noch eine Zeitlang auf sie verzichten.«

»Ihre Sorge umeinander ist sehr rührend«, bemerkte Jonal. »Sie bleibt nicht einmal auf Angehörige der gleichen Spezies beschränkt.«

»Wir haben viel gemeinsam«, entgegnete Chakotay.

B'Elanna sah auf. »Wer hat viel gemeinsam?«

»Tassay und ich. Die Drosary und der Maquis. Unser Teil der Galaxis und dieser.« Chakotay lächelte, und in seinem Gesicht leuchtete eine Begeisterung, die B'Elanna geradezu verblüffte. »Die Drosary haben sich immer ein friedliches Leben gewünscht«, fuhr der Commander fort. »Sie wanderten lieber aus und gründeten Kolonien, anstatt für Regierungen in Kriege zu ziehen, die ihnen falsch und sinnlos erschienen. Doch das alles ist Vergangenheit.«

»Wir gründeten unsere eigene Kolonie, um die Zerstörung unserer Kultur zu verhindern«, erklärte Tassay. »Damit meine ich eine Kultur, die viel weiter zurückreicht als die meiner gegenwärtigen Heimatwelt. Doch jene alten Traditionen und Bräuche sind inzwischen verloren, für immer.«

Chakotay lehnte sich zurück und richtete einen mitfühlenden Blick auf Tassay. »Vielleicht haben wir noch mehr gemeinsam, als ich bisher dachte.«

»Ich kam aus anderen Gründen zu der Kolonie, wo

uns die Televek fanden«, sagte Mila. Ihre Worte galten allen Anwesenden, doch sie sah immer wieder zu Paris. »Dafür gab es einen ... persönlichen Anlaß.«

»Bitte erzählen Sie mir davon«, erwiderte Paris. B'Elanna hatte ihn noch nie so voller Anteilnahme gesehen.

Einige Sekunden lang wirkte Mila sehr ernst und nachdenklich. »Na schön«, seufzte sie dann. »Während eines Routineflugs zu einem der beiden Monde meiner Heimatwelt kam es an Bord eines kommerziellen Raumtransporters zu Problemen. Das Schiff ging fast verloren, und viele Personen starben. Ich war die Pilotin. Die Ursache des Unglücks: Einige Bordsysteme fielen aus. Mich traf keine Schuld, aber das konnte ich der Untersuchungskommission nicht beweisen. Ich wurde unehrenhaft entlassen, und der Schandfleck angeblicher Schuld folgte mir überallhin – bis die zeitliche und räumliche Entfernung schließlich groß genug wurde.«

»Ich ... verstehe.« Paris griff nach Milas Hand und sah ihr tief in die Augen. »Vielleicht zu gut.«

*Ihre Gemeinsamkeiten könnten noch größer sein als die von Chakotay und Tassay,* dachte B'Elanna und nickte stumm, als Paris und Mila zu ihr sahen. Fast sofort wandten sie sich wieder einander zu und schienen alles um sich herum zu vergessen. Torres' Blick glitt zu Chakotay, der Tassay ziemlich große Aufmerksamkeit schenkte.

*Hier könnte einem speiübel werden,* dachte die Chefingenieurin und stellte fest, daß ihr Appetit nicht mehr annähernd so groß war wie noch vor einigen Sekunden.

»Sind Sie verärgert?« fragte Jonal sanft und unterbrach B'Elannas Überlegungen.

Sie ärgerte sich tatsächlich, wollte das aber nicht zugeben. »Wie kommen Sie darauf?«

»Ich spüre es. Und ich finde es seltsam, denn der Ärger paßt überhaupt nicht zu Ihnen.«

So etwas hörte sie jetzt zum erstenmal. »Wie meinen Sie das?«

»Zweifellos tragen Sie große Verantwortung, und ich bin sicher, daß Sie damit fertig werden. Sie machen auf mich einen sehr… tüchtigen und kompetenten Eindruck.« Jonals Lächeln erschien B'Elanna sehr offen und ehrlich. Sie erwiderte es nicht, weil in ihrem Fall ohnehin nur eine Grimasse daraus geworden wäre. Brachten seine Worte Mitgefühl zum Ausdruck, oder versuchte er nur, diplomatisch zu sein? Was auch immer der Fall sein mochte – derzeit war sie nicht in der richtigen Stimmung.

Sie zuckte mit den Achseln. »Manchmal kann es eine große Belastung sein. Damit muß man sich abfinden.«

»Sie unterscheiden sich von den anderen.«

»Ich bin nur zur Hälfte Mensch«, sagte B'Elanna und warf Jonal einen herausfordernden Blick zu. »Wenn Ihnen das recht ist.«

»Oh, ich verstehe Ihre Reaktion und darf Ihnen versichern, daß ich keine Vorurteile irgendeiner Art habe. Was auch bei diesen Leuten hier der Fall sein dürfte. Ich bewundere Ihre Föderation. Wissen Sie, auf meiner Heimatwelt bin ich ebenfalls ein… Halbblut beziehungsweise Mischling. Das gilt auch für Mila und Tassay. Leider hat sich die Mehrheit der Gesellschaft noch nicht über jene Ignoranz und Dummheit erhoben, die so oft Probleme schafft.«

»Das… das wußte ich nicht.« Die sanften Worte des Drosary erstaunten B'Elanna sehr. »Nun, ich glaube, für mich ist die Sache noch ein wenig komplizierter.« Sie dachte daran, wie oft sie von irgendwelchen Leuten gehört hatte, ihnen sei klar, was der besondere Status von B'Elanna Torres bedeutete, wie sie sich fühlte. *In den meisten Fällen dummes Geschwätz,* dachte Torres. »Oder vielleicht auch nicht«, sagte sie laut und lauschte verblüfft dem Klang dieser Worte. »Ich bin mir plötzlich nicht mehr sicher.«

»B'Elanna hat sowohl Erfolge als auch Rückschläge erlebt«, meinte Chakotay.

»Davon würden wir alle gern mehr hören«, erwiderte Jonal. Mila und Tassay pflichteten ihm sofort bei. Mila hielt inzwischen Paris' Hand, und Tassay bewunderte die Tätowierung über Chakotays linkem Auge.

»Es ist wirklich schön, daß es Leute gibt, die am Schicksal anderer Personen so großen Anteil nehmen wie Sie«, sagte Kes und lächelte froh. »Wir können soviel voneinander lernen. Ich freue mich schon darauf, mehr zu erfahren.«

»Angesichts der Gemeinsamkeiten fällt es leichter, die Unterschiede zu verstehen«, sagte Neelix, der praktisch jede Chance nutzte, Kes zuzustimmen. Der Talaxianer und die Ocampa hatten sich bisher damit zufriedengegeben, den Gesprächen einfach nur zuzuhören. B'Elanna wußte nicht genau, ob ihr die Veränderung gefiel.

»Manchmal gibt es bei anderen Personen Dinge, die man nie verstehen kann«, wandte sie sich an Kes und sah dann Jonal an.

»Ich schätze, da haben Sie recht«, erwiderte die Ocampa. »Aber durch die Arbeit in der Krankenstation wurde mir klar, wie kostbar das Leben ist und wie leicht es verloren gehen kann. Es freut mich, Leuten zu begegnen, die diese Erkenntnis teilen.«

»Ist sie nicht wundervoll?« entfuhr es Neelix entzückt. Er lächelte und küßte Kes auf die Wange. Sein Glück schien am Tisch die Runde zu machen – um dicht vor B'Elanna Torres zu verharren.

Irgend etwas an den Drosary beunruhigte sie nach wie vor und ließ eine Beklommenheit in ihr entstehen, die sie einfach nicht verdrängen oder überwinden konnte. Das seltsame Empfinden bezog sich vor allem auf Jonal, obwohl ihr die Stimme der Vernunft mitteilte, daß mit ihm alles in Ordnung war. Es ging gewiß nichts Unheilvolles von ihm aus …

Vermutlich lag es an ihrer immer mißtrauischen und argwöhnischen klingonischen Hälfte. Vielleicht war sie nicht etwa scharfsinnig, sondern von Natur aus voreingenommen.

Sie leerte den Napf, stand auf und sah zu den anderen. In gewisser Weise wurde es immer schwieriger, die Besucher nicht zu mögen, während sich die Gründe dafür deutlicher herauskristallisierten. *Wenn ich den Flußregulator bekomme, ohne daß die Sache einen Haken hat …*, dachte sie. Nun, in dem Fall konnte sich vielleicht noch das eine oder andere entwickeln.

Jonal wandte sich ihr zu. B'Elanna sah ihm in die Augen und versuchte zu lächeln, doch tief in ihr verkrampfte sich etwas, und plötzlich schmeckte sie Galle.

»Ich … ich muß gehen«, stieß sie hervor, schluckte und verließ den Speiseraum hastig.

# 6

Janeway stand am Rand eines sorgfältig bebauten Feldes und blickte auf niedrige, orangefarbene Gewächse hinab, deren runde Früchte gewisse Ähnlichkeit mit jungen Tomaten aufwiesen. Etwa dreißig Meter weiter rechts wuchsen in jeder zweiten Reihe buschigere Pflanzen. *Das hiesige Äquivalent von Kürbissen,* dachte die Kommandantin. Allerdings durfte die Crew der *Voyager* kaum hoffen, hier Proben zu nehmen: Alles verdarb und ging ein.

Schwarzbraunes Pulver bedeckte den Boden, bildete überall eine mehrere Zentimeter dicke Schicht. Durch Regennässe war ein Teil davon zu einer harten Kruste geworden, doch die Schichten darüber wiesen Janeway darauf hin, daß es hier schon seit einer ganzen Weile nicht mehr geregnet hatte. Jemand schien versucht zu haben, die Pflanzen von der erstickenden Masse zu befreien, denn zwischen den Reihen bildete sie höhere Ansammlungen, doch jene Bemühungen schienen langfristig zum Scheitern verurteilt zu sein.

Kim nahm eine kleine Frucht, wischte sie ab und steckte sie in den Probenbeutel, der an seinem Gürtel baumelte. Anschließend gab er der betreffenden Pflanze einen Stoß. Asche und Ruß rieselten von Blättern und Stengeln, doch an einigen Stellen hafteten dunkle Fladen fest.

»Eindeutig vulkanische Asche«, sagte Janeway. Das Display ihres Tricorders zeigte die chemische Zusammensetzung.

Kim hob das eigene Ortungs- und Analysegerät,

setzte die Sondierungen fort. »Der größte Teil davon ist erst vor kurzer Zeit niedergegangen. Eigentlich überrascht es mich, daß es hier nicht noch mehr davon gibt. Wenn man an die vulkanische Aktivität in den Bergen denkt ...«

Er deutete nach Süden. Ein beeindruckendes Gebirge zeigte sich dort, noch höher als das im Osten. Zwei große, dunkle Rauchsäulen wuchsen dem Firmament entgegen und bildeten weit oben jene dunklen Wolken, durch die das Shuttle geflogen war.

Janeway justierte ihren Tricorder, schaltete vom geologischen Scan aufs elektromagnetische Spektrum um. Sie wies Kim an, bei seinen Sondierungen nach bioelektrischen und organischen Signaturen in der Umgebung der großen Ansiedlung im Osten Ausschau zu halten.

Der Fähnrich erzielte sofort konkrete Ergebnisse.

»Ich registriere multiple humanoide Lebensformen. Und sie sind in Bewegung, nähern sich uns. Vermutlich kommen sie von der Siedlung, Captain.«

Die gleiche Gruppe hatten sie schon einmal gescannt. Die Entfernung war noch zu groß, um Einzelheiten festzustellen, doch sie gingen von der Vermutung aus, daß die Einheimischen das abgestürzte Shuttle erreichen wollten. Diese Annahme schien richtig zu sein.

»Entfernung?«

»Knapp zwei Kilometer.«

»Ich schätze, das ist nicht die einzige Gesellschaft, die wir hier haben.« Janeway drehte den Tricorder, um eine genauere Anpeilung vorzunehmen. »Na bitte. EM-Scan.«

Kim schaltete sein Gerät um, blickte aufs Display und nickte. »Diese Signale können auf keinen Fall natürlichen Ursprungs sein. Und sie kommen von jener Stelle, an der wir hohe Metallkonzentrationen geortet haben.«

»In der Tat.« Janeway runzelte die Stirn.

»Das Etwas ist nur etwa tausend Meter vom Rand des Ortes entfernt, in Richtung Berge.«

»Für wie groß halten Sie die Wahrscheinlichkeit, daß es sich dabei um das zweite Televek-Schiff handelt?«

»Für sehr groß, Captain.«

Sie blickten über das weite Feld hinweg zum Wald. Ein Teppich aus hohen, spindeldürren Bäumen, die sich im sanften Wind hin und her neigten, bedeckte das höhere Gelände, so weit der Blick reichte. Krumme silberne Linien kennzeichneten den Verlauf von Bächen und Flüssen, die irgendwo bei den fernen Gipfeln entsprangen. Auf dem Hauptkontinent von Drenar Vier herrschte derzeit Hochsommer, und Janeway fühlte sich beeindruckt: Diese Welt war wunderschön, wenn man die vulkanische Asche vergaß – und auch den Umstand, daß die heftigen Beben den Planeten allmählich auseinander rissen.

»Wir sollten diese Gegend besser verlassen, Captain«, rief Kim. Erneut rejustierte er seinen Tricorder und wiederholte eine der früheren Sondierungen. »Die Einheimischen marschieren ziemlich schnell. In einigen Minuten erreichen sie die andere Seite dieser Felder.«

»Und anschließend finden sie zweifellos das Shuttle. Wir müssen auch weiterhin annehmen, daß sie danach suchen. Und wenn sie es entdecken ... Dann möchte ich nicht *in* der Raumfähre sein, sondern lieber draußen und alles beobachten. Wir sollten Tuvok Bescheid geben und uns mit ihm zurückziehen.«

»Und dann?«

Es war eine ganz einfache Frage, aber Janeway wußte keine Antwort. Sie klopfte dem jungen Fähnrich kurz auf die Schulter. »Keine Sorge, Mr. Kim. Was auch immer passiert – ich schätze, wir kommen nicht so schnell zur Ruhe.«

Sie drehten sich um und kehrten in die Richtung zurück, aus der sie gekommen waren. Das Shuttle stand hinter einer Anhöhe, am Rand eines weiten Felds, auf dem nur Gras wuchs. Die Wiese – eine von vielen in diesem Gebiet – wurde von bewaldeten Hügeln gesäumt. Vielleicht hatten die Einheimischen dieses Land absichtlich brachliegen lassen. Janeway war ziemlich sicher, daß es hinter dem niedrigen Felsvorsprung auf der anderen Seite des Shuttles einen Bach gab. Wenn sie hier überleben wollten, brauchten sie auch Wasser. *Hoffentlich finden wir dort keine Schlammbrühe,* dachte sie.

»Wie kommen Sie voran?« fragte sie, als sie durch die Einstiegsluke der Raumfähre geklettert waren. Tuvok lag auf dem Rücken und untersuchte die Schaltkreise unter der Navigationskonsole.

»Gleich läßt sich eine minimale Energieversorgung der primären Systeme wiederherstellen. Damit meine ich sowohl den weitgehend unbeschädigt gebliebenen Computer als auch die ebenfalls einsatzfähigen Sensoren.« Tuvok schob sich unter der Konsole vor, stand auf und trat zu einer Schalttafel. »Wenn Sie mir bitte helfen würden, Mr. Kim ...«

Der junge Fähnrich nickte, trat an die Seite des Vulkaniers, nahm eine Sonde von ihm entgegen und hielt sie bereit. Offenbar hatte Tuvok neue Schaltwege vorbereitet, und Kim verwendete die Sonde, um alle notwendige Verbindungen zu schaffen.

Tuvok richtete sich abrupt auf und klopfte an die Hauptkonsole.

»Sieht alles ganz gut aus«, meinte Kim.

»Sind Sie soweit?« fragte Janeway.

Kim zog die Sonde zurück. Der Vulkanier berührte einige Schaltelemente, und daraufhin leuchteten Displays auf.

»Gute Arbeit, Mr. Tuvok«, sagte die Kommandantin.

»Ich fürchte, es ist nur ein Anfang, mehr nicht«, erwiderte Tuvok. »Die übrigen Reparaturen nehmen sicher wesentlich mehr Zeit in Anspruch.«

»Die Sensoren genügen vorerst. Bitte scannen Sie diese Koordinaten.« Janeway hob den Tricorder, damit der Vulkanier einen Blick auf die Anzeigefläche werfen konnte. Er nickte, schritt zu den Sensorkontrollen und begann mit einer raschen Programmierung.

»Wir glauben, daß es sich um ein Raumschiff handeln könnte, so wie Sie bereits vermuteten«, sagte Kim.

»Mehr ließ sich mit unseren Geräten allerdings nicht feststellen«, fügte Janeway hinzu. »Wrackteile könnten zu ähnlichen Ortungsdaten führen. Das galt auch für die elektromagnetischen Emissionen – falls jemand vergessen hat, das Licht auszuschalten.«

»Ihre erste Vermutung wird bestätigt, Captain«, sagte Tuvok nach einigen Sekunden. »Die Sensoren registrieren ein Televek-Schiff wie das im Orbit. Es gibt keine Anzeichen für Beschädigungen irgendeiner Art, und das energetische Niveau entspricht im großen und ganzen dem des Kreuzers in der Umlaufbahn. Darüber hinaus findet in der Nähe des Schiffes erhebliche Aktivität statt.«

Janeway seufzte. »Ich wußte, daß die Televek auf irgend etwas aus sind. Ich würde nur gern wissen, auf *was.*«

»Ich schätze, die Antwort auf diese Frage wird uns nicht gefallen«, sagte Kim.

»Captain …« Tuvok sah auf. »Das Schiff befindet sich fast genau über der subplanetaren Energiequelle, die wir von der *Voyager* aus orteten.«

»Interessant«, murmelte Janeway.

»Vielleicht ist es eine Installation der Televek«, spekulierte Kim.

»Möglich, aber sehr unwahrscheinlich«, entgegnete Tuvok.

»Wieso?« fragte Janeway.

»Mehr als sieben Kilometer Erde und Felsgestein trennen den Kreuzer von der Energiequelle, und ich stelle keine direkte Verbindung fest, weder durch Stollen noch durch Kom-Signale. Darüber hinaus zeichnet sich die Energiequelle durch eine sehr komplexe energetische Signatur aus, die unter anderem geringfügige Tetryonenemissionen aufweist. Das Televek-Schiff hingegen verwendet einen traditionellen Materie-Antimaterie-Reaktor.«

»Die beiden Signaturen unterscheiden sich also erheblich voneinander«, sagte Janeway und dachte nach. Tetryonen waren sehr selten. Der Beschützer hatte ähnliche Emissionen verursacht und selbst darauf hingewiesen, nicht aus dieser Galaxis zu stammen. Was die Televek betraf: Sie waren gewiß nicht extragalaktischen Ursprungs. »Gibt es Veränderungen bei den Ortungsdaten in Hinsicht auf die unterirdische Energiequelle?« Sie gesellte sich an Tuvoks Seite und warf selbst einen Blick auf die angezeigten Werte.

Der Vulkanier aktivierte ein zusätzliches Display, um die Ortungsergebnisse miteinander zu vergleichen. Auf der einen Seite waren die von den Sensoren der *Voyager* ermittelten Daten zu sehen, auf der anderen das Resultat des jüngsten Scans. »Das durchschnittliche energetische Niveau der Energiequelle verringert sich nach wie vor. Immer wieder fällt es ganz plötzlich ab, um dann langsam anzusteigen. Für diesen Vorgang gibt es keinen erkennbaren Grund.«

»Vielleicht zapfen die Televek irgendwie Energie ab.« Diesmal übernahm Janeway das Spekulieren selbst. »Und möglicherweise leiten Sie die abgezapfte Energie nicht direkt in ihr Schiff, sondern in eine Art ... Akkumulator. Führen Sie noch einen Scan durch und halten Sie dabei nach einer solchen Vorrichtung Ausschau.«

»Ich glaube nicht, daß die Televek zu so etwas imstande sind«, sagte Tuvok, als er mit einer neuerlichen Sondierung begann. Nach einigen Sekunden sah er auf. »Die Sensoren entdecken keine Einrichtungen mit den Funktionen eines Akkumulators, aber ich werde diese Möglichkeit auch weiterhin untersuchen.«

»In Ordnung, Tuvok.« Janeway nickte. »Ich glaube, Sie haben recht in bezug auf das technische Potential der Televek. Nun, es gibt viele denkbare Erklärungen für die Energiequelle. Leider sind sie alle theoretischer – beziehungsweise hypothetischer – Natur.« Sie lächelte, um die Stimmung ein wenig zu verbessern. Nur Kim erwiderte das Lächeln.

»Wir müssen jetzt gehen«, fügte die Kommandantin seufzend hinzu. »Eine Gruppe von Drenarianern ist hierher unterwegs. Wir glauben zumindest, daß es Einheimische sind. Schalten Sie alles aus und sorgen Sie dafür, daß keine Unbefugten ins Shuttle gelangen können. Ich glaube nicht, daß die Drenarianer noch viel größere externe Schäden verursachen können. Mit etwas Glück schnüffeln sie hier nur ein wenig herum und verschwinden dann wieder. Wenn sie fort sind, kehren wir zurück und versuchen, das Kommunikationssystem in Ordnung zu bringen.«

»Einverstanden.« Tuvok traf bereits die notwendigen Vorbereitungen.

Kurz darauf verriegelten sie die Einstiegsluke, kletterten dann den Steilhang empor und versteckten sich zwischen den Bäumen und Sträuchern am oberen Rand. Die Anhöhe östlich des Shuttles war gerade hoch genug, um ihnen den Blick auf die Felder jenseits davon zu verwehren, doch es dauerte nicht lange, bis Janeway dünne Wolken aus grauem Staub bemerkte. Die näher kommenden Drenarianer wirbelten vulkanische Asche auf und verrieten dadurch ihre Position. Janeway merkte sich das.

Schon wenige Sekunden später gerieten zwei Dutzend oder mehr Humanoiden in Sicht. Die Entfernung war noch immer recht groß, aber auf Janeway wirkten die Einheimischen größer und stämmiger als die meisten Menschen. Als sie den sanft geneigten Hang des Hügels herabkamen und sich vorsichtig dem Shuttle näherten, stellte die Kommandantin fest, daß sie sehr primitiv aussahen. Langes, dunkles Haar und dichte Bärte ließen kaum etwas von den Gesichtern der Männer erkennen. Die Frauen unterschieden sich kaum von ihnen, sah man einmal davon ab, daß ihnen Bärte fehlten; dafür war das Haar noch länger. Sie trugen schlichte Kleidung aus Stoffen, die per Hand gewebt zu sein schienen. Schuhe, Taschen und Rucksäcke bestanden aus Tierhäuten und Leder.

Am Ende der Gruppe rollten drei kleine, recht stabil anmutende Holzkarren, jeweils ausgestattet mit zwei Rädern und gezogen von ochsenartigen Geschöpfen. Die Tiere verharrten, als sie ebenes Gelände erreichten, fraßen in aller Seelenruhe von den Grasbüscheln. Mehrere Personen, offenbar Anführer der Karawane, schwärmten aus und näherten sich geduckt dem Shuttle. Sie waren bewaffnet, wie Janeway jetzt sah. Die meisten von ihnen hielten lange, dicke Messer in den Händen – die Klingen erinnerten an alte römische Kurzschwerter –, doch einige verfügten über recht gefährlich wirkende Armbrüste.

Janeway fragte sich, ob die Drenarianer manche Werkzeuge und Waffen *erhalten* hatten. Immerhin gab es einen auffallenden Kontrast zwischen der primitiven Physiologie und der wesentlich moderneren Ausstattung. Vielleicht waren die Televek schon seit einer ganzen Weile hier.

Die Einheimischen bildeten einen weiten Kreis um das Shuttle und rührten sich dann nicht mehr. Sie schienen auf irgend etwas zu warten, vielleicht auf ein Zeichen. Alles wartete. Selbst der Wind legte sich, schien den Atem anzuhalten.

»Ihr Verhalten deutet nicht etwa auf Feindseligkeit hin, sondern vor allem auf Neugier«, kommentierte Tuvok.

»Ja, das glaube ich auch«, stimmte ihm Janeway zu. »Vielleicht ist das eine Art Angriffsformation, aber es sieht mir nicht nach einer gut vorbereiteten Streitmacht aus. Andernfalls wären bei der letzten Aktion dieser Art nicht so viele gestorben.«

»Bei der letzten Aktion dieser Art?« wiederholte Kim verwirrt.

»Wir haben keine Toten gefunden«, sagte Tuvok und behielt die Drenarianer im Auge. »Was meinen Sie?«

»Ich habe diese Leute schon einmal gesehen, in … in einem Traum. Beziehungsweise in einer Vision, die sich auch Chakotay offenbarte. Ich glaube, die Televek sind für das Massaker verantwortlich. Oder werden es sein. Ich weiß nicht, ob jene Ereignisse bereits stattgefunden haben oder erst noch stattfinden werden.«

Die geduckten Drenarianer schoben sich näher ans Shuttle heran – der von ihnen gebildete Kreis wurde allmählich enger.

»Aber Sie vermuten, daß sich die … Vision auf etwas bezieht, das bereits passiert ist?« fragte Tuvok.

»Das ist durchaus möglich. Ich weiß es einfach nicht.«

»Nun, wenn das stimmt, wundert es mich, daß sich die Einheimischen so nahe ans Shuttle heranwagen«, sagte der Vulkanier.

»Mich auch«, entgegnete Janeway. »Entweder sind sie sehr tapfer – oder aber ausgesprochen dumm.«

Einer der Männer erreichte das Shuttle, hob sein Messer und klopfte behutsam an den Rumpf der Raumfähre, dicht hinter dem Warpmodul auf der Backbordseite. Als nichts geschah, klopfte er erneut, diesmal mit etwas mehr Nachdruck. Das Ergebnis war ein weithin hallendes metallenes Pochen. Verblüfft wich der Mann zurück, und seine Artgenossen reagierten ähnlich. Doch schon nach kurzer Zeit überwanden sie ihre Unsicherheit und näherten sich erneut. Ein anderer Mann drückte die Spitze seines Messers in den schmalen Spalt am Rand der rückwärtigen Luke.

»Sie verlieren keine Zeit, nicht wahr?« meinte Kim.

»Erstaunlich«, bemerkte Tuvok.

»Sie scheinen recht intelligent zu sein«, sagte Janeway. »Ich bezweifle, ob sie ins Innere des Shuttles gelangen könnten. Aber sie wären imstande, mehr äußere Schäden zu verursachen, als ich bis eben angenommen habe.«

»Aber wenn sie es *doch* schaffen, die Luke zu öffnen ...«, wandte Kim ein.

Janeway wollte etwas erwidern, doch dann hörte sie das Beben. Es war zunächst nur ein dumpfes Grollen in der Ferne, aber das Geräusch wurde rasch lauter, kam aus mehreren Richtungen gleichzeitig. Der Boden unter ihren Füßen zitterte. Das Grollen und die Erschütterungen schienen sich gegenseitig zu verstärken, während sich das Erdbeben in der Kruste des Planeten ausbreitete, den Steilhang erreichte und die drei Starfleet-Offiziere von den Beinen riß.

»Haltet euch an irgend etwas fest!« rief Janeway und schlang die Beine um den glatten Stamm eines jungen Baums. Sie klammerte sich daran, als das Grollen zu einem schier ohrenbetäubenden Donnern anschwoll. Hundert Meter nördlich des Shuttles wölbte sich plötzlich der Boden, als das Grundgestein nach oben gepreßt wurde. Ein angrenzender Streifen Land schien einfach zu verschwinden.

Ein Riß entstand, und Janeway beobachtete, wie er sich nach Norden ausdehnte, dem Horizont entgegenraste. Wenn er eine andere Richtung eingeschlagen hätte ... Sie schauderte bei der Vorstellung, daß die Raumfähre vom Planeten verschlungen wurde.

Die Drenarianer eilten hin und her, drängten sich im hohen Gras zusammen und hielten nach Gefahren Ausschau. Sie wirkten völlig hilflos, und zweifellos hatten sie große Angst. Wie sollten sie verstehen, was mit ihrer Welt geschah? *Selbst wir wissen es nicht genau,* dachte Janeway. *Und uns stehen – beziehungsweise standen – die Ressourcen der* Voyager *zur Verfügung.*

Von einem Augenblick zum anderen geriet der Boden unter ihr in Bewegung. Weiter hinten knackte es laut, und es klang nach berstendem Holz. Unmittelbar darauf wuchs der Stamm nach oben, an dem sich Janeway festhielt.

»Wir müssen freies Gelände erreichen!« rief sie und deutete zu den Drenarianern. Ihnen blieb keine andere Wahl. Als sie aufzustehen versuchte, gab plötzlich der Rand des Steilhangs nach. Kim und Tuvok verloren den Halt und fielen nach vorn, in Richtung der Wiese weiter unten.

Janeway griff nach hinten und wollte sich am nächsten Baum festhalten, als sich der Boden unter ihren Füßen einfach zu verflüchtigen schien. Doch ihre Hände berührten nur leere Luft. Sie stürzte, rutschte in einem Durcheinander aus Erde, Wurzeln und Steinen über den Hang. Schmerz entflammte in ihrer rechten Seite, und der linke Fuß verhakte sich irgendwo. Ihr Kopf stieß an ein großes, hartes Objekt, und sofort wogte die Finsternis der Bewußtlosigkeit heran.

Captain Janeway hatte einen Traum und glaubte, daß es nicht ihr eigener war. Der beißende Geruch von heißem Schwefel und geschmolzenem Metall brannte ihr in Nase und Lungen. Überall wogten Rauchschwaden und trieben ihr Tränen in die Augen. Janeway blinzelte mehrmals und stellte fest, daß sie sich an einem hohen Ort befand, auf einem Plateau, nur einige Dutzend Meter von einem tiefen Abgrund entfernt. Weit unten erstreckte sich ein glühender Lavasee und reichte bis in gespenstische Ferne. Das rötliche Schimmern der Lava glitt durch Rauch und Dampf, tastete über die hohen, gewölbten Wände der Höhle. Mehr Licht erstrahlte hinter ihr, helles Licht, das die Konturen der Umgebung kraß hervorhob. Sie drehte den Kopf und mußte die Hand heben, um die Augen vor dem unnatürlichen Glanz abzuschirmen.

Nach etwa zweihundert Metern endete das Plateau an einer Höhlenwand. Dort strahlte kaltes weißes Licht aus Projektoren im Fels und fiel auf eine gewaltige Maschine – eine solche Installation hatte Janeway noch nie zuvor gesehen.

Sie bestand aus Tausenden von glühenden oder dunklen Rohren, die in gewölbten Bänken aus glattem Metall steckten. Die Komponenten erinnerten Janeway an eine Mischung aus Wärmekollektoren und Generatoren, doch die hiesigen Maßstäbe übertrafen alles Vertraute. Einige Rohre ragten vom Plateau aus nach oben und verloren sich irgendwo unter der dunklen Decke. Andere neigten sich der Höhlenwand entgegen und verschwanden darin. Der riesige Apparat wies viele kleine Schalttafeln auf, die wellenartige Muster bildeten.

Janeway versuchte, sich der Maschine zu nähern, doch die Füße verweigerten ihr den Gehorsam.

*Ich bin gefangen,* dachte sie, keuchte und fragte sich, wie lange sie angesichts der giftigen Rauchschwaden überleben konnte. *Was ist dies für ein Traum?* Und wenn es gar kein Traum war? In dem Fall mußte die Möglichkeit des Todes in Betracht gezogen werden. Janeway konnte sich nicht daran erinnern, jemals in solchen Details geträumt zu haben: das rote Glühen der Lava; die Tränen, die ihr der Rauch noch immer aus den Augen trieb; das Keuchen und Husten … Kein Traum war so *real.*

Sie schloß die Augen und rieb sie, um das Brennen aus ihnen zu vertreiben. Als sie die Lider wieder hob, bemerkte sie jenseits ihrer Schulter eine Bewegung: Etwas huschte am Rand des Plateaus entlang. Sie drehte den Kopf und sah genauer hin, doch ihren Blicken zeigte sich nur eine vage Gestalt, kaum mehr als ein Schemen – mehr ließ sich aufgrund des seltsamen Lichts und der dichten Qualmwolken nicht erkennen. Dennoch fühlte sie sich an die Erscheinung an Bord der *Voyager* erinnert. Einer von Chakotays Geistern … oder von ihren.

Einige Sekunden später fielen ihr weitere Schemen auf, jeder von ihnen so vage, daß sie kaum sicher sein konnte, überhaupt etwas zu sehen. Aber sie spürte auch ihre Präsenz. In der Nähe. Fast so, als seien die … Entitäten ein Teil von ihr. Und dann …

Dann verblaßten die Bilder des Traums allmählich. Janeway fragte sich, ob nun wirklich das Ende kam. Die Geister hatten sie irgendwie an diesen Ort gebracht, und der giftige Rauch brachte sie allmählich um. Vielleicht wußten die Wesenheiten nicht, was mit ihr geschah. Sie konnte kaum glauben, daß sich die Geister solche Mühe gemacht hatten – zum Beispiel mit den Erscheinungen und Visionen an Bord der *Voyager* –, nur um sie hier in eine Falle zu locken.

Dunkelheit verdrängte das Licht und wurde fast absolut. Janeway wartete auf Panik und Schmerz, aber nichts dergleichen geschah. Nach einer Weile formten sich neue Bilder und zeigten ihr ein phantastisches Raumschiff, mehrere hundert Male größer als die *Voyager* und völlig fremdartig. Weder mit eigenen Augen noch in den Aufzeichnungen von Starfleet und in den Datenbanken anderer Völker hatte sie jemals ein Schiff gesehen, das sich mit diesem vergleichen ließ, das nun an ihr vorbeiglitt, dabei das Licht zahlreicher Sterne verdunkelte.

Es bestand zum größten Teil aus glatten, gewölbten Segmenten, und in der Schwärze des Alls leuchtete es so wie der Mond der Erde. Janeway bemerkte mehrere Ansammlungen von Rohren, so wie bei dem Apparat in der Höhle. Sie beobachtete, wie das riesige Schiff während einer äonenlangen Reise zahllose Sonnensysteme passierte.

Plötzlich manifestierte sich wieder der Geist, der sie im Bereitschaftsraum besucht hatte. Gestaltlos schwebte er im Dunkeln, als das gewaltige Schiff und sein Universum verschwanden. Einmal mehr teilte sich ihr das Phantom mit, kommunizierte ohne Worte, berichtete von Leid und Schmerz, bat sie zu kommen, bat sie um … Hilfe.

# 7

Gantel schritt vor dem großen, üppig gepolsterten Sessel auf und ab, der das Zentrum der Brücke des Televek-Schiffes bildete. Der Kaustiel zwischen seinen Zähnen war ausgefranst und längst ohne Aroma. Außerdem enthielt er keine euphorisierenden Substanzen mehr. Gantel wußte einen anderen Stiel in seiner Tasche, doch er mußte jetzt bei klarem Verstand bleiben, so unangenehm das auch für ihn sein mochte.

»Setz dich«, sagte seine zweite Teilhaberin Triness. Ihre Stimme war ungewöhnlich scharf, wodurch die Worte fast wie ein Befehl klangen. »Dir fällt immer etwas ein.« Niemand sonst an Bord wagte es, in einem solchen Tonfall mit Gantel zu reden, zumindest dann nicht, wenn es um außerhalb des Geschäftlichen liegende Dinge ging. Bei Handelsgesprächen wurde er ständig herausgefordert, aber das war völlig normal. Hier bekleidete er einen höheren Rang als alle anderen, und das ließ er kaum jemanden vergessen.

»Ich setze mich dann, wenn man mir einen günstigen Bericht liefert«, sagte er und blieb lange genug stehen, um mit langen Fingern durch die dichte Mähne aus weißem Haar zu streichen. »Ich setze mich, wenn mein offenbar weit überschätzter Erwerbsdirektor Positives zu melden hat und etwas mehr vorweisen kann als immer nur Nullgewinne.«

»Daket verdient seine Bewertung, und das weißt du«, sagte Triness. Allerdings schien sie den ersten Teilhaber nur aus Prinzip zu verteidigen. »Du möchtest natürlich, daß alles perfekt läuft, aber selbst du kannst das Universum nicht dazu veranlassen, sich deinem Willen zu beugen. Auch Daket ist dazu nicht imstande. Er hat es mit vielen …«

»… unvorhergesehenen Schwierigkeiten zu tun bekommen, ich weiß.«

»Ein Teilhaber in seiner Position verdient meiner Meinung nach einen gewissen …«

»Triness!« zischte Gantel. Er wollte leise sprechen, doch es blieb bei dem Vorsatz. »Uns steht ein Besuch der Ersten Direktorin Shaale bevor. Ich kann Daket den größten Dispens im ganzen Universum gewähren, aber eines steht fest: Shaale wird eine ganze Menge von mir verlangen. Mir ist klar: Die Erwerbsgruppe hat durchaus Gründe, den ausgeprägten Mangel an Erfolg zu erklären. Doch ich bin auch sicher, daß wir von Shaale nicht so viel Verständnis erwarten dürfen. In der Zwischenzeit muß ich Verhandlungen mit den Föderationsleuten führen und ihnen sogar Zugeständnisse machen – was nur dann einen Sinn ergibt, wenn endlich konkrete Resultate erzielt werden. Im Augenblick tanze ich langsam und schnell zugleich.«

»Wenn ich mich recht entsinne, bist du ein sehr guter Tänzer.« Triness lächelte dünn. »Wann haben wir zum letzten Mal getanzt? Auf Grelra Sieben, nicht wahr? Kurz nach dem Aufstand?«

»Welchen Aufstand meinst du?«

Es war ein Scherz. Triness lachte leise. »Warum sollte man in dieser Hinsicht auf dem laufenden bleiben?«

»Ich weiß es nicht«, sagte Gantel und lachte ebenfalls.

»Du bist siebenmal Regionaloberhaupt gewesen, Teuerster«, gurrte Triness und spielte nun die Rolle der liebenden Partnerin – die sie nie gewesen war. Sie bildeten kein Paar, auch wenn niemand von ihnen eine solche Möglichkeit ausgeschlossen hatte.

Gantel musterte sie aufmerksam. »Und?«

»Dadurch erwirbt man eine Menge Dispens.«

»Ja«, erwiderte Gantel zufrieden. »Das stimmt.«

»Selbst Shaale muß das berücksichtigen.«

Gantel seufzte. »In einem perfekten Universum. Ich hoffe, du hast nichts dagegen, wenn ich trotzdem ein wenig besorgt bin.«

»Andernfalls wärst du nicht der Dritte Direktor.«

Daraufhin lächelten sie beide. Nach sechzehn gemeinsamen Missionen bildeten sie ein gutes Team. Gantel ließ sich von diesem Gedanken trösten, bevor er seine Aufmerksamkeit wieder auf das aktuelle Problem richtete. »Es ist alles so kompliziert. Mit jeder verstreichenden Minute wird diese Angelegenheit schwieriger und verworrener. Hinzu kommt: ich weiß nicht, ob die Leute von der Föderation ein Segen oder ein Fluch sind. Alles wäre viel einfacher, wenn sie nicht über so gute Waffen verfügten. Dann hätten wir sie gleich zu Anfang auslöschen können.«

»Simplifiziere«, schlug Triness vor, und trotz des scherzhaften Tonfalls gab es Ernst in ihren Worten. »Bis dir etwas einfällt.«

Humor, ja. Trotzdem beschloß Gantel, diesen besonderen Rat zu beherzigen. Er wünschte sich vor allem eine Möglichkeit, die seltsamen Besucher aus dem Weg zu räumen. Oder sie vollständig unter Kontrolle zu bringen – das wäre noch besser gewesen. Es gab viele Methoden, andere Leute zu kontrollieren.

»Vielleicht habe ich eine Antwort gefunden«, sagte Gantel, als der Gedanke eine klare Ausprägung gewann und damit Erleichterung brachte. Ihm fiel immer etwas ein. Immer. Er lehnte es ab zu glauben, daß sich daran jemals etwas ändern könnte. »Wir sagen den Föderationsleuten die Wahrheit. Beziehungsweise einen Teil davon. Wenn wir ihnen alles geben, was sie wollen, so ist die Wahrscheinlichkeit groß, daß wir leer ausgehen. Aber wenn wir ihnen gerade genug geben … Dann glauben Sie uns vielleicht. Es kommt auf die richtige Quantität der Wahrheit an.«

»Sie scheinen nicht zum kooperativen Typ zu gehören«, wandte Triness ein. Ihre Worte kamen einer Untertreibung gleich.

»Ja. Bald orten sie die Flotte der Ersten Direktorin, und dadurch kommt es sicher zu weiteren Komplikationen. Es sei denn …« Gantel überlegte, und seine Miene erhellte sich, als er eine Lösung fand. »Es sei denn, wir geben ihnen vorher Bescheid. Wir könnten den Hinweis darauf in die Vereinbarung integrieren, die Fremden gewissermaßen daran beteiligen. Immerhin: Mit dem Eintreffen der Flotte stehen uns weitaus mehr Möglichkeiten offen.«

»Die entsprechenden Informationen müssen taktvoll übermittelt werden.«

»Ja.«

»Und was sollen wir Jonal in bezug auf die von den Föderationsleuten benötigten Komponenten mitteilen?«

»Die Schiffe der Ersten Direktorin haben doch viele solche Teile an Bord, oder?«

»Ja, aber …«

»Dann sagen wir den Fremden einfach die Wahrheit«, meinte Gantel und strahlte.

»Die Wahrheit?«

Das Lächeln des Dritten Direktors wuchs in die Breite. »Jeder Arzt weiß: Selbst Gift kann in kleinen Dosen nützlich sein.«

»Ich verstehe.« Triness neigte den Kopf zur Seite, und ihre Züge offenbarten Bewunderung. »Weißt du, ich habe mich immer sehr zu zeitgenössischen Künstlern hingezogen gefühlt.« Sie sah zu den anderen Personen auf der Brücke, die sofort den Blick abwandten und versuchten, beschäftigt zu wirken. Dann erhob sie sich, beugte sich zu Gantel vor und küßte ihn auf die Wange. »Ich stelle eine Kom-Verbindung zu Jonal und den anderen er.« Triness richtete sich wieder auf. »Bei der Formulierung unserer Nachricht müssen wir sehr vorsichtig sein.«

Gantel nickte zufrieden. »In Ordnung.«

»Sie haben also weitere Nachrichten von den Televek«, sagte Chakotay. Sein Blick glitt kurz über die anderen Personen im Konferenzzimmer: Paris, Neelix und Kes saßen links von ihm am Tisch, die Drosary auf der rechten Seite. Zwei Sicherheitswächter standen an der Tür. Der Erste Offizier spürte, wie sich Besorgnis in ihm regte, und er versuchte, sie zu verdrängen, um sich ganz auf die Mittler zu konzentrieren.

»Ja, Commander«, erwiderte Jonal. »Leider hat sich ein kleines Problem ergeben.«

»Eine kleine Verzögerung, um genauer zu sein«, sagte Tassay.

Für einige Sekunden ließ Chakotay dem Zweifel freie Bahn, und mit ihm kam Zorn. Die Verhandlungen hatten gerade erst begonnen und verwandelten sich schon in ein wirres Durcheinander – das um so schlimmer und unübersichtlicher wurde, je mehr sie sich bemühten, es zu ordnen. Wie sollte es weitergehen? Die fast zweihundert Besatzungsmitglieder der *Voyager* warteten auf Ergebnisse. Ihre Zukunft hing davon ab, welche Entscheidungen Commander Chakotay traf. Vom Schicksal des Landeteams und zahlloser Drenarianer auf dem Planeten ganz abgesehen.

Er atmete tief durch. »Und worin besteht die Verzögerung?«

Jonal faltete die Hände auf dem Tisch und wirkte wie jemand, der ganz und gar in sich selbst ruhte. »Um noch einmal auf das zurückzukommen, was Sie bereits von Gantel gehört haben: Der Kreuzer im Orbit ist kein Handelsschiff. An Bord befinden sich gerade genug Ersatzteile für den Eigenbedarf, und daher können keine Komponenten erübrigt werden. Die Televek rechnen nicht mit Feindseligkeiten von Ihrer Seite, doch durch den Ausfall wichtiger Bordsysteme könnten sie schutzlos irgendwelchen Gefahren ausgeliefert sein, ob sie nun von Ihnen oder von jemand anders ausgehen.«

»Es widerstrebt den Televek, ein solches Risiko einzugehen – das verstehen Sie sicher«, sagte Mila.

»Sie können uns den benötigten Flußregulator also nicht zur Verfügung stellen«, entgegnete Paris grimmig. Als er die Drosary ansah, verschwand der Schatten aus seinem Gesicht, und er lächelte sogar. Mila hatte jede Gelegenheit genutzt, Paris Gesellschaft zu leisten, und auf die gleiche Weise verhielt sich Tassay Chakotay gegenüber. Die beiden Frauen blieben immerzu höflich und freundlich. Die einzigen Personen an Bord der *Voyager*, die *nicht* immerzu höflich und freundlich blieben, waren Neelix und, in einem geringeren Ausmaß, B'Elanna Torres.

Chakotay musterte Jonal. »Wie sollen wir Ihnen helfen, wenn Sie uns nicht helfen können?«

»Oh, ich bin sicher, daß ihnen da schon etwas eingefallen ist«, warf Neelix ein. »Allerdings frage ich mich, ob uns die Sache gefallen wird.«

Chakotay widerstand der Versuchung, sich für das Verhalten des Talaxianers zu entschuldigen. Neelix mochte noch so exzentrisch sein, aber eins stand fest: Er kannte diesen Raumsektor und die darin beheimateten Völker. Deshalb verdienten es seine Hinweise, ernst genommen zu werden.

»Neelix meint vermutlich, daß die Televek sehr einfallsreich sind«, ließ sich Kes vernehmen. Neelix gab ihr nicht zum erstenmal Gelegenheit, schlichtend in eine Diskussion einzugreifen.

»Dann kennt er sie offenbar sehr gut«, erwiderte Tassay.

Jonal lächelte. »Ich bin froh, Ihnen mitteilen zu können, daß bald alles in bester Ordnung ist. Die Televek haben mit einer Handelsflotte Kontakt aufgenommen, die aus anderem Anlaß zu einem nahegelegenen Sonnensystem unterwegs war. Zu der Flotte gehören einige der größten Transporter in diesem Quadranten, und derzeit fliegen sie mit Höchstgeschwindigkeit zum

Drenar-System. Die Televek versichern Ihnen, daß Sie den Flußregulator sofort nach Eintreffen der Flotte erhalten.«

»Außerdem könnten sich die Transporter und anderen Schiffe als sehr nützlich erweisen, wenn es erforderlich wird, die Bewohner von Drenar-Vier zu evakuieren«, sagte Mila. »Wir sind natürlich gern bereit, an einer solchen Rettungsmission teilzunehmen.«

»Die Flotte müßte morgen hier sein«, fügte Tassay hinzu.

»Klingt doch alles sehr vernünftig«, fand Paris.

Die Tür öffnete sich mit einem leisen Zischen, und B'Elanna Torres kam herein. Sie nahm sofort am Ende des Tisches Platz, Chakotay gegenüber, und nickte den Anwesenden einen knappen Gruß zu. Die Chefingenieurin wirkte recht ernst.

»Unterdessen könnten wir über unser gemeinsames Projekt sprechen, das zum Ziel hat, die Verteidigungssysteme des Planeten zu neutralisieren«, schlug Jonal vor. »Damit eine Bergung möglich wird.«

»Darüber hinaus sind die Televek an Ihrem Angebot interessiert, sie mit Ihrer Sensortechnik vertraut zu machen«, sagte Tassay. »Es könnte unseren gemeinsamen Bemühungen förderlich sein, die Lage auf dem Planeten zu beurteilen.«

»Ich kümmere mich darum«, erwiderte B'Elanna. »Wenn Sie gestatten, Commander.« Sie warf Chakotay einen nachdenklichen Blick zu, der das Unbehagen in ihm verstärkte. Ihre kurze Phase vorsichtigen Vertrauens den Drosary gegenüber schien zu Ende zu sein.

»In Ordnung«, sagte er. »Allerdings erfordert jeder Datentransfer meine besondere Erlaubnis. Und ich möchte mir die Informationen ansehen, die wir von den Televek bekommen haben.«

»Wundervoll«, freute sich Jonal.

»Ja, insbesondere für die Televek.« Neelix rollte mit den Augen.

Kes legte ihm die Hand auf den Arm. »Bitte, Neelix«, tadelte sie sanft.

»Tut mir leid«, brummte er leise. »Aber wenn du mich fragst: Diese Leute haben unser Vertrauen nicht verdient. Warum sollten wir ihnen etwas geben, nur weil sie darum bitten?«

»Wir versuchen, Vertrauen schrittweise zu gewinnen«, erklärte Jonal. »Das gilt für beide Seiten.«

»Wir müssen zusammenarbeiten«, sagte Chakotay. »Viele Leben stehen auf dem Spiel.«

»Das stimmt«, räumte Neelix ein. »Aber die Televek haben uns noch nicht einmal ihre Gesichter gezeigt. Und sie scheinen außerstande zu sein, uns mehr zu geben als wohlklingende Rhetorik und Ortungsdaten.«

»Das halte ich für eine objektive Feststellung«, warf B'Elanna ein.

»Sie sollten nicht so mißtrauisch sein«, wandte sich Paris an Torres. Besorgnis zeigte sich in seinem Gesicht. »Haben Sie vergessen, daß Captain Janeway Ihnen vertraute, als Sie darum baten? Das gilt auch für Sie, Neelix.«

»Zu jenem Zeitpunkt kannte sie mich noch gar nicht«, erwiderte der Talaxianer.

»Genau das meine ich«, betonte Paris.

Chakotay beobachtete, wie Kes die Hand hob und ein Lächeln zu verbergen versuchte.

»Ich glaube, ich schließe mich trotzdem Neelix' Standpunkt an«, sagte B'Elanna ungerührt.

»Und ich glaube, wir sollten die Verhandlungen fortsetzen«, ließ sich der Commander vernehmen und schnitt eine ernste Miene. Er wirkte etwas freundlicher, als er die Drosary ansah. »Wir wären für alles dankbar, das uns in die Lage versetzt, so schnell wie möglich mit einer Rettungsmission zu beginnen.«

»Ja, natürlich, darin besteht der wichtigste Zweck dieser Zusammenkunft«, bestätigte Tassay, die wie immer versuchte, Chakotay zu helfen. *Sie ist eine gute Mittlerin,* dachte er. Auch Jonal und Mila verstanden das diplomatische Handwerk. Daß die Televek ausgerechnet sie gewählt hatten, sprach für sie – auch wenn Neelix und B'Elanna darauf bestanden, die Sache anders zu sehen.

»Wir bekommen wichtige Daten von den Televek, und ich versuche, sie zu einem einheitlichen Bild zusammenzufügen«, berichtete die Chefingenieurin. »Derzeit können wir uns nicht dem Planeten nähern, ohne dabei ein erhebliches Risiko einzugehen. Das Verteidigungssystem verwendet vergleichsweise kleine und individuelle hochenergetische Kraftfelder, die in Richtung einer vermeintlichen Bedrohung projiziert werden.«

»Der verlorene Televek-Kreuzer meldete den Ausfall vieler Bordsysteme, bevor der Kom-Kontakt abbrach«, fügte Mila hinzu.

»Unglücklicherweise läßt sich mit Phasern, Photonentorpedos und anderen Waffen nichts gegen die Kraftfelder ausrichten«, sagte Jonal. »Die Televek haben es auch mit verschiedenen Frequenzen und energetischen Filterungsmethoden versucht – ohne Erfolg.«

»Die Verteidigungsanlage von Drenar Vier funktioniert also wie ein natürliches Immunsystem«, stellte Paris fest.

»Das ist gut ausgedrückt«, bemerkte Mila. Tassay und Jonal nickten. Der Lieutenant freute sich ganz offensichtlich über das Kompliment.

»Ist er nicht wundervoll?« fragte B'Elanna spöttisch und bedachte Mila mit einem übertriebenen Lächeln.

»Offenbar läuft alles darauf hinaus, daß wir nicht viel ausrichten können«, warf Neelix ein.

»Wir haben bereite einige der erwähnten Kraftfelder geortet«, sagte Chakotay und versuchte, die Diskussion offen zu halten. »Derzeit scheinen sie an die Oberfläche des Planeten gebunden zu sein.«

»Das sind sie nicht immer«, warnte Mila.

Jonal nickte. »Wenn sich der gegenwärtige Trend in Hinsicht auf eine Reduzierung des allgemeinen energetischen Niveaus fortsetzt, dürfte das Verteidigungssystem bald schwach genug werden, um kein nennenswertes Problem mehr darzustellen. Dann steht einem Rettungs- und Bergungsunternehmen nichts mehr im Wege.«

»Was meinen Sie mit ›bald‹?« fragte Chakotay.

»Wir schätzen, es dauert noch etwa zwei Wochen.«

»Die seismische Aktivität wächst so schnell, daß uns vielleicht nicht so viel Zeit bleibt. Möglicherweise bricht der Planet bis dahin auseinander.«

»Nach den Berechnungen der Televek beginnt die kritische Phase erst in vier Wochen.«

Chakotay ließ sich von diesem Hinweis nicht beruhigen. Wie hoch die technische Entwicklung auch sein mochte: Niemand konnte die exakten Resultate der unerklärlichen Kräfte voraussehen, die auf Drenar Vier einwirkten. Deshalb hielt der Commander die angeblichen Analyseergebnisse der Televek für alles andere als zuverlässig. Vielleicht kam der Planet am nächsten Tag zur Ruhe, und zwar für die nächsten hundert Jahre. Oder er verwandelte sich in einen Asteroidenhaufen, wodurch sowohl die Einheimischen als auch Captain Janeway und ihre Begleiter den Tod fanden. Er schüttelte den Kopf.

»Paris, B'Elanna … Ich kann mich mit der derzeitigen Situation nicht einfach so abfinden. Wir brauchen Alternativen. Versuchen Sie, mehr über jene energetischen Signaturen herauszufinden. Setzen Sie alle Leute darauf an, die Sie entbehren können. Arbeiten Sie mit den Televek zusammen, wann immer das möglich ist. Wir benötigen Zugang zur Oberfläche des Planeten, und zwar so schnell wie möglich. Lassen Sie uns auch noch einmal unsere Computermodelle überprüfen. Während der letzten Stunden haben mehrere starke und einige schwächere Beben stattgefunden. Vielleicht verhelfen uns die entsprechenden Daten zu neuen Erkenntnissen.«

»Eine ausgezeichnete Idee, Commander«, sagte Jonal anerkennend.

Paris und Torres bestätigten die Anweisungen des Ersten Offiziers, standen auf und gingen zur Tür. Mila erhob sich ebenfalls, um Paris zu begleiten, doch Chakotay entschied, daß hier Schluß sein mußte.

»Sie drei bleiben hier«, wandte er sich an die Mittler. »Es wartet Arbeit auf die Offiziere, und außerdem gibt es in diesem Zusammenhang einige Sicherheitserwägungen. Das verstehen Sie sicher.«

Die drei Drosary stimmten ihm sofort zu. Chakotay überlegte, ob sich Mitglieder der *Voyager*-Crew ähnlich verhalten hätten.

»Ist alles in Ordnung mit Ihnen, Commander?« fragte Tassay und unterbrach ihn bei seinen Grübeleien.

*Wahrscheinlich nicht,* dachte Chakotay – und vermutete, daß sein Gesicht derzeit ziemlich finster wirkte. Ganz bewußt versuchte er, die eigenen Züge zu glätten.

»Ja«, antwortete er dann. »Es ist alles in Ordnung mit mir.«

# 8

Decke und Wände schienen sehr nahe zu sein. Allerdings reichte das matte Licht nicht aus, um Einzelheiten zu erkennen. Der Geruch von feuchtem, rußigem Holz erfüllte die Luft. Captain Janeway lag völlig reglos, bewegte nur die Augen und atmete ganz flach, als sich ihr Selbst endgültig aus dem Dunkel der Bewußtlosigkeit löste. Mehr wagte sie nicht. Schon das Blinzeln schmerzte, und hinter ihrer Stirn pochte es.

Nach einigen Sekunden hörte sie Geräusche jenseits der finsteren Wände. Stimmen erklangen gelegentlich, und hinzu kam ein Klappern, das rätselhaft für Janeway blieb. Als sie kaum mehr daran zweifelte, allein zu sein, versuchte sie vorsichtig, Arme und Beine zu bewegen. Damit schien soweit alles in Ordnung zu sein, wenn man davon absah, daß sich das linke Knie wund anfühlte. Sie trachtete danach, den Kopf zu heben – und der Schmerz zwischen ihren Schläfen explodierte regelrecht.

Sie stöhnte, hob die Hand und tastete damit nach einer ziemlich großen Beule am Schädel, spürte dort getrocknetes Blut. Erinnerungen erwachten nun in ihr: ans Shuttle, die Drenarianer, das Erdbeben und den Sturz. Fast erschrocken griff sie nach ihrem Gürtel und stellte erleichtert fest, daß sie noch immer Tricorder und Phaser besaß.

Langsam setzte sich Janeway auf und beobachtete, wie die Welt um sie herum rotierte. Sie wartete, bis der Kosmos zur Ruhe kam, erhob sich dann behutsam. Die

Decke erwies sich tatsächlich als recht niedrig – der Abstand zu ihrem Kopf betrug nur etwa dreißig Zentimeter. Janeway streckte die Hand nach einem dicken Tuch aus, das vor dem nahen Fenster hin, zog es zur Seite. Licht flutete herein, blendete die Kommandantin und ließ neuen Schmerz in ihr entstehen. Sie wandte sich um, ließ den Blick durchs Zimmer schweifen und stellte fest, daß sie sich in einer Blockhütte befand, vergleichbar mit denen, die man vor Jahrhunderten, zur Zeit der Pioniere, im amerikanischen Westen gebaut hatte. Die Einrichtungsgegenstände – ein Tisch, mehrere Stühle, ein Bett an der Wand – waren handgefertigt und sehr einfach, machten aber einen guten, stabilen Eindruck. Janeway bemerkte geschickt bearbeitete Scharniere, Angeln und Spangen. Mitten auf dem Tisch stand eine nicht angezündete Öllampe.

Als sie sich wieder zum Fenster umdrehte, stellte sie fest, daß es dort eine Scheibe aus Glas gab – dieser Umstand überraschte sie sehr. Draußen sah sie eine weitere Blockhütte, die sich vermutlich kaum von der unterschied, in der sie sich aufhielt.

Janeway zog das Tuch wieder vors Fenster, und daraufhin herrschte wieder das Halbdunkel im Zimmer. Gleichzeitig vernahm sie Stimmen, die näher kamen.

Der Türriegel knarrte, und aus einem Reflex heraus tastete die Kommandantin zum Phaser an ihrem Gürtel. Ihr lag nichts daran, von dem Strahler Gebrauch zu machen – die Einheimischen hatten auch so schon genug hinter sich –, aber sie war viel zu schwach, um mit bloßen Händen zu kämpfen.

Die Tür öffnete sich, und Tuvok trat ein.

Kim folgte dem Vulkanier, und dann kam ein alter Drenarianer, gekleidet in eine dunkle Hose und einen Kasack mit langen Ärmeln. Die Sachen waren sauber und in einem guten Zustand, schienen jedoch fast ebenso alt zu sein wie ihr Träger. Einige graue Strähnen zeigten sich im dunklen Haar des Mannes, und er war rasiert – im Gegensatz zu den anderen männlichen Drenarianern, die Janeway gesehen hatte.

Aus der Nähe betrachtet erschien ihr die drenarianische Physiologie nicht mehr ganz so primitiv, und in den Hautfalten dieses Mannes bemerkte sie einen vagen orangefarbenen Glanz. Sie spürte den Blick dunkler Augen, und aus irgendeinem Grund konnte sie ihm nicht standhalten, drehte den Kopf wie scheu zur Seite.

»Wie geht es Ihnen, Captain?« fragte Tuvok und beugte sich vor, um das Ausmaß der Kopfverletzung besser abschätzen zu können.

»Es ist mir schon besser gegangen«, erwiderte Janeway und winkte ab.

»Ich möchte Ihnen einen neuen Freund von uns vorstellen, Nan Loteth. Mr. Loteth, das ist Captain Janeway.«

Sie streckte die Hand aus, aber der Drenarianer starrte nur verwirrt darauf hinab. Janeway ließ den Arm sinken.

»Mit solchen Gesten sind die Bewohner dieses Planeten nicht vertraut«, erklärte Tuvok.

»Seine Leute haben Sie nach dem Erdbeben ins Dorf getragen«, sagte Kim und klang dabei recht fröhlich. »Besser gesagt: zu den Resten des Dorfes. Die starken Erschütterungen haben ein Drittel der Siedlung zerstört. Manche Gebäude sind einfach im Boden verschwunden. Dieser Teil des Ortes ist glimpflich davongekommen.«

»Bisher«, schränkte Tuvok ein.

Janeway hob den Kopf. »Wie meinen Sie das?«

»Loteth hat uns darauf hingewiesen, daß nach dem letzten Beben die vulkanische Aktivität ein wenig nachgelassen hat, doch derzeit scheint das gesamte Geschehen auf diesem Planeten in einem dauernden Wandel begriffen zu sein«, berichtete Tuvok. »Derzeit weht der Wind vorwiegend aus Nordwesten, weshalb der Asche- und Staubregen in dieser Region nachgelassen hat.

Doch wenn sich die Windrichtung ändert, was keineswegs auszuschließen ist, könnte sich die hiesige Situation drastisch verschlechtern.«

»Wir haben darauf gewartet, daß Sie das Bewußtsein wiedererlangen«, sagte Kim. Die Worte platzten regelrecht aus ihm heraus. »Wir alle.«

»Die Drenarianer scheinen recht umgänglich zu sein, Captain«, fuhr Tuvok fort. »Man hat uns freundlich behandelt. Ich habe mir die Freiheit genommen, die Einheimischen darauf hinzuweisen, daß wir ihnen helfen wollen.«

»Bestimmt sind sie sehr von uns beeindruckt«, erwiderte Janeway ein wenig spöttisch. Sie fühlte sich noch immer ziemlich wacklig auf den Beinen.

Nan Loteth schob sich an ihnen vorbei, griff nach einer tönernen Karaffe und goß etwas von ihrem Inhalt in einen Becher aus Metall.

»Trinken Sie«, sagte er und bot den Becher Janeway an. Seine Stimme klang ein wenig rauh, gleichzeitig aber auch ruhig und gelassen.

Natürlich sprach der Drenarianer kein Föderationsstandard – die Worte wurden vom automatischen Übersetzungsmodul im Insignienkommunikator übersetzt.

»Da ist doch hoffentlich kein Blei drin, oder?« fragte Janeway und zögerte. Tuvok holte seinen Tricorder hervor, hielt ihn kurz über den Becher und schüttelte den Kopf. Sein stummer Hinweis beruhigte die Kommandantin. Sie trank und leerte das Gefäß, obgleich die Flüssigkeit darin gräßlich schmeckte.

»Haben Sie keine Angst vor uns?« fragte Janeway den Fremden und erinnerte sich an die Bilder der ersten Vision. Stammten sie tatsächlich aus der Realität?

Der Drenarianer nahm den leeren Becher von ihr entgegen. »Nicht vor Ihnen, nein.«

»Angeblich wußten die Einheimischen von unserer bevorstehenden Ankunft«, sagte Tuvok.

»Sie meinen, die Geister ihrer Vorfahren hätten sie darauf hingewiesen«, fügte Kim hinzu.

»Die Geister«, wiederholte Janeway.

»Ja, Captain«, bestätigte Tuvok.

»Ich glaube, ich bin einigen Ihrer Vorfahren begegnet«, wandte sich Janeway an Nan Loteth. »Zweimal, um ganz genau zu sein. Ich würde gern mehr über sie erfahren, wenn Sie gestatten.«

Der Drenarianer nickte. »Mein Volk hat immer die Weisheit jener gesucht, die vor uns existierten. Wir nennen sie Jun-Tath. Sie beschützen und beraten uns, gewähren uns Trost. Werden wir nicht in dieser Welt von jenen geleitet, die bereits in der nächsten weilen?«

»In der Kultur, aus der ich komme, gibt es viele Personen, die an so etwas glauben. Allerdings ist mir niemand bekannt, der von einem Erlebnis berichten kann, das sich mit meinen ... Visionen vergleichen läßt.« Janeway beschrieb die phantomhafte Entität, die sie im Bereitschaftsraum gesehen hatte, berichtete auch von Chakotays Träumen, verzichtete jedoch darauf, von der Höhle mit der Lava und den Rauchschwaden zu erzählen. Nach wie vor wußte sie nicht, ob sie tatsächlich dort gewesen war oder ob jene Szenen nur ein Produkt ihrer Phantasie darstellten.

Nan Loteth schien alles zu verstehen. »Wir sind Ihnen gezeigt worden, und man hat Sie uns gezeigt.« Seine Lippen formten ein Lächeln, das Janeway in einem solchen Gesicht für unmöglich gehalten hätte. Sie gelangte zu dem Schluß, daß es in bezug auf dieses Volk viel zu lernen gab, und darauf freute sie sich bereits, trotz der Schmerzen, die noch immer hinter ihrer Stirn pochten. Das anfängliche Unbehagen hatte sich inzwischen vollkommen aufgelöst.

Sie wollte eine entsprechende Bemerkung an den Drenarianer richten, als der Boden unter ihr erneut zitterte. Es handelte sich um ein kurzes Nachbeben, das nicht annähernd so starke Erschütterungen brachte.

Trotzdem: Es erinnerte ganz deutlich an die große Gefahr, die den Bewohnern von Drenar Vier drohte.

Janeway blickte in die Augen des Drenarianers und glaubte, dort jene Gedanken zu erkennen, die ihr gerade durch den Kopf gegangen waren.

»Die Jun-Tath erzählten uns auch von den anderen«, fuhr Nan Loteth fort und offenbarte dabei erste Anzeichen von Unruhe. Er schien jetzt ein wenig lauter zu sprechen. »Sie erwähnten eine Zeit, in der Dämonen vom Himmel kommen, eine Zeit des Leids für viele. Und ihre Botschaft kündigte uns das Ende der Welt an. Als die anderen mit ihrem großen Himmelsschiff kamen, wußten wir sofort, daß es die Dämonen aus den Visionen waren. Doch einige von uns zweifelten und wollten ganz sicher sein. Sie gingen zu der Lichtung, auf der das Himmelsschiff ruht, in der Nähe des Jaalett-Tempels, und dort beobachteten sie. Zuerst geschah nichts. Dann kamen Geschöpfe aus dem Schiff, verbrachten einige Zeit im Freien und kehrten dann zurück.«

»Niemand versuchte, Kontakt mit Ihnen aufzunehmen?« fragte Janeway.

»Nein. Wir hielten uns zunächst von dem Himmelsschiff fern. Als einen ganzen Tag lang niemand herauskam, wagten sich einige von uns näher. Unter ihnen befand sich auch mein Bruder.«

Nan Loteth legte eine Pause ein, und in seiner Miene zeichnete sich nun Schmerz ab. Vor Janeways innerem Auge formte sich wieder ein ganz bestimmtes Bild, das sie während der ersten Vision gesehen hatte. Sie wartete geduldig.

»Als sie dem Himmelsschiff fast nahe genug gekommen waren, um es zu berühren, gleißte plötzlich tödliches Licht und brachte Verderben. Einige Leute aus dem Dorf meinen, sie hätten die Schreie der Sterbenden gehört.«

»Phaserstrahlen«, sagte Janeway und hörte das Vibrieren in ihrer Stimme. Sie spürte das Leid und die Furcht des Drenarianers. »Ich habe sie gesehen, die Leichen Ihrer Landsleute. Allerdings war ich nicht sicher, ob jene Tragödie tatsächlich geschehen ist. Ich hatte gehofft …« Sie sprach nicht weiter, sah Nan Loteth nur stumm an.

»Der Vorgang weist darauf hin, daß nicht alle Bordsysteme des Kreuzers ausgefallen sind«, stellte Tuvok fest, während Janeways Blick auch weiterhin Nan Loteth galt.

»Ich begab mich ebenfalls zur Lichtung«, fuhr der Drenarianer fort. »Einige Männer bewegten sich noch und stöhnten. Doch es dauerte nicht lange, bis Stille herrschte. Jene Leute, die im Wald geblieben waren, berichteten mir von den Ereignissen.«

»Sie mußten sie zurücklassen«, sagte Janeway. »Die Leichen, meine ich.«

»Wir wagten es nicht, uns dem Himmelsschiff zu nähern. Aus Angst, wie die anderen verbrannt zu werden.«

»Damit haben Sie eine sehr vernünftige Entscheidung getroffen«, kommentierte Tuvok.

»Und seitdem haben Sie die Lichtung gemieden, nicht wahr?« fragte Kim. Er nickte und glaubte, die Antwort bereits zu kennen.

»Nein«, widersprach der Drenarianer und überraschte damit die Besucher aus dem All. »Vom Waldrand aus griffen wir die Dämonen an. Doch mit unseren Waffen läßt sich nur wenig gegen sie ausrichten. Es gelang uns, einige von ihnen zu verwunden, aber sie steckten einen großen Teil des Walds in Brand, und deshalb mußten wir uns zurückziehen. Nach einer Weile kehrten wir heim. Wir nahmen an, daß uns die Fremden folgen würden. Wir haben auf sie gewartet, bereit zum Kampf. Doch bisher sind sie in den Bergen geblieben.«

»Soviel zur angeblichen Absicht der Televek, eine Rettungsmission durchzuführen«, brummte Kim.

»Wir verabscheuen den Krieg, Captain«, sagte Nan Loteth in einem fast beschwörenden Tonfall. »Seit fünf Generationen herrschen Harmonie und Eintracht bei uns. Die Oberhäupter unseres Volkes haben eine Vereinbarung getroffen, die es uns allen ermöglicht, in Frieden zu leben. Wir haben keine großen Heere, die wir gegen die Dämonen in den Kampf schicken können. Deshalb beschlossen die Jun-Tath, Sie zu uns zu schicken.«

»Eine interessante Theorie«, meinte Tuvok und wölbte beide Brauen.

»Nach Ihren Erfahrungen mit den Televek gingen Sie ein erhebliches Risiko ein, als Sie sich einfach so unserem Shuttle näherten«, sagte Janeway. »Ihre Visionen in Hinsicht auf unsere Landung müssen sehr deutlich gewesen sein.«

»Das gilt auch für meine Vision von Ihnen, Captain. Und von Ihren beiden Begleitern. Deshalb wurden Sie zu meinem Haus gebracht. Ich glaube, die Jun-Tath haben mich auserwählt, um mit Ihnen zu sprechen. Das ist eine große Ehre für mich.«

»Und auch für mich«, erwiderte Janeway. Sie versuchte zu lächeln, und es schmerzte nicht annähernd so sehr, wie sie befürchtet hatte.

»Lassen Sie das Himmelsschiff von jemandem beobachten?« fragte Tuvok.

»Ja. Aber wenn es zu einem Angriff käme, dürften nur wenige von uns damit rechnen zu überleben.« Nan Loteth seufzte, und die Falten fraßen sich tiefer in sein Gesicht. »Seit dem ersten Versuch haben unsere Bogenschützen erneut auf die Dämonen geschossen, doch jetzt prallen die Pfeile an ihrer Kleidung ab.«

»Vermutlich tragen die Televek leichte Panzerung irgendeiner Art«, überlegte Kim laut.

»Die Drenarianer scheinen ein sehr tapferes Volk zu sein.« Die Erste Direktive fiel Janeway ein, und sie trachtete danach, nicht daran zu denken. »Und das soll es auch bleiben. Ich verspreche hiermit, daß wir alles versuchen werden, um Ihnen zu helfen.«

Nan Loteth nickte, drehte sich dann um und ging zur Tür. Janeway, Tuvok und Kim folgten ihm nach draußen, auf einen kleinen Hof zwischen zwei Häusern. Dort gab es einen kleinen Garten mit Blumen, die jedoch unter einer dicken Schicht aus Asche und Staub verwelkten. Janeway konnte sich gut vorstellen, daß es hier einmal sehr hübsch gewesen sein mußte.

Die Sonne sank dem Horizont entgegen, und die Schatten wurden länger, als Nan Loteth seine Begleiter um eine Ecke und zur nächsten Straße führte.

Von dort aus hatte es den Anschein, als erstrecke sich das Dorf – beinahe eine Stadt – in alle Richtungen. Nur vier Häuser trennten sie von einer Kreuzung, deren Form an einen Hahnenfuß erinnerte. Dort herrschte reger Betrieb. Läden und Geschäfte säumten die aus festgetretener Erde bestehenden Straßen, und manche Gebäude waren zwei Etagen hoch.

Personen liefen hin und her. Die bereits vertraut anmutenden drenarianischen Lasttiere zogen mit Waren und Gütern beladene Karren, auf denen gelegentlich auch Kinder hockten. Einmal mehr dachte Janeway an den amerikanischen Westen während der Pionierzeit, an eine neugegründete Stadt an der Siedlungsgrenze beziehungsweise an einen Ort der amerikanischen Ureinwohner – eine junge drenarianische Frau kam vorbei, auf dem Rücken ein kleines Kind in einem indianisch anmutenden Tragegestell.

Janeway beobachtete einen jungen Mann, der sich ihnen näherte. Er trug einen Stuhl und zündete Öllampen an, die an Holzmasten hingen. Nirgends umflatterten Motten die Flammen, und es gab auch keine anderen Insekten. Auf vergleichbaren Welten war Janeway häufig gebissen und gestochen worden; hier brauchte sie nichts dergleichen zu befürchten. Doch dadurch wurde Drenar Vier keineswegs zu einem Paradies. Das

Ökosystem des Planeten stand unmittelbar vor dem Zusammenbruch – ein weiterer Hinweis auf den Ernst der allgemeinen Situation.

Eine Gruppe bildete sich vor Nan Loteths Haus und schwoll rasch an. Viele Leute wollten die seltsamen Besucher sehen, und in ihren Mienen erkannte Janeway etwas, das sie schon häufig bemerkt hatte. Die Ähnlichkeiten zwischen intelligenten Völkern verblüfften sie immer wieder. Ganz gleich, wie groß die Unterschiede in Hinsicht auf das Erscheinungsbild auch sein mochten: Im Herzen und im Geist gab es viel Gemeinsames. Sie sah es nun in den dunklen, staunenden Augen.

Janeway, Tuvok und Kim begrüßten die anderen Drenarianer, um anschließend stumm zu warten.

»Sie kamen von dort oben, aus der Nacht, so wie die Dämonen.« Nan Loteth deutete zum Himmel empor. »Die Jun-Tath haben es mir gezeigt.«

Janeway sah auf. Erste Sterne erschienen am Firmament, und mit ihnen kamen die drei Monde des Planeten, jeder von ihnen kaum mehr als eine dünne Sichel. Der kleinste Mond kroch gerade hinter den Bergen im Osten hervor und glitt den beiden anderen entgegen.

Janeways Aufmerksamkeit kehrte zu Nan Loteth zurück, und sie sah, wie sich der Glanz in seinen Augen trübte.

»Sie antworten nicht«, stellte er betrübt fest.

»Ja«, sagte Janeway und nickte. »Ja, wir kommen vom Himmel.«

»Welcher Stern ist Ihrer?«

Die Kommandantin musterte den Drenarianer überrascht. Wenn sich primitive Wesen Götter oder Dämonen vorstellten, die vom Himmel oder hohen Bergen herabkamen, vielleicht das Meer überquert hatten und aus einem unbekannten, unerforschten Teil der Welt stammten ... Nun, das war eine Sache. In den Überlieferungen der Menschheit wimmelte es geradezu von Göttern, Engeln, Geistern und Fabelwesen, die den Himmel am Tag und in der Nacht bevölkert, für jede Menge Magie und Zauber gesorgt hatten.

Doch Nan Loteths Worte zielten in eine ganz andere Richtung.

»Was wissen Sie von den Sternen?« fragte Janeway und suchte in der Miene des Alten nach Hinweisen.

»Ich habe sie gesehen.«

»Wie meinen Sie das?« Janeway wechselte einen kurzen Blick mit Tuvok und Kim, die ebenso fasziniert waren wie sie selbst.

»Warten Sie hier, ich bin gleich wieder da«, stieß Nan Loteth aufgeregt hervor. »Ich *zeige* Ihnen, was ich meine.«

Mit einer Flinkheit, die Janeway von einem Mann seines Alters nicht erwartet hätte, verschwand er in seinem Haus – um schon wenige Sekunden später zurückzukehren.

»Damit sehe ich die Sterne«, erklärte Nan Loteth stolz. Er hielt einen langen, dünnen Zylinder aus Holz in der Hand, reichte ihn vorsichtig Janeway. Sie begriff sofort, um was es sich handelte. Die Vorrichtung bestand aus zwei Zylindern mit verschiedenen Durchmessern, die auseinander gezogen werden konnten. Beide Enden wiesen eine gläserne Linse auf.

»Man sieht hindurch, und zwar so.« Nan Loteth nahm den Apparat wieder entgegen, richtete ihn gen Himmel, hob das schmalere Ende vors Auge und blickte in Richtung des größten Mondes, der inzwischen fast den höchsten Punkt seiner Bahn erreicht hatte.

Janeway beobachtete ihn mit neuem Respekt.

»Hier, sehen Sie selbst.« Erneut reichte er die Vorrichtung der Besucherin. Janeway hielt sie auf die gleiche Weise und blickte hindurch, sah zahllose Krater und lunare Gebirgsketten, als sie den kleineren Zylinder langsam aus dem größeren herauszog. Es war ein einfaches, primitives Teleskop, aber selbst Galileo hätte darauf stolz sein können.

»Stimmt es nicht, daß die Sterne wie unsere eigene Sonne sind?« fragte Loteth. »Ich habe die anderen Welten am Himmel gesehen, jene, die unserer auf dem Weg durch die Nacht folgen. Dort gibt es ebenfalls solche Monde.« Er deutete zu den drei hell leuchtenden Sicheln empor.

»Bemerkenswert«, kommentierte Tuvok.

»Ja«, pflichtete ihm Janeway bei. Sie sah den alten Drenarianer an und versuchte nicht einmal, ihr Staunen zu verbergen.

»Sie glauben also, daß wir von einer anderen Welt in diesem Sonnensystem kommen?« fragte der ebenfalls überraschte Kim.

»Nein, eigentlich nicht«, erwiderte Nan Loteth.

Diese Antwort verwirrte Tuvok und Kim.

»Seltsam«, sagte der Vulkanier. »Ich hätte angenommen ...«

»Nein.« Janeways Blick blieb auf Nan Loteth gerichtet. »Sie verstehen nicht, Tuvok. Er hält es für unwahrscheinlich, daß wir aus diesem Sonnensystem stammen. Er glaubt vielmehr, daß wir von einem der anderen Sterne kommen.«

»Ja.« Der Drenarianer nickte. »Stimmt es?« fragte er zaghaft.

»Faszinierend«, sagte Tuvok und schien sehr beeindruckt zu sein.

»Und ob«, stimmte ihm Kim zu.

Die Sekunden dehnten sich, ohne daß jemand sprach. In Nan Loteths Miene zeichnete sich wachsendes Unbehagen ab. »Bitte antworten Sie«, drängte er. »Viele weigern sich, darüber mit mir zu sprechen. Man hält sogar Kinder von mir fern. Es heißt, jenseits des Himmels erstrecke sich die Sphäre der Götter. Immer wieder hat man mir folgendes gesagt: Wenn ich Glück habe, schicken mir die Jun-Tath eine Vision, die meinen Geist heilt, und dann höre ich auf, solchen Gedanken nachzuhängen.«

»Es paßt alles zusammen«, meinte Kim und schüttelte den Kopf.

Tuvok nickte. »Ich kann mir durchaus vorstellen, daß Ihnen andere Bewohner dieser Welt mit einer solchen Einstellung begegnen.«

»Sie halten mich also ebenfalls für einen Narren«, entgegnete der Alte niedergeschlagen. Er nahm das Teleskop entgegen und ließ die Schultern hängen. Fast flehentlich sah er unter einem absurd weit vorgewölbten Brauenwulst zu Janeway auf.

Sie lächelte unwillkürlich.

»Sie glauben jetzt, ich sei nicht ganz richtig im Kopf«, sagte er leise. »Es tut mir sehr leid.«

»Nein, Nan Loteth. Sie klingen nicht wie ein Narr oder jemand, der den Verstand verloren hat.« Janeway berührte den Arm, dessen Hand das Teleskop hielt. »Sie klingen vielmehr wie ein Wissenschaftler.«

»Wie ein … Wissenschaftler?« wiederholte der Alte.

»Ja. Und wie ein guter obendrein.« Janeway drehte sich halb um und zeigte zum Himmel. Hier und dort zogen dichte Wolken aus vulkanischer Asche dahin, aber wo der Wind Lücken zwischen ihnen geschaffen hatte, zeigten sich nun immer mehr Sterne. »Wir stammen von einer Welt, die der Ihren ähnelt und eine andere Sonne umkreist. Doch unser Stern ist so weit entfernt, daß man ihn von hier aus gar nicht sehen kann. Die Entfernung ist sogar so groß, daß wir unsere Sonne vielleicht nie wiedersehen. Doch Ihr Volk könnte sie eines Tages erreichen.«

Nan Loteth atmete schneller. »Wie viele Sterne gibt es? Wie viele Welten?«

»So viele, daß man sie nicht zählen kann.«

Der Mund des Alten stand offen. »Und wie sind jene Welten beschaffen?«

»Viele von ihnen haben große Ähnlichkeit mit Ihrer«, erwiderte Janeway.

Der Boden erzitterte erneut – ein weiteres Nachbeben,

das nur an den Nerven zerrte und die Lasttiere auf den Straßen erschreckte. Allerdings wußte Janeway: Es würde mehr Beben von der Art geben, die sie beim Shuttle erlebt hatten. Der Computer hatte sogar eine zunehmende Stärke berechnet. Wenn außerdem der Wind drehte …

Als die Erschütterungen nachließen, forderte Nan Loteth die Besucher auf, ihm über die Straße zu folgen. »Sie brauchen etwas zu essen«, sagte er. »Wir haben zwar nicht viel, aber Sie sollen bekommen, was uns zur Verfügung steht.« Er setzte sich in Bewegung, ließ den drei Außenweltlern gar keine andere Wahl, als ihm zu folgen. Das Publikum – inzwischen mehr als drei Dutzend Personen – schloß sich ihnen an und flüsterte.

»Tuvok«, begann Janeway, »könnten die Televek etwas mit den gegenwärtigen Ereignissen auf diesem Planeten zu tun haben? Besteht vielleicht ein Zusammenhang zwischen den gegenwärtigen Kataklysmen und der unterirdischen Energiequelle beziehungsweise den Versuchen der Televek, sie zu erreichen?«

»Ich bezweifle, daß die Televek in der Lage sind, so ausgedehnte geologische Phänomene zu bewirken. Allerdings fällt es mir schwer zu glauben, daß ihre Präsenz in diesem Zusammenhang rein zufällig ist.«

Janeway nickte und fragte sich, ob ihre Überlegungen in die gleiche Richtung zielten. »Können Sie mir eine Erklärung anbieten?«

»Dazu bin ich leider nicht imstande. Menschen würden in diesem Zusammenhang vermutlich von einer … Ahnung sprechen.«

Janeway richtete einen nachdenklichen Blick auf Tuvok. Sie kannte ihn schon seit vielen Jahren und wußte daher, daß er nicht weniger logisch dachte als andere Vulkanier. Aber seine Eigenschaften beschränkten sich nicht nur darauf, reichten über den Horizont der vulkanischen Rationalität hinaus. »Mr. Tuvok … Offenbar färbe ich allmählich auf Sie ab.«

»Das würde ich für ein Kompliment halten, Sir«, teilte Kim dem Vulkanier mit, bevor Tuvok antworten konnte.

Tuvok holte tief Luft und ließ den Atem langsam entweichen. »Nun gut, Mr. Kim. Ich werde Ihren Rat beherzigen.«

Sie gingen an Viehställen vorbei, von denen ein typischer Geruch ausging. In welchem Teil der Galaxis man sich auch befand: Ställe rochen immer gleich. Das nächste größere Gebäude wies eine weit geöffnete Doppeltür auf. Janeway sah hinein und erkannte eine Schmiede. Drei große Blasebälge hingen von der Decke herab; bedient wurden sie offenbar mit Hilfe von Pedalen. Zwei Drenarianer arbeiteten, schlugen mit Hämmern auf glühende Metallstücke. *Raumschiffe werden hier bestimmt nicht gebaut,* dachte Janeway.

Dieser Gedanke erinnerte sie an etwas.

»Mr. Tuvok, würden Sie mir zustimmen, wenn ich sage: Die Nähe der Televek zur subplanetaren Energiequelle kann wohl kaum ein Zufall sein?«

»Ja«, erwiderte der Vulkanier. »Ich bezweifle aber, daß die Televek jene Anlage kontrollieren. Oder daß es ihnen gelungen ist, sich Zugang zu ihr zu verschaffen. Dafür fehlt bisher jeder Hinweis.«

Janeway nickte. »In der Tat.«

»Aber sie bemühen sich auch weiterhin«, warf Kim ein.

Eine Frau mit drei Kindern wich beiseite, um sowohl die drei Fremden als auch die Schar hinter ihnen passieren zu lassen. Niemand schien daran interessiert zu sein, ihnen den Weg zu versperren, aber es geriet auch niemand in Panik, was Janeway ein wenig überraschte. Sie richtete entsprechende Worte an Tuvok und Kim.

»Einem solchen Volk bin ich nie zuvor begegnet«, meinte der Vulkanier.

»Ich auch nicht«, fügte Kim hinzu und lächelte schief. »Allerdings ist die *Voyager* auch meine erste Mission.«

»Das haben wir nicht vergessen«, versicherte ihm Janeway.

»In physiologischer Hinsicht sind die Drenarianer nicht annähernd so weit entwickelt wie zum Beispiel Menschen«, sagte Tuvok. »Trotzdem gibt es hier Erfindungen und Konzepte, die weit über das hinausgehen, was bei den frühen Menschen – und auch bei meinen Vorfahren – üblich war.«

»Es besteht nach wie vor die Möglichkeit, daß die Bewohner dieses Planeten durch einen externen Einfluß manipuliert werden«, gab Kim zu bedenken.

»Ja«, räumte Tuvok ein. »Ich gehe jedoch von einer besonders hohen Intelligenz der Einheimischen aus.«

»Eine interessante Theorie, Mr. Tuvok«, sagte Janeway und fand Gefallen an dieser Vorstellung. Beim Menschen – und bei allen anderen hochentwickelten Spezies, denen die Menschheit inzwischen begegnet war – stellte die Intelligenz einen evolutionären Vorteil dar, eine Fähigkeit, die das Überleben erleichterte und es den damit ausgestatteten Geschöpfen ermöglichte, auf der Leiter der natürlichen Auslese einige Sprossen höher zu klettern. Bei den Drenarianern lief dieser Vorgang nur schneller ab. Sie hatten schon Beachtliches erreicht und würden es sicher weit bringen – vorausgesetzt, ihre Welt gab ihnen Gelegenheit dazu.

»Können Sie sich Neandertaler vorstellen, die derartige Siedlungen errichten und eine so gut organisierte Landwirtschaft betreiben?« fragte Kim.

»Die Drenarianer sind wirklich ein bemerkenswertes Volk«, sagte Janeway. »Sie verdienen es, eine Zukunft zu haben. Unglücklicherweise scheint dieser Planet anderer Auffassung zu sein.«

»Die Gefahren gehen nicht nur von der Umwelt aus, Captain«, ließ sich Tuvok vernehmen. »Bisher sind die Drenarianer von den Televek weitgehend in Ruhe gelassen worden, aber das muß nicht unbedingt so bleiben.«

»Ja. Vielleicht sollten wir ihnen dabei helfen, die Verteidigung zu organisieren.«

»Nan Loteth gehört nicht zu den Anführern dieses Volkes.« Bei diesen Worten wandte sich Kim halb von dem vor ihnen gehenden Drenarianer ab. »Allerdings scheint man ihn als eine Art Weisen zu respektieren.«

»Es gibt hier Delegierte, die sich versammeln und einen regierenden Rat bilden, der Gesetze verabschiedet und mehrere regionale Oberhäupter unterstützt«, erklärte Tuvok. »Ich glaube, Nan Loteth gehört zu den Delegierten.«

»Das erinnert mich an die Irokesenföderation«, meinte Janeway.

Der Vulkanier musterte sie kurz. »Mit diesem Begriff bin ich nicht vertraut.«

»Die Irokesenföderation bestand aus den sechs Nationen der Onondaga, Mohawk, Seneca, Cayuga, Oneida und Tuscarora«, erwiderte Janeway. »Es handelte sich um Stämme der amerikanischen Ureinwohner. Ihr Zusammenschluß garantierte den Frieden in einer großen Region. Als man die Verfassung der Vereinigten Staaten entwickelte, griff man auch auf die Ideen der Indianer zurück.«

»Ich schätze, diese Diskussion hätte Chakotay sehr gefallen«, sagte Kim.

»Wir erzählen ihm davon, wenn wir ihn wiedersehen«, entgegnete Janeway. »Aber bevor wir dazu Gelegenheit erhalten, brauchen wir eine Möglichkeit zur Rückkehr. Die Televek sind der Schlüssel. Ich würde mir gern ihr Schiff aus der Nähe ansehen und feststellen, in welchem Zustand es sich befindet. Vielleicht entdecken wir Hinweise darauf, was sie planen.«

»Das können Sie von mir erfahren«, sagte Nan Loteth, der offenbar einen großen Teil des Gesprächs mitgehört hatte.

»Bitte berichten Sie uns davon«, forderte ihn Janeway auf.

»Die Dämonen wollen die Geister unserer Vorfahren stehlen. Sie sind wegen der Jun-Tath hier.«

Tuvok neigte den Kopf ein wenig zur Seite. »Woher wissen Sie das?«

»Ich habe es in einer Vision gesehen. Die Geister selbst zeigten es mir. Es dürfte auch der wichtigste Grund dafür sein, daß Sie gekommen sind. Ihnen geht es nicht nur darum, uns zu helfen. Sie sind auch und vor allem hier, um die Jun-Tath vor den Dämonen zu schützen.«

»Aber wie könnte jemand einen Geist stehlen?« fragte Kim.

»Muß ich Sie daran erinnern, daß sich diese besonderen Geister von unseren Tricordern orten lassen?« erwiderte Tuvok. »Und daß ihre elektromagnetischen Signaturen praktisch identisch sind mit denen der bisher noch nicht identifizierten subplanetaren Energiequelle?«

»Einer Energiequelle, an der sie sich gewissermaßen zusammendrängen – und über der das Televek-Schiff gelandet ist«, fügte Janeway hinzu.

Kim verstand. »Sie vermuten also folgendes: Wenn es eine Verbindung zwischen den Geistern und der Energiequelle gibt, und wenn es den Televek um eben jene Energiequelle geht ... Dann folgt daraus, daß sie es auch auf die Geister abgesehen haben.«

»Eine logische Annahme«, bestätigte Tuvok.

Janeway nickte. »Das denke ich auch. Aus diesem Grund sollten wir versuchen, mehr über die Pläne der Televek zu erfahren und herauszufinden, welche Fortschritte sie bisher erzielt haben.« Sie sah Nan Loteth an. »Bitte bringen Sie uns so schnell wie möglich zum Himmelsschiff der Televek-Dämonen.«

»Einverstanden«, sagte der Drenarianer. »Aber zuerst müssen Sie etwas essen.«

Wenig später erreichten sie einen Verkaufsstand: Unter einer Plane stand ein Tisch am Straßenrand, und darauf zeigten sich Lebensmittel und Speisen. Eine junge Drenarianerin wartete auf der anderen Seite, lächelte und reichte Janeway etwas, das nach einer Süßkartoffel aussah. Sie wollte die Schale entfernen, doch die Verkäuferin riet ihr davon ab.

»Sie ist ein wenig bitter, und das paßt gut zum süßen Geschmack der Frucht.« Dann deutete sie einladend auf eine Schale mit dickflüssiger brauner Soße. Janeway tunkte die Knolle hinein, biß vorsichtig ab und dachte an den gräßlichen Trunk zuvor. Doch in diesem Fall stellte das Aroma eine angenehme Überraschung dar.

Die Drenarianerin freute sich, als sie Janeways Lächeln sah. Sie reichte ihr einen kleinen Laib aus sehr dunklem Brot, das kandierte Fruchtstücke enthielt.

»Kim, erinnern Sie mich daran, daß ich mit Neelix über diese Leute rede«, sagte Janeway mit vollem Mund. Fähnrich Kim schien sofort zu verstehen, was sie meinte.

Als die Kommandantin den letzten Bissen mit einem milchartigen und recht schmackhaften Getränk hinunterspülte, kam es zu einer neuerlichen und recht heftigen Erschütterung. Der Tisch mit den Speisen wackelte, und Janeway glaubte zu hören, wie ihre Zähne klapperten. Bei diesem Beben kam es kaum zu sichtbaren Auswirkungen; man *fühlte* es eher. Es war nicht so stark wie das erste, aber es stellte eine unmißverständliche Warnung dar.

Janeway gab den Becher der jungen Drenarianerin und wandte sich an Nan Loteth.

»Die Erdbeben sind eine große Gefahr«, sagte sie und hielt nun den richtigen Zeitpunkt für gekommen. »Aber das Problem beschränkt sich nicht darauf. Ihre Welt verändert sich. Rätselhafte Kräfte sorgen im Innern dieses Planeten für Verschiebungen, und die letztendliche Konsequenz könnte darin bestehen, daß er auseinanderbricht. Vielleicht geschieht das in wenigen Wochen oder gar Tagen.«

Nan Loteth wirkte ernst, aber nicht schockiert. Sein

Nicken wies Janeway darauf hin, daß sie ihn erneut unterschätzt hatte.

»Etwas stimmt nicht«, sagte er. »Etwas ist ganz und gar nicht in Ordnung. Die Erdbeben und die Vulkane im Süden sind nicht *richtig*. In den Überlieferungen werden keine derartigen Katastrophen erwähnt. Wir haben gehofft, daß uns die Jun-Tath Aufschluß und Rat geben, doch sie sprechen nicht über das, was mit unserer Welt geschieht.«

»Wann haben die Veränderungen begonnen?« fragte Tuvok. Mit dem Tricorder sondierte er das jüngste Beben.

»Vor einem Jahr«, sagte Nan Loteth. »In der Nacht der dritten Sichel.«

Der Vulkanier nickte. »Und wie viele Beben waren so stark wie jenes, dem Captain Janeway fast zum Opfer gefallen wäre?«

»Viele. Die genaue Anzahl kenne ich nicht, aber sie kommen jetzt in kürzeren Abständen. Wir nahmen zuerst an, daß sich Berge und Boden wieder beruhigen würden, doch jetzt fürchten wir, daß alles noch schlimmer wird.« Der Drenarianer blickte zum dunklen, zornig wirkenden Himmel im Osten.

»Sie haben ein genaues Datum genannt«, sagte Janeway und sah in die gleiche Richtung. Sie wußte noch immer nicht, was sie von der ganzen Sache halten sollte. »Die dritte Sichel.«

»Handelt es sich dabei um ein religiöses Ereignis?« fragte Kim.

»Vielleicht«, erwiderte Nan Loteth.

»Soll das heißen, Sie wissen es nicht?« erkundigte sich Janeway erstaunt.

Der Blick des Drenarianers glitt einmal mehr zum Firmament empor. »Ich weiß nur, was ich durch mein Glas gesehen habe. Die dritte Sichel unterscheidet sich von den beiden anderen. Sie ist kleiner und weist weitaus weniger Löcher auf.«

»Seltsam«, kommentierte Tuvok.

Kim musterte den Alten. »Was meinen Sie?«

»Den dritten Mond«, sagte Janeway und nickte sich selbst zu, als sie wie Nan Loteth zu dem matten Lichtstreifen sah, der am Himmelsgewölbe höher stieg. »Die Erdbeben begannen, als der dritte Mond eintraf?«

»Kurz danach, ja«, antwortete Nan Loteth.

»Vor einem Jahr?« fragte Tuvok.

»Ja. Und ich glaube nicht, daß sie aufhören werden, bevor der wandernde Mond wieder verschwindet«, sagte der Drenarianer.

# 9

Captain Janeway stand wie erstarrt, als sie plötzlich etwas verstand, das ihr schon vor einer ganzen Weile hätte klarwerden müssen. Tuvoks Miene deutete darauf hin, daß ihn die eigene Begriffsstutzigkeit mit Verlegenheit erfüllte.

Plötzlich paßte alles zusammen, und die Wahrheit wurde offensichtlich.

Die beiden größeren Monde bewegten sich in ähnlich strukturierten Umlaufbahnen: Ein planetarer Beobachter gewann den Eindruck, daß sie einander hinterherjagten. Einer war Drenar Vier ein ganzes Stück näher als der andere, wodurch er den zweiten Mond gelegentlich zu überholen schien. Der Orbit des dritten und etwas kleineren Trabanten paßte ganz und gar nicht in dieses Bild.

Durch den Vorbeiflug des braunen Zwergs war das bis dahin stabile Gefüge aus Umlaufbahnen im Drenar-System durcheinandergeraten. Vermutlich hatte der neue dritte Mond des vierten Planeten früher zu einem der äußeren Gasriesen gehört. Jetzt fügte er sein Gravitationsfeld den Gezeitenkräften der beiden anderen Monde hinzu. Das Ergebnis: eine Art kosmisches Tauziehen, das Drenar Vier zu verlieren drohte.

Wenn die Distanz zwischen den Monden auf ein Minimum schrumpfte, wenn sie sich, vom Planeten aus gesehen, in einer Linie formierten … Das war ein beachtenswertes Ereignis, gelinde gesagt.

»Die Frage lautet, wieviel Zeit haben wir noch?« murmelte Kim, der bereits eine Vorstellung von den Konsequenzen gewonnen hatte.

Tuvok betätigte die Schaltelemente seines Tricorders. »Ich versuche eine Berechnung«, verkündete er.

»Ja, bitte«, sagte Janeway und wartete. In vielen Bereichen wußte er genauso viel wie sie, doch als Vulkanier konnte er Daten schneller elaborieren und korrelieren.

Als die Sekunden verstrichen, wurde Janeway allmählich unruhig.

Kim erweckte den Eindruck, sich kaum mehr beherrschen zu können, und daraufhin fragte die Kommandantin: »Gibt es ein Problem, Tuvok?«

»Ja, Captain. Unter der planetaren Kruste sind gewaltige Magmamassen in Bewegung geraten, doch die Veränderungen in ihren Strukturen bleiben unvorhersehbar. Die allgemeine Destabilisierung wächst exponentiell. Zweifellos fällt Drenar Vier diesem Vorgang schließlich zum Opfer, wahrscheinlich in einigen Wochen, vielleicht in nur zwei oder drei. Aber ...«

Tuvok sah zu Janeway, und sein leises Seufzen wies darauf hin, daß die nächsten Hinweise wenigstens zum Teil auf Spekulationen beruhten. Doch bei Tuvok mußte man auch solche Dinge in Erwägung ziehen. Er präsentierte nie etwas, das völlig ohne Hand und Fuß war.

»Fahren Sie fort«, sagte Janeway.

»Angesichts von Stärke und Häufigkeit der Beben halte ich es für möglich, daß die Kruste des Planeten schon viel früher auf eine katastrophale Weise aufbricht. Der Auslöser für einen solchen Vorgang könnte das gemeinsame Schwerkraftfeld der drei Monde sein. Durch die verstärkten Gezeitenkräfte gewinnen die seismischen Aktivitäten solche Ausmaße, daß diese Welt vermutlich unbewohnbar wird.«

»Die drei Monde kommen sich immer näher, nicht wahr?« Kim blickte zum Nachthimmel hoch. Janeway nickte. Die dritte Sichel war inzwischen noch höher geklettert und glitt den beiden anderen Monden entgegen. Die einzelnen Bewegungsrichtungen kündigten tatsächlich eine gemeinsame Formation an, die verheerende Folgen haben mochte.

»Ich glaube, es stimmt«, sagte Nan Loteth. Er schien einen großen Teil des Gesprächs verstanden zu haben. »Die Zwillingsmonde haben sich immer einmal im Jahr getroffen, und jetzt deutet alles darauf hin, daß ihnen der wandernde Mond Gesellschaft leisten will.«

»Wie lange, Tuvok?« fragte Janeway. Sie stand direkt vor ihm und hielt unwillkürlich den Atem an, während er mit dem Tricorder arbeitete.

»Schwer zu sagen. Es sind einige zusätzliche Berechnungen nötig. Wenn ich die gegenwärtigen Daten als Analysegrundlage verwende, so erreichen die drei Monde ihre Minimaldistanz in ...« Tuvok berührte einige Schaltflächen des kleinen Geräts und schüttelte den Kopf.

Janeway runzelte die Stirn. »Was ist los?«

»Ich wollte nur ganz sicher sein, Captain. Die lunare Minimaldistanz wird in neunundzwanzig Stunden und siebzehn Minuten erreicht.«

»Das habe ich befürchtet«, sagte Janeway. Sie atmete tief durch und spürte plötzlich eine seltsame Leere in ihrem Innern. »Uns bleibt also nicht viel Zeit.«

»Captain ...« Bei den letzten Worten des Vulkaniers hatte Kim seinen eigenen Tricorder aufgeklappt, um mit einer Sondierung zu beginnen. In seinem Gesicht zeigte sich nun ein Hoffnungsschimmer. »Ich habe die Intensität der elektromagnetischen Interferenzen gemessen und festgestellt, daß sie in diesem Gebiet erheblich geringer geworden sind. Es könnte uns jetzt gelingen, einen Kontakt zur *Voyager* herzustellen.«

»Versuchen Sie's, Mr. Kim«, erwiderte Janeway.

Der Fähnrich klopfte auf seine Insignienkommunikator. »Landegruppe an *Voyager*. Bitte melden Sie sich.«

»Sprechen Sie«, klang eine Stimme aus dem kleinen Kom-Lautsprecher. Sie war verzerrt und ließ sich nicht identifizieren, aber wenigstens konnte man sie verstehen.

Janeway aktivierte sofort ihren Kommunikator. »Hier ist der Captain.«

»Rollins hier, Sir. Sind Sie in Ordnung?«

Es fiel der Kommandantin nicht leicht, in den von statischen Störungen überlagerten Silben einen Sinn zu erkennen. *Hoffentlich kann uns Rollins besser hören,* fuhr es ihr durch den Sinn.

»Ja, wir sind wohlauf.«

»Wir können Sie nicht erreichen. Ein planetares Verteidigungssystem hindert uns daran.«

»Wie ist das System beschaffen?« fragte Tuvok.

»Nicht jetzt«, warf Janeway ein. »Mr. Rollins, hören Sie mir genau zu.«

Mit knappen Worten berichtete sie vom dritten Mond und der bevorstehenden Konstellation, die alle drei Trabanten von Drenar Vier auf Minimaldistanz brachte.

»Vielleicht bleibt den Bewohnern dieser Welt nur noch ein Tag«, fügte sie hinzu.

»Von uns ganz zu schweigen«, meinte Kim.

»Ja«, bestätigte Janeway. »Außerdem deutet alles darauf hin, daß ich in Hinsicht auf das zweite Televek-Schiff recht hatte.«

Sie zögerte und gewann den unangenehmen Eindruck, zu sich selbst zu sprechen. »*Voyager?*«

Keine Antwort. Kim und Tuvok versuchten, den Kontakt erneut herzustellen – ohne Erfolg.

»Die Verbindung ist wieder unterbrochen, Captain«, sagte Kim in einem entschuldigenden Tonfall, so als sei es seine Schuld.

Janeway fluchte leise. »Ich frage mich, ob man unsere Mitteilungen empfangen hat.«

»Selbst wenn unsere Informationen die *Voyager* erreicht haben ...«, sagte Tuvok. »Von dort dürfen wir in absehbarer Zeit offenbar keine Hilfe erwarten.«

»Was hat die Sache mit dem Verteidigungssystem zu

bedeuten?« fragte Kim. »Die Probleme, mit denen wir es zu tun bekamen, wurden von den Televek verursacht.«

»Vielleicht gibt es einen Zusammenhang mit der subplanetaren Energiequelle und der flüchtigen energetischen Aktivität in den Bergen«, überlegte Janeway. »Doch wenn das der Fall ist, so scheint das Verteidigungssystem gar nicht oder nicht richtig zu funktionieren.«

Tuvok wandte sich ihr zu. »Jene Entität, die Sie an Bord der *Voyager* besuchte ... Hatten Sie den Eindruck, daß sie Teil eines Verteidigungssystems ist?«

»Nein, eigentlich nicht. Und wenn sie doch dazugehören sollte, so scheint das System nicht in der Lage zu sein, die Einheimischen vor den gelandeten Televek zu schützen. Wie dem auch sei: Es muß irgendeine Verbindung mit den Geistern existieren.«

Sie standen jetzt am Rand des Ortes und blickten über eine breite, von Sternenlicht und Mondschein erhellte Promenade. Nan Loteth räusperte sich. Janeway hörte es zum erstenmal und fragte sich, ob er es von ihnen abgeschaut hatte.

»Was unternehmen wir jetzt?« fragte Kim zaghaft.

»In der Abwesenheit von Alternativen schlage ich vor, daß wir unseren ursprünglichen Plan verwirklichen und versuchen, mehr über die gelandeten Televek herauszufinden«, sagte Tuvok.

»Der Jaalett-Tempel ist fast einen halben Tagesmarsch von hier entfernt«, erläuterte der Drenarianer. »Wenn wir heute nacht aufbrechen, sind wir morgen früh dort.«

»Wir machen uns bald auf den Weg, aber nicht sofort.« Janeway wandte sich an Nan Loteth. »Zuerst möchte ich zum Shuttle zurück und versuchen, die Kom-Geräte in Ordnung zu bringen – damit wir erneut mit unseren Freunden im Himmelsschiff sprechen können. Sie müssen von den Monden erfahren, und auch von dem Televek-Schiff in der Nähe Ihres Tempels. Vielleicht droht meinen Gefährten noch größere Gefahr als uns. Wer weiß, was Gantel und seine Mittler derzeit anstellen.«

Nan Loteth nickte nachdrücklich. »Einige von uns werden Sie begleiten. Wie man mir mitteilte, haben die Dämonen Ihrem Himmelsboot bereits einen Besuch abgestattet. Vielleicht sind sie noch da. Wenn das der Fall ist, so brauchen Sie die Hilfe erfahrener Krieger.«

»Die Dämonen haben unsere Landung beobachtet«, erwiderte Janeway. »Kein Wunder, daß sie neugierig wurden. Hören Sie, Nan Loteth ... Ich möchte nicht, daß noch mehr Angehörige Ihres Volkes sterben. Seien Sie unbesorgt – wir können uns auch allein schützen. Wenn wir zurückkehren, können Sie uns zum Himmelsschiff der Dämonen führen.«

»Vielleicht ist es den Televek inzwischen gelungen, sich Zugang zum Shuttle zu verschaffen«, sagte Kim.

»Das wäre nicht auszuschließen«, bestätigte der Vulkanier.

Janeway musterte die beiden Männer nacheinander. »Wenn sie in unserem Shuttle sind, so müssen sie es eben verlassen.«

»Wann brechen Sie auf?« fragte Nan Loteth.

Janeway holte tief Luft. »Jetzt sofort.« Sie sah keinen Sinn darin, noch länger zu warten. Erschöpfung breitete sich in ihr aus, und sie wünschte sich nichts mehr, als einige Tage in dem drenarianischen Ort zu verbringen. Doch die Erschütterungen eines kurzen Nachbebens erinnerten sie daran, daß die Zeit sehr knapp war. Sie durften sich nicht ausruhen, mußten sofort handeln.

Die drei Starfleet-Offiziere winkten noch einmal zum Abschied, und dann blieb die große Siedlung hinter ihnen zurück.

Wie verzagt strichen Gantels lange Hände durchs lange weiße Haar. »Das sind recht schlechte Nachrichten«, sagte er, als er die Mitteilung erhielt. Damit untertrieb er ganz bewußt den Ernst der Situation. Es wäre leicht gewesen, jetzt außer sich zu geraten, doch das nützte ihm überhaupt nichts. »Glauben Sie, das Schiff im Orbit hat die Kom-Signale empfangen?«

»Die Wahrscheinlichkeit dafür ist ziemlich hoch«, erwiderte Triness betrübt. »Aber bestimmt waren die Stimmen sehr verzerrt, und außerdem konnte ich innerhalb kurzer Zeit kompensieren. Daher nehme ich an, daß kein wichtiger Informationsaustausch stattfand. Soweit ich weiß, ging es bei dem kurzen Kontakt nur um die drei Monde. Ich finde es erstaunlich, daß die Föderationsleute so lange gebraucht haben, um das herauszufinden. Sie scheinen nicht besonders schnell von Begriff zu sein.«

»Du bleibst immer optimistisch«, kommentierte Gantel. Nun, auch aus diesem Grund legte er Wert auf ihre Gesellschaft.

»Jetzt wissen Sie, daß die Besatzungsmitglieder des Shuttles noch leben.«

»Wir haben ihnen Grund gegeben, von entsprechenden Hoffnungen auszugehen«, entgegnete Triness.

»Besteht die Möglichkeit, daß die Sensoren der *Voyager* etwas geortet haben, das sie besser nicht orten sollten?«

»Nein«, sagte Triness. »Die Lücke in den Interferenzen beschränkte sich auf ein sehr schmales Mikrowellenband.«

»Das ist wenigstens etwas. Hat Daket die Landegruppe inzwischen lokalisiert? Oder hat er in dieser Hinsicht nur Entschuldigungen anzubieten, ebenso wie in bezug auf seine Versuche, die subplanetare Energiequelle zu erreichen?«

»Eine der von ihm ausgeschickten Gruppen hat das Shuttle gefunden. Wir glauben, die überlebenden Crewmitglieder könnten zur Siedlung der Einheimischen gebracht worden sein.«

»Sollen sie dort bleiben. Vorerst. Später können wir den ganzen Ort vernichten und das Problem auf diese Weise lösen.«

»Genau das dachte auch Daket«, sagte Triness und lächelte.

Gantel dachte über die Lage nach. Eigentlich blieb ihm nichts anderes übrig, als darauf zu warten, was die Kommandantin des Föderationsschiffes als nächstes unternahm – falls sie überhaupt auf irgendeine Weise aktiv wurde. Im Lauf der Jahre hatte der Dritte Direktor gelernt, darauf zu warten, daß sich die Dinge günstig entwickelten, und seine Geduld war oft belohnt worden. Diesmal erhoffte er sich ähnliche Resultate, und zwar *bevor* die Erste Direktorin Shaale eintraf und von den Umständen zum Eingreifen gezwungen wurde. Er hielt es für besser, die Flotte in Hinblick auf konkrete Pläne und Resultate um Hilfe zu bitten, ihre Unterstützung jedoch nicht in einer von Verzweiflung geprägten Situation zu *erflehen*. Er wollte das prächtige Föderationsschiff Shaale als Geschenk präsentieren, nicht in Form eines bedrohlichen militärischen Faktors.

Er sah zum Schirm und beachtete den Raumer der Fremden. *Bald,* dachte er. *Sehr bald ...*

»Jetzt wissen wir wenigstens, daß sie noch leben!« entfuhr es Chakotay, als er die Brücke betrat. Er eilte zur taktischen Station und schob Rollins beiseite. »Computer, wiederhole die letzte Nachricht von der Einsatzgruppe.«

Eine undeutliche Stimme erklang. Chakotay hörte konzentriert zu und versuchte, die immer wieder von Interferenzen überlagerten Worte zu verstehen.

»Vielleicht ist es möglich, die Störungen herauszufiltern, Commander«, sagte Rollins. Sie machten sich gemeinsam an die Arbeit, spielten die aufgezeichnete Mitteilung immer wieder ab und modifizierten dabei verschiedene Filter.

»Wir kriegen's nicht hin«, sagte der Fähnrich schließlich.

Chakotay seufzte schwer. Die Worte blieben verzerrt, und zum Schluß der Nachricht nahmen die Interferenzen immer mehr zu – bis die Kom-Verbindung schließlich ganz unterbrochen wurde. Doch einige Dinge waren klar: Der dritte Mond befand sich erst seit kurzer Zeit im Orbit des Planeten, und die Nähe der drei Trabanten – ihr gemeinsames Schwerkraftfeld – verursachte die geologischen Kataklysmen auf Drenar Vier. Angesichts der immer stärker werdenden Gezeitenkräfte bestand die Gefahr, daß diese Welt auseinanderbrach.

»Wie lange dauert es noch, bis die drei Monde ihre Minimaldistanz erreichen?« fragte Chakotay und berührte einige Schaltflächen, um den Computer entsprechende Berechnungen durchführen zu lassen. Das Ergebnis gefiel ihm nicht sonderlich. Er dachte an die übrigen Zeitfaktoren, die ebenfalls eine wichtige Rolle spielten, und daraufhin keimte Unbehagen in ihm.

Der Erste Offizier überprüfte die errechneten Werte noch einmal, um ganz sicher zu sein.

»Commander ...«, begann Rollins, als er begriff, was die Zahlen auf dem Display bedeuteten.

»Mr. Rollins, Sie haben das Kommando«, sagte Chakotay und sprang fast von der Konsole fort. Er hastete zum Turbolift. »Ich bin im Maschinenraum, falls Sie mich brauchen.«

»Ich habe bereits genug zu tun!« kam es scharf von B'Elannas Lippen. Sie ließ den Commander einfach stehen, lief zwischen den Schaltpulten hin und her.

Chakotay runzelte die Stirn, als er von einer Seite zur anderen sah. Ingenieure und Techniker arbeiteten fieberhaft an den einzelnen Stationen. Außerdem herrschte ein ständiges Kommen und Gehen. Der Erste Offizier schloß zu Torres auf, als sie an den energetischen Transferkanälen verharrte, die zum Dilithiumgehäuse führten.

»Es gibt noch mehr Arbeit für Sie«, sagte er.

»Selbst meinem Leistungsvermögen sind Grenzen gesetzt«, erwiderte B'Elanna.

Chakotay ging nicht darauf ein. »Wie ist der derzeitige Status?«

Torres gab einen kehligen Laut von sich, der mit der menschlichen Hälfte ihres Selbst kaum etwas zu tun hatte. Anschließend strich sie eine widerspenstige Strähne aus der Stirn. »Wir erzielen Fortschritte«, sagte sie und nickte kurz. Ein Teil der Strenge wich aus ihren Zügen, was Hinweis darauf bot, daß sie ihre Worte ernst meinte. »Ja, wir kommen voran, wenn auch langsam.«

»Ich möchte, daß Sie sich etwas anhören.« Die meisten Besatzungsmitglieder kannten die Nachricht vom Captain, doch B'Elanna war bisher mit anderen Dingen beschäftigt gewesen. Chakotay wies den Computer an, die Mitteilung noch einmal zu wiederholen.

B'Elanna hörte sie sich gleich mehrmals an.

»Was erwarten Sie von mir?« fragte sie skeptisch.

Der besondere Glanz in ihren Augen deutete darauf hin, daß sie bereits ahnte, worum es dem Commander ging.

»Was halten Sie davon?« erwiderte er.

Torres starrte an Chakotay vorbei, und etwas in ihrem Gesicht wies den Ersten Offizier darauf hin, daß ihr Gehirn jetzt mit Warpgeschwindigkeit arbeitete – genau das hatte er beabsichtigt. Man befahl B'Elanna nicht einfach, Resultate zu produzieren. Viel besser war es, ihr gegenüber eine Frage zu erwähnen, auf die man keine Antwort wußte. Ihren Mangel an Disziplin machte Torres durch Entschlossenheit und Intelligenz wett.

Sie senkte den Blick, ging eine Zeitlang auf und ab. Schließlich hob sie den Kopf, trat zur Hauptkonsole und ließ ihre Finger über Schaltflächen huschen. Auf einem der Monitore vor ihr erschien eine Simulation. Die Darstellung veränderte sich, als B'Elanna neue Berechnungen durchführte.

Schließlich schüttelte sie verärgert den Kopf.

»Was ist los?« Chakotay gesellte sich an ihre Seite. »Stimmt was nicht?«

»So wie ich die Sache sehe, müssen wir den zentralen Deflektor so rekonfigurieren, daß man damit ein Subraumfeld projizieren kann. Es müßte groß genug sein, jeden der drei Monde zu umhüllen. Anschließend verwenden wir das Warppotential der *Voyager,* um die Trabanten zu bewegen. Schiffe der Galaxy-Klasse haben solche Manöver schon erfolgreich durchgeführt. Denken Sie in diesem Zusammenhang an den Versuch, einen Felsblock an einem Berghang emporzurollen. In unserem Fall ist der Felsblock zu groß und der Hang zu steil. Deshalb brauchen wir ein Subraumfeld – damit der Felsen vorübergehend leichter wird. Natürlich sind wir nicht imstande, die Umlaufbahn der Monde wesentlich zu verändern. Aber wenn wir jeden auch nur ein wenig bewegen, so ergibt sich vielleicht ein positiver kumulativer Effekt. Wir schieben das Unvermeidliche natürlich nur hinaus, doch vielleicht gewinnen wir auf diese Weise Zeit.«

Chakotay spürte, wie das Lächeln auf seinen Lippen zu einem Grinsen wurde. Genau darauf kam es ihm an: Sie brauchten nur etwas mehr Zeit.

»Um wie lange können wir die Katastrophe hinausschieben?« fragte er.

»Um Wochen. Vielleicht auch um Jahrzehnte oder gar Jahrhunderte. Ich weiß es nicht. Die Berechnungen sind ungeheuer kompliziert. Bestimmt nehmen sie Stunden in Anspruch.«

»Solange dürfen wir nicht warten«, mahnte Chakotay. »Bevor wir eine solche Maßnahme auch nur in Erwägung ziehen, müssen wir wieder über Warppotential verfügen. Ohne einsatzfähiges Warptriebwerk läßt sich kein Subraumfeld erzeugen. Außerdem ist eine Rekonfiguration erforderlich. Was bedeutet, daß wir das Triebwerk nicht als Antrieb verwenden können.«

»Verstehe.«

»Und wir sollten keine Zeit vergeuden«, fügte B'Elanna hinzu.

»Ich dachte, Sie arbeiten bereits daran«, sagte Chakotay und lächelte erneut.

»Ja, Sir.« Nach einer kurzen Pause runzelte B'Elanna die Stirn und fügte hinzu: »Sonst noch etwas?«

»Ich bin ziemlich sicher, daß ich Ihre Aufmerksamkeit noch auf etwas anderes richten wollte. Allerdings kann ich mich jetzt nicht mehr daran erinnern.«

Torres knurrte leise.

Chakotay wich einen Schritt zurück. »Das ist die B'Elanna, die ich so sehr mag.« Er nickte ihr zu, drehte sich um und verließ den Maschinenraum im Laufschritt, um kein Risiko einzugehen. Torres versuchte nicht, ihn aufzuhalten.

Als Chakotay auf die Brücke zurückkehrte, traf er dort sowohl die drei Drosary als auch die Sicherheitswächter an. Rasch erklärte er die Angelegenheit mit den Monden und was er in dieser Hinsicht zu unternehmen gedachte. »Wir wissen nicht, ob unser Versuch erfolgreich sein wird. Aber wir hoffen, dem Planeten – und auch uns – etwas mehr Zeit zu geben. Vielleicht können wir sogar noch mehr bewirken, wenn uns die Televek helfen.«

»Bemerkenswert«, sagte Jonal und schien aufrichtig beeindruckt zu sein. »Sie und Ihr Volk erstaunen mich immer wieder!«

»Ja, mich auch«, fügte Tassay hinzu. Sie trat zu Chakotay und freute sich ganz offensichtlich über seine Rückkehr.

»Wenn Sie gestatten, spreche ich sofort mit Gantel

darüber«, schlug Jonal vor. »Sind Sie bereit, den Televek Ihre Berechnungen zur Verfügung zu stellen?«

»Selbstverständlich. Ich kümmere mich sofort darum. Mr. Paris ... Bitten Sie Torres, alle relevanten Daten zu übertragen. Mr. Stephens ...« Er wandte sich an den jungen Fähnrich, der Kim an der Funktionsstation vertrat. »Öffnen Sie einen Kom-Kanal.«

Jonal erklärte dem Dritten Direktor das Vorhaben. Gantel schwieg zunächst und bezeichnete die Idee erst nach einer ganzen Weile als lobenswertes Konzept. Er fügte einige Bemerkungen hinzu, die sich auf den menschlichen Einfallsreichtum bezogen und in ähnlichen rhetorischen Bahnen verliefen wie Jonals erste Reaktion. Chakotay war inzwischen einigermaßen mit Gantels Stimme vertraut und glaubte, einen Hauch von Ungläubigkeit zu hören. Doch dieser Unterton verschwand fast sofort wieder.

Nach dem Datentransfer setzten Jonal und Gantel ihr Gespräch für kurze Zeit fort, und Chakotay hörte mit wachsender Skepsis zu. Sie schienen einen Code zu benutzen, der aus ebenso zahlreichen wie seltsamen Metaphern und Vergleichen bestand. Immer wieder war von fortgesetzter Kooperation und Kommunikation die Rede. Darüber hinaus wurde mehrmals der Plan gebilligt, die Umlaufbahnen der Monde zu verändern. Doch es erklang auch ein gewisser Pessimismus.

»Es tut mir leid«, sagte Gantel schließlich. »Dabei handelt es sich um etwas, das sie einfach akzeptieren müssen.«

»Wie Sie meinen«, erwiderte Jonal und wandte sich wieder an Chakotay. Er wirkte nicht in dem Sinne niedergeschlagen, aber er schien auch nicht sehr glücklich zu sein. »Commander ... Ich bedauere, Ihnen mitteilen zu müssen, daß die Televek außerstande sind, Ihnen bei Ihren Bemühungen zu helfen – bei Bemühungen, die sie rein prinzipiell befürworten.«

Chakotay glaubte, seinen Ohren nicht trauen zu können. »Wo liegt das Problem?«

»Eigentlich sind es zwei. Die Televek sind natürlich mit Methoden vertraut, die dazu dienen, Warpfelder zu manipulieren. Aber dem Kreuzer im Orbit fehlen die notwendigen Kontrollvorrichtungen.«

»Wie wäre es mit Modifikationen?« warf Paris ein. »Unsere Techniker könnten den Televek dabei assistieren.«

»Die vorhandenen technischen Strukturen lassen sich nicht schnell genug anpassen«, entgegnete Jonal. »Und außerdem möchte Gantel keine Techniker aus Ihrem Schiff an Bord seines Kreuzers. Zumindest *noch* nicht. Das verstehen Sie sicher.«

»Sie erwähnten zwei Gründe«, erinnerte Chakotay den Mittler.

»Ja. Wissen Sie, Commander, die Televek sind davon überzeugt, daß die Verringerung des energetischen Niveaus der Energiequelle in einem direkten Zusammenhang mit den seismischen Vorgängen steht. Dafür gibt es klare Anhaltspunkte: Daten, die bei früheren Beobachtungen des Planeten gesammelt wurden und mehrere Jahrzehnte weit zurückreichen. Woraus folgt: Wenn die seismische Aktivität irgendwie verringert wird, so könnte das Verteidigungssystem für immer verlorengehen.«

»Aber wenn wir die Erdbeben beenden, so sorgen wir dafür, daß sowohl den Einheimischen als auch unseren Gefährten auf dem Planeten keine Gefahr mehr droht!« entfuhr es Paris. Er stand halb auf und bedachte die drei Mittler mit einem überraschten, fast empörten Blick.

»Ja und nein«, sagte Mila. Sie beugte sich ein wenig vor und sah dem Navigator tief in die Augen. »Wenn das Verteidigungssystem sein ursprüngliches Potential zurückbekommt, so könnten Sie nicht auf dem Planeten landen, um den Bewohnern oder der Shuttlecrew zu helfen. Es würde gleichzeitig bedeuten, daß weder ihre

Gefährten noch eventuelle Überlebende der Televek imstande wären, ins All zurückzukehren – ob ihre Schiffe startklar sind oder nicht. Sie alle säßen für den Rest ihrer Tage auf Drenar Vier fest.«

»Wenn es so weitergeht wie bisher, sind sie vielleicht tot, bevor wir zu ihnen gelangen«, gab Paris zu bedenken.

»Oder auch nicht«, sagte Tassay.

»Wenn die Situation wirklich so beschaffen ist, wie Sie behaupten ...«, brummte Chakotay. »In dem Fall müßten wir eben einen Weg finden, das Verteidigungssystem zu überlisten.«

»Das ist leicht gesagt«, entgegnete Jonal. »Doch in der Praxis sind damit erhebliche Schwierigkeiten verbunden. Die Televek haben es versucht, und sie sind nicht die ersten. Aber hören Sie sich auch den Rest an. Wenn die Schiffe der Rettungsflotte eintreffen, haben wir vielleicht die Möglichkeit, gemeinsam eine Lösung für das Problem zu finden. Einige der Schiffe könnten Ihnen bei dem Versuch helfen, die Monde auf andere Umlaufbahnen zu bringen. Vorausgesetzt natürlich, dem Planeten bleibt noch so viel Zeit.«

Chakotay dachte darüber nach. Es klang durchaus vernünftig, erst recht dann, wenn man die Dinge aus dem Blickwinkel der Televek sah. Trotzdem gefiel es ihm nicht. Für seinen Geschmack gab es zu viele Wenn und Aber. Andererseits waren die gegenwärtigen Umstände alles andere als vorteilhaft. Hinzu kam, daß die Zeit gegen sie arbeitete.

»Wir versichern Ihnen, daß wir verstehen, wie Sie empfinden«, sagte Tassay. Ihr Gesicht brachte einmal mehr ehrliche Anteilnahme zum Ausdruck. Durch Ausbildung und Erfahrung hatte Chakotay gelernt, nie jemandem uneingeschränktes Vertrauen zu schenken, nicht einmal der Föderation. Doch bei Tassay ließ er alle Bedenken fallen. Ganz bewußt versuchte er, innerlich auf Distanz zu gehen und eine Barriere aus emotionaler

Kühle zu schaffen, zumindest vorübergehend. Es fiel ihm erstaunlich schwer. Bisher hatten die Drosary sein Vertrauen nicht enttäuscht, und umgekehrt verhielt es sich vermutlich ebenso. Doch die Televek waren ein ganz anderes Kapitel, und letztendlich verhandelte er mit ihnen. *Das darf ich nicht vergessen,* fuhr es ihm durch den Sinn.

»Na schön«, sagte er. »Die Televek haben sicher nichts dagegen, wenn wir jetzt gleich anfangen. Wir sind nicht einmal sicher, ob sich ein solches Unternehmen überhaupt durchführen läßt.«

Die Drosary wandten sich einander zu und sprachen leise miteinander. Kurz darauf drehte Jonal den Kopf. »Wir erheben natürlich keine Einwände, Commander. Bitte gestatten Sie mir, Gantel zu informieren. Ich bin sicher, daß er Ihnen mit ebensoviel Verständnis begegnet wie ich.«

»In Ordnung«, sagte Chakotay und wurde dafür mit drei strahlenden Drosary-Lächeln belohnt. Er stellte fest, daß Paris jetzt erheblich ruhiger wirkte als noch vor einigen Minuten. Er stand ganz dicht vor Mila, und eine seltsame Aura umgab das Paar.

Chakotay räusperte sich laut. »Wer kümmert sich um Ihre Station, Mr. Paris?«

Der Erste Offizier hörte, wie sich die Tür des Turbolifts öffnete. Er drehte sich um und sah, wie B'Elanna mit energischen Schritten auf die Brücke kam. Wie zuvor ging sie direkt zur technischen Station und hielt sich nicht damit auf, die anderen Offiziere zu grüßen. Sie vermied es insbesondere, in Richtung der Drosary zu sehen. Chakotay bemerkte die tiefen Falten in ihrer Stirn.

»Entschuldigung, Sir«, sagte Paris. Er nahm sofort wieder am Navigationspult Platz und überprüfte die Kontrollen. Mila wich ein wenig zurück.

Torres berührte mehrere Schaltflächen und drehte sich dann abrupt zum Commander um. »Möchten Sie einen Bericht von mir?« fragte sie und warf den Drosary dabei einen giftigen Blick zu.

»Natürlich hätte ich gern einen Bericht von Ihnen, Lieutenant«, erwiderte Chakotay. Offenbar stand sie den drei Mittlern noch immer ablehnend gegenüber, und für diese Einstellung sah er nicht den geringsten Grund. Er nahm sich vor, bei passender Gelegenheit mit der Chefingenieurin darüber zu reden.

»Was ist mit ... ihnen, Sir?« fragte B'Elanna, und ihr kurzes Nicken galt den Drosary.

»Wäre es Ihnen lieber, mir im Bereitschaftsraum des Captains Bericht zu erstatten?« fragte Chakotay etwas zu scharf.

»Ja«, antwortete B'Elanna sofort.

»Na schön.« Mit langen Schritten ging der Erste Offizier durch den Kontrollraum. Er holte tief Luft und versuchte, sich zu beruhigen, als vor ihm die Tür des Bereitschaftsraums beiseite glitt. Wenige Sekunden später drehte er sich um und wartete, bis sich das Schott hinter B'Elanna geschlossen hatte.

»Sie brauchen nicht zu befürchten, daß die Drosary unsere Gespräche den Televek übermitteln«, begann Chakotay. »So etwas würden wir nicht zulassen. Bisher sind die Mittler sehr hilfreich gewesen, und wir ...«

»Möchten Sie meinen Bericht oder nicht?« unterbrach Torres den Commander. Sie stand kaum einen Meter von ihm entfernt.

Chakotay dachte an ihr klingonisches Temperament, an ihr ständiges Ringen mit jenem Teil ihres Selbst. In B'Elannas Abstammung sah er eine ihrer Stärken, und er hatte sie des öfteren ermutigt, sich als das zu akzeptieren, was sie war. Allerdings konnten die aggressiven Aspekte ihres Wesens auch außer Kontrolle geraten. Er verstand nicht, warum sie den Drosary mit solcher Feindseligkeit begegnete, selbst nach den Gesprächen in der Kombüse. Andererseits hielt er es für wenig sinnvoll, sie in diesem Zusammenhang ausgerechnet jetzt zur Rede zu stellen. Deshalb beschränkte er sich auf ein wortloses Nicken.

»Das Warptriebwerk ist wieder einsatzfähig.«

Jähe Freude erfüllte Chakotay. »Das sind ausgezeichnete Neuigkeiten, B'Elanna«, sagte er und hätte die Chefingenieurin am liebsten umarmt. »Was ist mit der zentralen Deflektorscheibe?«

»Sie gehörte zu den ersten Dingen, die wir reparieren konnten. Eigentlich war sie nicht besonders schwer beschädigt. Wie dem auch sei: In Hinsicht auf das Triebwerk bin ich noch immer ein wenig besorgt. Das volle Potential haben wir noch nicht wiederhergestellt, und auch die Funktionsstabilität entspricht nicht unbedingt der Norm.«

»Wieviel können Sie uns geben?«

»Vielleicht sechzig Prozent Kapazität. Und ich weiß nicht, für wie lange.«

»Ich kenne eine Möglichkeit, das herauszufinden.«

B'Elanna nickte. »Die Entscheidung liegt bei Ihnen.«

»Ja.« Chakotay wölbte eine Braue. »Vielen Dank, Lieutenant. Wir beginnen, sobald Sie bereit sind. Ich sorge dafür, daß sich Paris sofort an die Arbeit macht. Gibt es sonst noch etwas?«

Torres sah ihn an, und ihre Hände formten vage Gesten. »Nein, Sir, ich glaube nicht.«

Chakotay musterte sie skeptisch. »Und ich glaube, da sind Sie nicht ganz ehrlich.« Chakotay schob sich noch etwas näher heran. »Halten Sie es wirklich für verkehrt, daß wir uns gut mit den Drosary verstehen? Machen Sie sich Sorgen um Captain Janeway, Tuvok und Kim? Oder …«

»Es wartet Arbeit auf mich, wenn wir wirklich versuchen wollen, die Umlaufbahnen der Monde zu ändern.«

Chakotay seufzte. »Das ist alles?«

»Ja, Sir.«

»Nun gut. Sie können gehen.«

Die Tür glitt wieder beiseite, als sie sich ihr näherten.

B'Elanna zögerte kurz und blickte in den Kontrollraum. Mila und Tassay leisteten Paris Gesellschaft und plauderten mit ihm. Jonal stand neben dem Kommandosessel, unterhielt sich mit vier Angehörigen der Brückencrew. Sie lachten über eine Bemerkung des Drosary, und anschließend ging das Gespräch weiter.

Tassay sah auf und setzte sich sofort in Bewegung, als sie Chakotay bemerkte. B'Elanna nahm dies zum Anlaß, sich abrupt umzudrehen und in den Bereitschaftsraum zurückzukehren. Sie zog an Chakotays Ärmel, forderte ihn damit auf, ihm zu folgen.

»Verstehen Sie denn nicht?« fragte Torres hitzig.

»Was soll ich verstehen?«

»Die *Voyager* befindet sich in einer kritischen Situation, und auf der Brücke sind drei uns möglicherweise feindlich gesinnte Fremde präsent.«

»Unsere Lage ist recht ungewöhnlich, das stimmt«, räumte Chakotay ein. »Aber den drei Drosary kommt der Status von Diplomaten zu, und deshalb ist ihre Anwesenheit auf der Brücke keineswegs außergewöhnlich. Unter den gegenwärtigen Umständen ...«

»*Alle* mögen sie. Jonal steht überall im Mittelpunkt. Mila sitzt fast auf Paris' Schoß, und Tassay kann es gar nicht abwarten, wieder an Ihrer Seite zu sein – meine Güte, wenn sie einen Schwanz hätte, würde sie damit wedeln!«

»Sie kennen sie einfach nicht so gut wie ich!«

»Sie sind ihr doch gerade erst begegnet!«

»Tassay hat mir eine beeindruckende Geschichte erzählt, B'Elanna«, sagte Chakotay und zwang sich zur Geduld. »Eine Geschichte, die nicht nur sie selbst betrifft, sondern ihr ganzes Volk. Die Drosary bringen dem Leben großen Respekt entgegen. Sie achten ihren Schöpfer und die Geschenke, die sie von ihm erhalten haben. Angeblich gibt es bei den Televek eine ähnliche Philosophie. Viele andere Völker verstehen sie nicht, insbesondere in bezug auf ihre Geschäftspraktiken. Die Televek verkaufen ihre Waren an beide Konfliktparteien, weil sie dadurch vermeiden wollen, daß eine Seite zu große Vorteile erringt. Letztendlich geht es ihnen darum, schreckliche Gemetzel zu verhindern. Natürlich haben sie sich mit der Achtung solcher Prinzipien Feinde gemacht, was wiederum übertriebene Vorsicht bei ihnen bewirkte, aber ...«

»Vielleicht werde ich nur zu schnell mißtrauisch«, warf B'Elanna ein. »Wenn jemand Waffen an beide Seiten eines Konflikts verkauft, so denke ich vor allem daran, daß er dadurch doppelten Profit erzielt.«

Chakotay seufzte einmal mehr. »Sie sehen die Sache noch immer nicht aus ihrem Blickwinkel. Ich versuche das wenigstens.«

»Ich bin keineswegs blind geworden, Commander. Ich beobachte die Drosary. Ich sehe, wie Sie sprechen und sich verhalten. Ich sehe auch, wie Sie und alle anderen auf die Mittler reagieren, und der Grund dafür ist mir noch immer ein Rätsel. Außerdem spüre ich häufig das Verlangen, die Fremden in Stücke zu reißen.«

»Versuchen Sie, diese Empfindungen zu überwinden, Lieutenant. Wir setzen die Zusammenarbeit mit den Drosary und Televek fort. Sicher gelingt es uns bald, Captain Janeway, Tuvok und Kim zurückzuholen, und vermutlich dauert es auch nicht mehr lange, bis die Phaser wieder funktionieren. Vielleicht retten wir sogar ein ganzes Volk – allein diese Aussicht ist schon alle unsere Bemühungen wert. Anschließend trennen sich unsere Wege, und vermutlich sehen wir die Televek nie wieder.«

»Klingt gut.«

Einige Sekunden lang musterten sie sich schweigend. Chakotay wollte es nicht dabei belassen, fühlte die Notwendigkeit, seinen Worten noch etwas hinzufügen. Etwas bedrückte ihn, und es dauerte eine Weile, bis er begriff, um was es sich handelte: Es gab keine Gewißheit dafür, daß B'Elanna unrecht hatte.

»Sie spielen eine Schlüsselrolle«, sagte der Commander schließlich. »Bei der Kooperation mit den Televek kommt es auch und in erster Linie auf Sie an. Als Chefingenieur dieses Schiffes sollten Sie wenigstens *versuchen,* sich eine gewisse Aufgeschlossenheit zu bewahren.«

Torres schloß die Augen, öffnete sie dann wieder und erwiderte Chakotays Blick. »Vielleicht geht mir alles viel zu langsam.«

»Die Situation wird sich schon sehr bald verbessern. Der klingonische Teil ihres Selbst spricht aus Ihnen. Ich rate Ihnen nicht davon ab, auf ihn zu hören. Immerhin wissen wir beide, daß er zu Ihnen gehört, daß Sie ihn brauchen. Aber … Vielleicht sollten Sie auch auf die Stimme des menschlichen Teils hören.«

B'Elanna atmete tief durch. »Meine menschliche Hälfte fühlt ebenso wie die klingonische«, sagte sie. »Und noch etwas, Commander: Sie vertreten den Captain, und deshalb sollten Sie ebenfalls versuchen, aufgeschlossen zu bleiben.«

Torres wandte sich vom Ersten Offizier ab. Als die Tür diesmal zur Seite glitt, zögerte sie nicht, verließ den Bereitschaftsraum und ging zum Turbolift. Chakotay sah ihr nach, und dann wanderte sein Blick zu Tassay, die bereits auf ihn wartete. Sie bot einen prächtigen Anblick. Eine hervorragende Mittlerin, und noch dazu eine wundervolle Frau. Es war fast zu schön, um wahr zu sein …

# 10

Janeway hielt eine indirekte Vorgehensweise für angeraten. Zusammen mit Tuvok und Kim ging sie zunächst bis zum südlichen Ende der weiten, von den Drenarianern angelegten Feldern. Anschließend folgte die Gruppe der langen Reihe aus Bäumen und Gebüsch, die sich am Rand der Felder entlangzog. Schließlich gelangten die drei Starfleet-Offiziere in Sichtweite der Anhöhe, bei der das Shuttle gelandet war. Sie duckten sich hinter die Sträucher, benutzten sie als Deckung. Asche und Ruß bedeckten sie von Kopf bis Fuß, ließen sie praktisch mit der Umgebung verschmelzen. Nan Loteth hatte ihnen Tücher gegeben, mit denen sie sich Mund und Nase bedeckten – dadurch wurde das Atmen enorm erleichtert.

Die größte Sorge der Kommandantin bestand darin, daß die Televek Sondierungen mit auf Infrarotbasis arbeitenden Ortungsgeräten vornahmen. Tuvok blickte immer wieder auf die Displays seines Tricorders, führte einen Scan nach dem anderen durch und bestätigte jedesmal, daß sie noch nicht entdeckt waren. Kim hingegen versuchte, weitere Daten über den Planeten zu gewinnen. Erdbeben kündigten sich oft mit Vibrationen an, die festgestellt werden konnten – dadurch bekamen sie vielleicht eine Vorwarnung.

Die Morgensonne schuf bereits unangenehme Wärme. Außerdem waren sie durch den langen, alles andere als hindernisfreien Marsch ins Schwitzen geraten, wodurch die Asche an der Haut festklebte. Der

Kühle spendende Schatten der Bäume tat ebenso gut wie die leichte Brise.

Als sie sich dem Landeplatz näherten, kletterten sie in eine kleine, grabenartige Senke hinab. Dort setzten sie den Weg fort, bis sie sich etwa auf einer Höhe mit der Raumfähre befanden. Janeway sank auf Hände und Knie, bedeutete Tuvok und Kim mit einer knappen Geste, ihrem Beispiel zu folgen. Wenige Sekunden später krochen sie nach oben, zu einer dichten, natürlich gewachsenen Hecke.

Das etwa hundert Meter entfernte Shuttle war deutlich zu sehen. Zwei Befürchtungen bestätigten sich: Die Einstiegsluke stand weit offen, und das kleine Schiff wurde bewacht – sechs in schwarzweiße Uniformen gekleidete Gestalten behielten die Umgebung im Auge. Einzelheiten ließen sich angesichts der immer noch recht großen Entfernung nicht erkennen, aber als Janeway die Hand hob und ihre Augen beschattete, bemerkte sie weißes Haar, das unter kompakten Helmen hervorragte. Televek. Oder Drosary. Oder wie sie sich an diesem Morgen nannten.

»Captain ...« Tuvok hob seinen Tricorder und klopfte einmal darauf. »Die Biostrukturen der Televek, die das Shuttle bewachen, entsprechen denen der Drosary, die als Mittler an Bord der *Voyager* kamen.«

»Sie lesen meine Gedanken, Mr. Tuvok.«

Der Vulkanier neigte den Kopf ein wenig zur Seite. »Ich kann mich nicht daran entsinnen, solche Aktivitäten entfaltet zu haben, Captain.«

»Nun, ich nehme an, dann denken wir in den gleichen Bahnen.«

»Ich empfange die gleichen Biowerte, Captain«, sagte Kim, der ebenfalls eine Sondierung vorgenommen hatte. »Läßt sich daraus der Schluß ziehen, daß man uns hereingelegt hat?«

»Das ist die einzige logische Erklärung«, erwiderte Janeway.

Tuvok sah sie an. »Captain ...«

»Ich weiß.« Janeway lächelte. »Ich lese Ihre Gedanken.« Sie blickte wieder zur Raumfähre. »Es bedeutet auch, daß uns Gantel und seine angeblichen ›Mittler‹ Lügen erzählt haben. Zumindest müssen wir von einer solchen Annahme ausgehen. An Bord der *Voyager* befinden sich nicht etwa drei Drosary, sondern drei Televek, und sie belügen Chakotay. Leider wissen wir nicht, worauf sie aus sind. Wir müssen einen Kontakt mit dem Schiff herstellen, und zwar so schnell wie möglich.«

»Vermutlich beschränkt sich die Präsenz der hiesigen Televek nicht nur auf die Wächter«, sagte Tuvok. »Ich bin ziemlich sicher, daß weitere im Shuttle sind. Die Streitmacht ist zu groß für einen Frontalangriff.«

»Wir müssen uns etwas einfallen lassen.« Janeway sah erneut zu den Wächtern. Sie hielten Strahlengewehre bereit und bildeten einen weiten Halbkreis um das Shuttle. Kniehohes Gras wuchs auf der Lichtung; nirgends gab es eine Möglichkeit, sich zu verbergen.

»Deutet irgend etwas auf Sensoren hin?« wandte sie sich an Tuvok.

»Bisher habe ich keine geortet, Captain«, erwiderte der Vulkanier und berührte dabei einige Schaltflächen des Tricorders.

»Die Burschen brauchen gar keine Sensoren«, meinte Kim. »Das offene Gelände genügt ihnen. Wir kommen nicht einmal in die Nähe des Shuttles, ohne daß die Televek das Feuer auf uns eröffnen.«

»In der Tat«, pflichtete ihm Tuvok bei. »Die bei meinem letzten Scan ermittelten Daten deuten auf mehrere Leichen hin, die etwa zwanzig Meter vor dem Shuttle im Gras liegen. Wahrscheinlich sind es Drenarianer.«

»Nan Loteths Leute«, murmelte Janeway.

»Der Tod muß völlig überraschend für sie gekommen sein«, sagte Kim.

Janeway stellte sich die Szene vor: tödliche Blitze, die

jähes Verderben brachten und viel weiter reichten als die primitiven drenarianischen Waffen. Sie versuchte, das düstere Bild aus sich zu verdrängen, blickte wieder zum Shuttle – und glaube, mehrere dunkle Schemen im Gras zu erkennen.

Eine Zeitlang beobachteten die drei Starfleet-Offiziere den Bereich des Shuttles, ohne daß etwas geschah. Die Situation auf der Lichtung veränderte sich nicht.

Janeway sah nach links, zu dem Hang, an dem sie abgestürzt war. Die Form der Anhöhe hatte sich durch das starke Beben am vergangenen Tag erheblich verändert, doch die Flanken des Hügels erwiesen sich nach wie vor als recht steil. Eine Idee nahm in ihr Gestalt an. Es gab einige Variablen, die ihr nicht gefielen, aber darüber konnte sie sich später Sorgen machen.

»Wir müssen uns teilen«, sagte Janeway schließlich. »Tuvok, Sie bleiben hier. Versuchen Sie, etwas näher heranzukommen, aber behalten Sie den Kopf unten. Und achten Sie darauf, daß Mund und Nase bedeckt bleiben; sonst ersticken Sie an Ruß und Asche. Kim und ich klettern dort hoch, um einige Wächter vom Shuttle fortzulocken. Wenn das klappt, liegt der Rest bei Ihnen.«

Tuvok dachte kurz nach und nickte dann. »Ich verstehe, Captain.«

»Gut. Wenn Sie es irgendwie schaffen, an Bord zu gelangen, so versuchen Sie zuerst, das Kommunikationssystem in Ordnung zu bringen. Setzen Sie sich mit der *Voyager* in Verbindung und übermitteln Sie Chakotay einen Bericht. Nehmen Sie sich anschließend den Transporter vor.«

»Selbst wenn ich den Transporter des Shuttles einsatzfähig machen kann, Captain ...«, sagte Tuvok. »Das Transferfeld könnte von den gleichen magnetischen Interferenzen beeinträchtigt werden, die auch unsere Kom-Signale stören.«

»Ich weiß«, erwiderte Janeway. »Aber ich habe etwas

anderes im Sinn. Und ich verlange keine Erfolgsgarantie von Ihnen.«

Tuvok sah zur Raumfähre. »Na schön. Ich werde mir alle Mühe geben.«

Janeway berührte den Vulkanier an der Schulter, als er durchs Gebüsch kriechen wollte. »Sie geben sich immer alle Mühe. Und wir beide wissen, daß wir hier zumindest einen Versuch wagen müssen. Aber ich bin nicht bereit, dafür mit dem Leben eines meiner besten Offiziere zu bezahlen.«

Tuvok wandte sich ihr kurz zu. »Das wäre eine unvertretbare Verschwendung.« Sein Gesichtsausdruck blieb bei diesen Worten unverändert. Janeway hatte es auch nicht anders erwartet und entließ den Vulkanier mit einem Nicken.

Eine Zeitlang beobachteten sie, wie Tuvok durchs hohe Gras kroch. Dann robbte Janeway entlang der Böschung zurück und bedeutete Kim, ihr zu folgen. Zusammen mit dem Fähnrich eilte sie der Anhöhe entgegen.

»Warten Sie auf meine Anweisung.« Chakotay saß im Kommandosessel und beobachtete, wie der kleinste Mond auf dem Hauptschirm anschwoll. Nur eine geringfügige Kurskorrektur war notwendig gewesen, um dieses optische Ergebnis zu erzielen: Der neueste Trabant von Drenar bewegte sich in einem Orbit, der nur ein wenig höher lag als der des Föderationsschiffes.

Die drei Drosary standen auf der linken Seite der Brücke. Der Commander hatte sie gebeten, dort zu warten – er wollte nicht riskieren, daß sie jetzt jemandem im Weg waren. Es widerstrebte ihm, sie ganz aus dem Kontrollraum zu verbannen; er beabsichtigte nur, sie an den Rand des Geschehens zurückzudrängen. Jonal und seine beiden Begleiterinnen erhoben keine Einwände, zeigten sogar Verständnis. Chakotay sah darin ein weiteres Zeichen dafür, daß er die Mittler richtig einschätze – und daß sich B'Elanna irrte.

Die *Voyager* nutzte nur einen Bruchteil der Impulskraft, um sich dem dritten Mond zu nähern, der daraufhin immer mehr Details preisgab. Seine Oberfläche erwies sich als erstaunlich glatt.

»Wir erreichen jetzt die optimale Position«, sagte Paris. Sein Blick wanderte zwischen Navigationspult und zentralem Projektionsfeld hin und her. »Wo auch immer sich dieser Himmelskörper früher befand – es kann dort nicht viele Meteoriten und Asteroiden gegeben haben.«

»Vielleicht lag die Oberfläche unter einer dicken Eisschicht«, vermutete Chakotay. »Die später verdampfte, als er der Sonne näher kam.«

»Wie ein riesiger Komet«, sagte Paris. »Wenn ich an den Schweif denke ... Sicher war er enorm.«

»Wir sollten eigentlich in der Lage sein, die aus Materierückständen bestehende Spur des Schweifs zu orten«, erwiderte Chakotay.

»Wenn Sie mit Ihrer Plauderei fertig sind ...«, klang B'Elannas Stimme aus den Lautsprechern der internen Kommunikation. »Hier unten ist alles soweit.«

»Gut«, sagte der Erste Offizier. »Mr. Paris, aktivieren Sie das Warptriebwerk. Mr. Rollins, erhöhen Sie das energetische Niveau des Hauptdeflektors.«

Er stand auf und trat zur Funktionsstation, an der noch immer Fähnrich Stephens saß. Chakotay blickte ihm über die Schulter und betrachtete die Darstellungen des Monitors, der ihm das Warpfeld zeigte: eine deforme Blase, die vom Bug der *Voyager* ausging und dem Mond entgegenstrebte, der viel größer war als das Raumschiff. Langsam dehnte sich die Blase aus, bis sie etwa ein Drittel der lunaren Oberfläche umfaßte.

»Mehr ist nicht möglich«, meldete B'Elanna.

Einige Minuten lang herrschte Stille.

»Die Sensoren registrieren Bewegung«, sagte Stephens schließlich. Hier und dort wurde erleichtertes Seufzen laut.

»Warppotential bei dreiundsechzig Prozent stabil«, berichtete Paris.

»Alle drei Graviton-Polaritätsgeneratoren sind aktiv«, fügte Torres hinzu. »Ihre Funktion entspricht fast der Norm.«

»Gute Arbeit«, lobte Chakotay.

»In Hinsicht auf die Dichte-Variationen des Mondes muß Rollins manuell kompensieren«, erklärte die Chefingenieurin. »Ich behalte die Entwicklung von hier unten aus im Auge. Wenn Sie mich jetzt entschuldigen würden ... Ich möchte versuchen, Ihren Erwartungen gerecht zu werden und an anderer Stelle Wunder zu vollbringen. Torres Ende.«

Es würde Stunden dauern, bis sie mit diesem Mond fertig waren, und dann kamen die beiden anderen an die Reihe. Anschließend mochte es notwendig werden, erneut die Umlaufbahn des dritten Trabanten zu modifizieren. Selbst wenn alles nach Plan lief: Es verging sicher noch viel Zeit, bevor sich die Lage auf dem Planeten besserte. Und dennoch ... Seit die *Voyager* in den Orbit von Drenar Vier geschwenkt war, stellte sich in Chakotay zum erstenmal das Gefühl ein, Fortschritte zu machen.

Er sah wieder zum Hauptschirm, als könnte er den Mond allein mit Willenskraft bewegen. »Wie sieht's aus, Mr. Rollins?«

»Die Bahnabweichung beträgt jetzt null Komma null null drei Prozent, Sir.«

»Na schön. Halten Sie die Warpblase stabil.«

Unbehagen erfaßte Janeway, als sie sich dem Rand der Anhöhe näherte. Kopfschmerzen erinnerten sie viel zu deutlich daran, was bei ihrem letzten Aufenthalt an diesem Ort geschehen war. Mit besonderer Vorsicht kletterte sie weiter, bis Kim und sie eine gute Position erreichten. Sie hockten hinter den Bäumen, die hier dicht an dicht wuchsen. Einige von ihnen waren während des Bebens umgestürzt und bildeten natürliche Barrieren. Janeway beugte sich ein wenig vor und sah Tuvok – ein dunkles Etwas im hohen Gras, noch immer etwa fünfzig Meter vom Shuttle entfernt. Die Televek schienen ihn noch nicht bemerkt zu haben, doch bestimmt dauerte es nicht mehr lange, bis sie auf ihn aufmerksam wurden.

Sie zog den Phaser. »Auf Betäubung justieren«, wies sie Kim an, als er seine eigene Waffe zur Hand nahm. »Zielen … Und Feuer!«

Strahlblitze zuckten in Richtung Raumfähre, und zwei Televek sanken bewußtlos zu Boden. Janeway schoß erneut, als die übrigen Wächter in Deckung gingen. Einer von ihnen erwiderte das Feuer, doch die fauchende Energie fraß sich nur durch leere Luft. Es gelang Kim, einen weiteren Televek außer Gefecht zu setzen, bevor sie den Vorteil des Überraschungsmoments verloren. Janeways zweiter Schuß ging daneben. Die Gegner befanden sich nun hinter dem Shuttle und machten ebenfalls von ihren Waffen Gebrauch. Ihre Energiestrahlen kochten jetzt wesentlich näher über den Boden.

»Rejustierung«, sagte Janeway. Sie stellte ihren Phaser auf maximale energetische Kapazität ein, hob ihn und betätigte den Auslöser. Der Strahl traf eine große Felsnadel auf der anderen Seite des Shuttles und ließ sie auseinanderplatzen. Kim zielte auf einen Baum zehn Meter weiter links – durch die jähe Hitze explodierte der Stamm regelrecht. Qualm und Dampf bildeten dichte Wolken.

»Und jetzt schicken wir ihnen eine Einladung«, sagte Janeway. Sie stand auf und schoß erneut, stellte sicher, daß man sie sah. Kim verhielt sich ebenso. Inzwischen hatten sie zumindest einen Teil der Patina aus Asche verloren, und dadurch waren sie vor dem Hintergrund des Waldes ganz deutlich zu erkennen. Die Televek nahmen sie sofort unter Beschuß, aber sie reagierten nicht schnell genug. Janeway und Kim drehten sich um, sprangen fort.

*Das war ziemlich knapp,* dachte die Kommandantin, ohne sich etwas anmerken zu lassen. Sie winkte dem Fähnrich zu, und gemeinsam wichen sie vom Rand der Anhöhe zurück. Eine Zeitlang warteten sie stumm. Schon bald hörten sie die Televek: Sie verließen ihre Deckung und feuerten auf die Bäume, hinter denen die beiden Menschen eben noch gestanden hatten. Anschließend eilten sie zum Hügel und riefen sich gegenseitig Anweisungen zu, als sie den Hang emporkletterten.

»Machen wir es ihnen nicht zu leicht, Mr. Kim. Laufen Sie los, und zwar in jene Richtung.«

Der Fähnrich setzte sich sofort in Bewegung. Als der erste Televek über den Rand der Anhöhe spähte, berührte Janeways Finger den Auslöser des Phasers. Der Strahl traf einen umgestürzten Baum – ein Warnschuß, der den Kopf des Wächters nur um wenige Zentimeter verfehlte. Eine halbe Sekunde später lief sie ebenfalls und zog sich tiefer in den dichten Wald zurück. Kim hastete nicht weit vor ihr an den Bäumen vorbei, und Janeway schloß zu ihm auf, während gleichzeitig die Entfernung zu den Televek-Verfolgern schrumpfte. Ihr Plan funktionierte – vielleicht sogar zu gut.

Tuvok hob den Kopf weit genug, um über das Gras hinweg das Shuttle sehen zu können. Er bemerkte nur einen Televek, der unmittelbar neben der Steuerbord-Warpgondel hockte und den Hang beobachtete, an dem die anderen Wächter emporkletterten. Es dauerte nicht lange, bis sie jenseits der Kuppe verschwanden, um den Captain und Kim zu verfolgen. Tuvok sank wieder ins

Gras zurück und kroch schneller, achtete dabei darauf, nicht zuviel Staub aufzuwirbeln.

Nach einigen Metern erreichte er die toten Drenarianer – vermutlich waren sie am vergangenen Abend gestorben. Steif und kalt lagen sie da, mit wächsernen Gesichtern, starrten blind zur heißen Mittagssonne empor. Tuvok schob sich an ihnen vorbei, näherte sich dem Shuttle und behielt den zurückgebliebenen Wächter im Auge.

Die Position des Televek sowie die geöffnete Luke der Raumfähre zwangen den Vulkanier zu einem Umweg. In einem weiten Bogen kroch er weiter, benutzte die Masse des Shuttles dabei als Deckung. Schließlich erreichte er es am Bug, justierte den Phaser auf Betäubung, erhob sich, trat zur Seite und schoß. Der völlig überraschte Televek kam nicht dazu, sich zu ducken. Der Strahl traf den Wächter und schickte ihn ins Reich der Träume. Tuvok eilte weiter, vorbei an der Warpgondel. Er wußte, daß er keine Zeit verlieren durfte, doch an der Luke zögerte er kurz und holte tief Luft, bevor er in die Schleuse sprang.

Ein weiterer Televek hockte am Hauptpult und versuchte offenbar, irgendwelche Schaltungen zu modifizieren. In der einen Hand hielt er einen Strahler, in der anderen einen Sensor. Als er aufsah, feuerte der Vulkanier.

Anschließend trat Tuvok über den Bewußtlosen hinweg und sah sich die Konsole an. Mehrere Schaltkreise waren repariert, unterbrochene Verbindungen wiederhergestellt worden.

»Vielen Dank für Ihre Hilfe«, sagte Tuvok laut und nickte dem betäubten Televek zu. »Dadurch habe ich viel Mühe und Zeit gespart.«

Er hakte seinen Phaser an den Gürtel und brachte den bewußtlosen Televek nach draußen. Dann aktivierte er die Notbeleuchtung, schloß die Einstiegsluke und verriegelte sie. Er brauchte nur einige Sekunden, um einen allgemeinen Eindruck von der Situation zu gewinnen. Der Televek hatte ganz offensichtlich versucht, die Bordsysteme wieder mit der Hauptenergie zu verbinden, und seine Bemühungen erwiesen sich tatsächlich als hilfreich. Trotzdem gab es noch viel zu tun.

Tuvok begann sofort mit der Arbeit.

# 11

Gantel saß stumm in seinem geradezu riesigen Quartier – nach den Maßstäben eines Schlachtkreuzers –, und sein Blick glitt über die vielen Schmuckgegenstände, die überall in Regalen und auf Abstellflächen ruhten, auch an den Wänden hingen. Alles war erlesen und kostbar, die Stühle ebenso wie die Tische. Das Tafelgeschirr kam einem Schatz gleich: eine Antiquität, älter noch als manche Sterne (so hieß es jedenfalls). Gantels Garderobe brauchte keine Vergleiche mit der Kleidung von Direktoren ab der zehnten Stufe zu scheuen. Nur Shaale bildete eine mögliche Ausnahme; ihr standen vielleicht noch erlesenere Gewänder zur Verfügung.

In seinem Leben fehlte es gewiß nicht an Luxus. Zum Beispiel genoß er die köstlichsten Speisen. Zubereitet wurden sie von einem begnadeten kulinarischen Künstler, einem Koch, den Gantel vor neun Jahren von einem torthesianischen Urlaubsort entführt hatte, ohne die Mühe jemals zu bereuen. Seine Musiksammlung – eine Leidenschaft, die viele Televek für sonderbar hielten, der er aber trotzdem frönte – war ohnegleichen, soweit er wußte. Diese Bezeichnung verdiente sie erst recht, wenn er ihr die musikalischen Bibliotheken des Föderationsschiffes *Voyager* hinzugefügt hatte.

Gantels Blick verharrte bei einigen exotischen, von sehr sorgfältigen und geschickten Händen bemalten Vasen, die so angeordnet waren, daß die kleinste von ihnen auf der linken Seite stand und die größte auf der rechten. Während er jene Kunstwerke betrachtete, erlaubte er seinen Gedanken und Empfindungen, sich Zweifeln hinzugeben.

Das Ziel eines jeden zivilisierten Wesens bestand darin, Ansehen, Macht und Reichtum zu erringen. Zu diesem Zweck hatte Gantel einen Weg beschritten, den viele andere Televek scheuten: Er ging Risiken ein, nicht nur kleine, sondern auch große, obwohl sie sich übel auf seinen Magen auswirkten. Für Gantel spielte in diesem Zusammenhang der Wunsch die wichtigste Rolle. Wenn man sich etwas intensiv genug wünschte, so nutzte man jede Möglichkeit, sich den Wunsch zu erfüllen. Gantel hatte nie gezögert, eine Chance zu ergreifen.

Allerdings mußte er einen hohen Preis für seinen Erfolg bezahlen: drei Partnerinnen, mehrere gastrointestinale Therapien und einige Feinde, vor denen es sich in Acht zu nehmen galt. Nun, das gehörte eben dazu. Und es war die Sache wert, nicht wahr?

Ein alter Freund hatte ihn einmal auf folgendes hingewiesen: Im Leben eines jeden Direktors – sogar im Leben von Teilhabern – kam einmal der Augenblick, in dem absurde Fragen Rationalität und Vernunft erschütterten. Fragen wie: »Wo liegt der Sinn des Lebens?«

*In diesen Dingen,* dachte Gantel, als er von den kostbaren Vasen zum Zeremonienkelch des Erweckungstages sah, der von seiner eigenen Heimatwelt stammte. *In all diesen Kleinodien.*

Doch es existierte auch die Versuchung, noch mehr zu vermuten, eine andere, tiefer liegende Bedeutung, die etwas Substanzloses, Geistiges betraf.

Gantel hatte derartige Vermutungen immer für Unsinn gehalten. Mißerfolge konnten auf Fehler zurückgeführt werden, Erfolge auf Gewandtheit. Und wenn man genug Erfolge erzielte, so ergaben sich daraus Zufriedenheit und Erfüllung.

Der Dritte Direktor blinzelte. Man mußte ziemlich viel getrunken haben, um über so etwas nachzudenken, und einen Rausch durfte er sich jetzt nicht leisten. Zu viele Ereignisse erforderten mit zu vielen Variablen seine Aufmerksamkeit. Wenn etwas schiefging ... Dann bekam seine bisher makellose Karriere einen Fleck so groß wie Drenar Vier.

Der Instinkt forderte ihn auf, eine Vereinbarung mit sich selbst zu treffen, ein Paket aus erprobten philosophischen Gütern zu erwerben, so wie alle anderen Televek. Er konnte zum Beispiel das Paket wählen, für das einst seine Eltern geworben hatten.

Ja, dazu forderte ihn der Instinkt auf, und normalerweise war Verlaß auf jene innere Stimme.

Gantel erhob sich, durchquerte den großen Raum und verharrte an einer Vitrine mit Handwaffen: uralte, scharfkantige Instrumente, deren Verwendung bei einem Kampf er sich kaum vorzustellen vermochte. Wie sahen die von ihnen geschaffenen Wunden aus? Und welches Leid brachten sie dem tödlich Verletzten, bevor ihn das Jenseits von der Pein erlöste? Gantel dachte nicht zum ersten Mal daran.

An der gegenüberliegenden Wand hing ein geborstenes Metallstück an der Wand, gehalten von drei transparenten Nadeln. Es war etwa einen Meter lang und fast doppelt so breit, wies an drei von vier Kanten Zacken und Einkerbungen auf. Das Metallfragment stammte aus der Panzerung, die das primäre Raumhabitat der Vanolener geschützt und die als undurchdringlich gegolten hatte. Sehr zum Ärger der Thaitifa, die sich dazu berufen fühlten, die Vanolener unter ihre Herrschaft zu bringen. Sie wandten sich an Gantel, mit der Bitte, ihnen bei der Lösung dieses Problems zu helfen.

Er erinnerte sich an seine damaligen Überlegungen. Die Vanolener waren ein ruhmreiches Volk. Ihre Zivilisation existierte schon seit Jahrmillionen, blickte damit auf eine längere Geschichte zurück als die Kultur der Televek. Als Handwerker und Künstler leisteten sie Erstaunliches, was in ihren Raumstädten auf sehr beeindruckende Weise zum Ausdruck kam. In seiner Jugend hatte Gantel dort einige Zeit verbracht und sich Musik angehört. Er erinnerte sich noch an den Namen einer besonders guten Windflötenspielerin, die er bei einem Symphoniekonzert kennengelernt hatte. Ihre vielen Talente beschränkten sich nicht nur aufs Musikalische …

Damals war Gantel erst dritter Teilhaber gewesen, und die Sterne wußten: Es gab genug andere Teilhaber, die nur auf eine Gelegenheit warteten, eine oder mehrere Sprossen auf der Karriereleiter emporzuklettern. Nun, wie es der Zufall wollte – obwohl er in diesem Zusammenhang nie offen von »Zufall« oder »Glück« gesprochen hätte –, gelangte er in den Besitz eines phasenverschobenen Trägerwaffensystems, mit dem sich beliebige Sprengköpfe durch beliebige Verteidigungsbarrieren zu einem beliebigen Ziel bringen ließen.

Er verkaufte das Waffensystem an die Thaitifa, die es mit großem Erfolg gegen die Vanolener einsetzten. Natürlich zählte dabei nur der Verkauf, nicht die Anzahl der Opfer, auch nicht das Ausmaß der Vernichtung von substantiellem Vermögen. In diesem Glauben fand Gantel Trost. Und natürlich in der Tatsache, daß die Thaitifa einen enorm hohen Preis bezahlten – was bei der nächsten Bewertung dazu führte, daß man ihn zum ersten Teilhaber beförderte.

Ja, er hatte damals die richtige Entscheidung getroffen, zweifellos. Und ganz abgesehen davon: Sie wäre in jedem Fall getroffen worden, wenn nicht von ihm, dann von jemand anders.

Sein einziges Bedauern galt dem Umstand, daß ihm nur ein Trägerwaffensystem jener Art zur Verfügung gestanden hatte – das an die Thaitifa verkaufte Exemplar. Es stammte ursprünglich von den Garn, vierfüßigen Methanatmern, die während der Verhandlungen den Worten »mühsam« und »anstrengend« eine ganz neue Bedeutung verliehen hatten. Bevor Gantel die Chance bekam, ein zweites Waffensystem zu erwerben, brachten es die Garn fertig, einen Krieg zu verlieren und völlig ausgelöscht zu werden. Nur Asche blieb von ihnen zurück.

Der Dritte Direktor seufzte, wanderte durch den Raum zurück, blieb an einer kleinen Bar stehen, nahm ein Glas und ließ speziellen Beerensaft aus einem Zapfhahn fließen. Die Mischung bestand aus Komponenten von neun verschiedenen Welten – eine Geschmackskombination, die jedem Gaumen Freude bereitete. Gantel trank alles und genoß das herrliche Aroma. Er befreite sich allmählich von der düsteren Stimmung, verbannte sie aus seiner inneren Welt und fühlte sich dadurch besser.

Auf seinem Weg war er mehrmals dem Mißerfolg begegnet; damit mußte man rechnen, wenn man häufig Risiken einging. Aber er hatte es immer wieder geschafft, sich rasch von den Rückschlägen zu erholen, meistens dadurch, indem er den größten Teil der Schuld jemand anders gab. Selbst die kleinsten Chancen nutzte er, verstand es, gestärkt aus Katastrophen hervorzugehen. Es gelang ihm, auch die argwöhnischsten Widersacher zu täuschen. Zahllose Male verwandelte er Not und Leid anderer in Gelegenheiten, selbst hohen Profit zu erzielen.

*Drenar Vier ist keine Ausnahme,* dachte er und stellte das Glas beiseite. »*Enta sa tnoai*«, sagte er in der Alten Sprache. »Laß dir nie ein Geschäft entgehen.«

Er konzentrierte sich wieder auf die gegenwärtige Situation. Die Schilde des Kreuzers waren repariert worden, und Gantel glaubte, daß sie von den Photonentorpedos des Föderationsschiffes nicht so einfach durchdrungen werden konnten, zumindest nicht bei der ersten Salve. Und ohne eigene Deflektoren war die *Voyager* kaum imstande, mehr als nur eine Salve abzufeuern. Dafür würde Triness sorgen.

Jonal und seine beiden Begleiterinnen leisteten gute Arbeit, wenn man die Umstände berücksichtigte. Sie bildeten ein sehr leistungsfähiges Team. Trotzdem gab es ein Problem: Wie alle Televek verabscheute es Gantel, sich auf andere zu verlassen. Dieses Empfinden ging bis auf prähistorische Zeiten zurück. Doch die Zivilisation – und auch der Erfolg – erforderte es, daß man Verantwortung delegierte. Ein Direktor konnte nicht alles selbst erledigen; seine Aufgabe bestand vor allem darin zu leiten, Anweisungen zu erteilen.

Die Behauptung, den Bewohnern des Planeten helfen zu wollen, hatte bisher ihren Zweck erfüllt. Das sollte auch weiterhin der Fall sein.

Doch der Plan, die Umlaufbahnen der Monde zu verändern, um die seismischen Aktivitäten zu verringern, konnte zu sehr unangenehmen Komplikationen führen. Andererseits bezweifelte Gantel, ob die Fremden tatsächlich in der Lage waren, einen echten Unterschied zu bewirken. Immerhin: Ein Befehl von ihm genügte, um das Föderationsschiff zu vernichten. Er mußte nur dafür sorgen, daß es nicht zu irgendwelchen Verwicklungen kam, daß sich die Risikofaktoren in vertretbaren Grenzen hielten, bis der Rest des Plans …

»Wir haben die Flotte der Ersten Direktorin auf den Schirmen der Fernortung«, sagte Triness. Ihre Stimme klang fast so melodisch wie die Töne einer vanolenischen Windflöte. Darüber hinaus sprach sie sehr willkommene Worte. Gantel freute sich nicht gerade auf die Ankunft der Ersten Direktorin Shaale, aber wenn nicht alles vollkommen schiefging – eine Möglichkeit, über die er nicht nachzudenken wagte –, so würde die kommende Woche große Genugtuung für ihn bringen.

Gantel genehmigte sich ein zweites Glas Saft und seufzte mit einer Zufriedenheit, zu der er sich jetzt kaum mehr zwingen mußte. Erneut staunte er über das Aroma und die herrlichen Farben des Getränks.

Nach einigen Sekunden stellte er das Glas ab. Er war plötzlich nicht mehr durstig. Und irgend etwas in seinem Magen fühlte sich nicht besonders gut an.

»In Ordnung«, sagte er laut, damit seine Stimme vom Kom-System übertragen wurde. Er griff nach der mit vielen Stickereien verzierten Direktorenjacke. »Ich bin unterwegs.«

Chakotay beobachtete den Mond, der fast das ganze Projektionsfeld des Hauptschirms ausfüllte. Die erste Phase des Unternehmens verlief vielversprechend. Zwar blieb es sinnlos, nach sichtbaren Veränderungen Ausschau zu halten – genausogut konnte man versuchen, das Verdunsten von Wasser zu beobachten –, aber die Sensoren stellten inzwischen eine meßbare Abweichung von der ursprünglichen Umlaufbahn fest. Beim nächsten Mond würden die Auswirkungen noch geringer sein, während gleichzeitig die Belastung des Warptriebwerks wuchs.

B'Elanna versicherte, daß der Einsatz des Subraumfeldes zu den gewünschten Ergebnissen führte. Mehrmals wies sie darauf hin, daß die ermittelten Daten den vorausberechneten Parametern entsprächen. Es blieb Chakotay nichts anderes übrig, als ihr zu glauben. Fast unmögliche technische Präzision in besonders schwierigen Situationen gehörte zu den Spezialitäten der Chefingenieurin. Mehr als einmal hatte sich Chakotay voll und ganz darauf verlassen, daß Torres einen Erfolg erzielte – ohne jemals enttäuscht zu werden.

Er wandte sich vom Kommandosessel ab und ging wieder zur Funktionsstation. Während der letzten Stunden hatte er dort häufig gestanden und Fähnrich Stephens über die Schulter geblickt. Die ganze Sache basierte nur auf theoretischen Erwägungen. Niemand von ihnen konnte sicher sein, daß kleine Änderungen der lunaren Umlaufbahnen genügten, um die tektonischen Spannungen im Innern des Planeten zu verringern. Und selbst wenn das der Fall war: Niemand wußte, ob das seismische Chaos schnell genug nachließ. Trotzdem hielt es Chakotay für vernünftig, einen entsprechenden

Versuch zu wagen – wenn auch nur deshalb, um die Crew vom Gefühl der Hilflosigkeit zu befreien.

»Commander ...«, sagte Paris. »Die Fernbereichsensoren orten mehrere Raumschiffe. Sie fliegen mit hoher Warpgeschwindigkeit, und ihr Ziel scheint das Drenar-System zu sein.«

»Das sind bestimmt die bereits erwähnten Versorgungsschiffe und Transporter der Televek«, meinte Jonal und gesellte sich dem Ersten Offizier an der Funktionsstation hinzu. Der Drosary sah aufs Display mit den Ortungsdaten und lächelte, als er erst den Fähnrich und dann Chakotay ansah. »Wie versprochen – Hilfe ist unterwegs.«

»Sie können sich freuen, wenn die Flotte eintrifft«, fügte Tassay hinzu. »Dann werden sowohl Ihre Probleme als auch die der Bewohner von Drenar Vier gelöst. Und wenn das alles erledigt ist ... Bevor wir uns voneinander verabschieden, haben einige von uns vielleicht Gelegenheit, sich noch ein wenig besser kennenzulernen.«

Bei den letzten Worten sah sie Chakotay an. Ihr Blick schien sogar bis in seinen innersten Kern zu reichen. Für ein oder zwei Sekunden gewann er den Eindruck, seinerseits ins Zentrum ihres Selbst zu sehen.

»Das hoffe ich sehr.« Mila schritt zum Navigationspult, und mit der Kuppe des Zeigefingers berührte sie Paris' Nacken. Der Lieutenant versuchte, sich nichts anmerken zu lassen.

»Sie sind ein sehr guter Pilot«, gurrte die Mittlerin. »Bestimmt der beste von Starfleet.«

»Das brauchen Sie ihm nicht zu sagen«, warf Chakotay ein. »Fragen Sie ihn einfach. Das ist sein Lieblingsthema.«

»Auch ich bin eine gute Pilotin gewesen.« Mila wirkte jetzt etwas ernster. »Eines Tages bekomme ich vielleicht die Chance, erneut meine Fähigkeiten zu zeigen.«

Paris sah zu ihr auf, und seine Züge brachten tief

empfundene Anteilnahme zum Ausdruck. »Ich bin ganz sicher, daß Sie die ersehnte Chance erhalten.«

Chakotay drehte sich um, als er hörte, wie die Tür des Turbolifts aufglitt. Lieutenant Torres trat auf die Brücke – und blieb abrupt stehen. Sie kniff die Augen zusammen und schürzte die Lippen. Sie sah zu Paris und Mila, die sich noch näher kamen, und zwar auch im wörtlichen Sinn. Mila beugte sich zum Navigator vor, bis ihre Nase fast die von Paris berührte. Sie flüsterte ihm etwas zu, und beide lächelten glücklich.

B'Elanna stand wie erstarrt, hatte beide Hände zu Fäusten geballt und richtete ihren Blick nun auf den Ersten Offizier. Chakotay spürte Tassay hinter sich, so nahe, daß er ihren Atem im Nacken fühlte. Ihre rechte Hand ruhte ganz sanft an seiner Seite. »Ich hoffe, es wird alles gut, auch für uns«, hauchte sie.

Chakotay schauderte unwillkürlich und fühlte sich ein wenig schuldig, so als hätte man ihn bei einer Lüge ertappt. Behutsam schob er Tassays Hand fort. »Haben Sie etwas zu berichten, Lieutenant?« fragte er Torres und hörte dabei ein verräterisches Zittern in seiner Stimme. Er räusperte sich und wartete. Es schien ziemlich lange zu dauern, bis B'Elanna antwortete.

»Nicht gerade jetzt«, sagte sie.

»Warum sind Sie dann zur Brücke gekommen?« Ärger quoll in Chakotay empor. Die Chefingenieurin half niemandem, stand einfach nur da und störte die gute Stimmung. Vielleicht *wollte* sie gar nicht helfen …

Torres zögerte erneut. »Ich bin nur hier, um einen Blick auf den Hauptschirm zu werfen«, sagte sie schließlich. Das ergab natürlich überhaupt keinen Sinn. Das zentrale Projektionsfeld zeigte nicht mehr als die übrigen Monitore und Displays an Bord.

»Warum?« fragte Chakotay.

»Oh, ich glaube, das ist eine lange Geschichte«, entgegnete B'Elanna. »Und überhaupt …« Sie wandte den

Blick vom großen Bildschirm ab und sah sich noch einmal auf der Brücke um.

»Und überhaupt *was?*«

In der frostigen Miene der Chefingenieurin veränderte sich etwas, und für einen Sekundenbruchteil glaubte Chakotay, eine Mischung aus Zorn, Kummer und Verzweiflung zu erkennen. »Derzeit habe ich ziemlich viel zu tun. Die Pflicht ruft. Wenn Sie verstehen, was ich meine. Früher haben Sie es einmal verstanden.«

Sie drehte sich um und kehrte in die Transportkapsel des Turbolifts zurück.

»Wohin wollen Sie?« fragte Chakotay.

»Zum Maschinenraum«, antwortete Torres. »Um dort zu erledigen, was erledigt werden muß.«

Das Schott glitt zu.

Chakotay dachte über B'Elannas letzte Worte nach. Er hörte, wie erneut Tassays Stimme dicht hinter ihm erklang, wie sie versuchte, das begonnene Gespräch fortzusetzen, so als sei überhaupt nichts geschehen. »Ich habe viele Pläne«, sagte sie leise und kündigte einen gemeinsamen Shuttleflug durch das Drenar-System an. Der Erste Offizier versuchte, nicht zuzuhören.

»Commander, die fremden Schiffe kommen jetzt auf optimale Sensorreichweite heran«, meldete Rollins. »Ich beginne mit einer Sondierung.«

»Ausgezeichnet.« Jonal näherte sich der taktischen Station, als der Fähnrich Schaltelemente betätigte. Er wollte ihm über die Schulter sehen, doch Rollins winkte ihn wie ein lästiges Insekt fort.

»Es handelt sich eindeutig um Reaktor-Signaturen der Televek«, sagte er.

»Sie sind sehr pünktlich, die Televek«, meinte Tassay, und ihre Stimme erklang nun in unmittelbarer Nähe von Chakotays Ohr.

»Und fast so freundlich wie wir«, wandte sich Mila an Paris. Höchstens ein Zentimeter trennte ihre Nase von der des Navigators.

»Commander ...« Rollins sah mit großen Augen auf. »Ich habe etwas Seltsames festgestellt. Die Schiffe sehen ganz und gar nicht nach Transportern aus. Ich habe versucht, Tonnage, Konfiguration und energetische Strukturen zu verifizieren. Alles deutet darauf hin, daß die Einheiten der Flotte ebenso beschaffen sind wie ...«

Jonal schlang den Arm um Rollins Hals und drückte zu. Praktisch im gleichen Augenblick griffen auch die beiden anderen Drosary an. Milas Arm drückte Paris die Luft ab und zog ihn halb aus dem Sessel. Chakotay wollte sich in Bewegung setzen, aber jemand hielt ihn fest. Er konnte keinen Ton von sich geben, denn Tassay hielt ihm den Mund zu und drückte seinen Kopf gleichzeitig nach hinten, bis fast die Gefahr bestand, daß sie dem Commander das Genick brach.

»Wir müssen das Schiff früher als geplant übernehmen!« rief Jonal. Chakotay beobachtete, wie Mila Paris zur Seite zerrte und mit der freien Hand rasch hintereinander mehrere Schaltflächen berührte. Die *Voyager* neigte sich abrupt nach Backbord, dann nach Steuerbord, kam erst nach einigen heftigen Erschütterungen zur Ruhe. Jonal schob Rollins beiseite und bediente die Kontrollen der taktischen Station. Kurz darauf sah er zu den beiden Mittlerinnen. »Derzeit ist alles klar.«

Chakotay versuchte vergeblich, sich zu befreien. Von den beiden anwesenden Sicherheitswächtern durfte er keine Hilfe erwarten. Die Drosary schützten sich vor den Phasern, indem sie ihre Geiseln als lebende Schilde verwendeten.

Ihre Kraft verblüffte den Commander. Nichts im äußeren Erscheinungsbild deutete darauf hin, daß die Drosary so stark waren.

»Was wollen Sie?« brachte Chakotay hervor. Seine Stimme klang unter Tassays Hand undeutlich.

»Niemand rührt sich. Oder wir töten diese Offiziere.« Jonal wandte sich an Chakotay. »Sagen Sie den anderen, daß sie mir gehorchen sollen.«

Der Commander schwieg. Eine derartige Macht konnte und wollte er den Drosary nicht zugestehen.

Jonal wiederholte die Aufforderung, aber auch diesmal blieb Chakotay still.

»Na schön«, brummte der angebliche Mittler. »Sollen sie *Ihnen* gehorchen. Befehlen Sie den Sicherheitswächtern, die Waffen fallenzulassen. Anschließend möchte ich, daß die Brücke von den übrigen Sektionen des Schiffes isoliert wird.«

Es war ein sehr subtiler Unterschied, doch vielleicht ließ sich etwas damit anfangen.

»Verriegeln Sie die Türen«, sagte Chakotay zu Stephens, der seiner Aufforderung sofort nachkam. Auch die Sicherheitswächter zögerten nicht, sich von ihren Waffen zu trennen.

»Ein guter Anfang«, lobte Jonal. »Blockieren Sie auch die Wartungs- und Notschächte. Der Computer soll von jetzt an die ganze Zeit über alle an den Kontrollraum grenzenden Bereiche sondieren. Wir möchten vermeiden, daß jemand ein Loch durch die Wand bohrt oder dergleichen. Geben Sie dem Computer entsprechende Anweisungen. Wenn Sie sich weigern, bringt Tassay Sie um und nimmt sich einen anderen Brückenoffizier vor, der ebenfalls stirbt, wenn er nicht gehorcht. So geht es weiter – bis ich bekomme, was ich will.«

»Na schön.« Chakotay fügte sich und erteilte die verlangten Befehle. Es blieb ihm keine andere Wahl.

»Türen und Schächte sind blockiert«, meldete Stephens kurze Zeit später. »Der Computer hat mit einem kontinuierlichen Scan begonnen.«

»Ändern Sie jetzt den Autorisierungscode des Brückencomputers, damit uns niemand überraschen kann«, sagte Jonal. Ein dünnes Lächeln umspielte seine Lippen. »Er soll auf meine Stimme und meinen Namen reagieren.«

»Ausgeschlossen«, erwiderte Chakotay.

»Möchten Sie unbedingt sterben? Und nach Ihnen

bringe ich ihn dort um.« Tassay nickte in Richtung Stephens. Ihre Stimme klang jetzt kühl und gleichgültig.

Chakotay nickte widerstrebend, woraufhin Stephens die notwendigen Schaltungen vornahm. »Computer«, sagte der Commander dann, »Transfer aller Kontrollen, Autorisierungscode Alpha-gut, Abakrom-Dexter sechs vier null neun eins. Aufzeichnung des Verbalmusters.«

Er sah zu Jonal, der daraufhin seinen Namen nannte. Der Computer bestätigte den Transfer.

Eine Zeitlang befaßte sich der Drosary mit den Anzeigen der taktischen Konsole. Er berührte die eine oder andere Schaltfläche, hob schließlich den Kopf und wirkte recht zufrieden.

Chakotay wollte sich aufrichten, doch Tassay schien nicht bereit zu sein, so etwas zuzulassen. Ihre andere Hand ruhte jetzt an seinem Kinn, übte jedoch nur einen geringen Druck aus.

»Ich nehme an, Sie mögen mich überhaupt nicht«, sagte er zu ihr. Als sie keine Antwort gab, fügte er hinzu: »Und ich dachte schon, daß wirklich etwas aus uns werden könnte. Hatte mir ein kleines Landhaus mit einem hübschen weißen Holzzaun für uns vorgestellt.«

Tassay drückte etwas fester zu. »Ich weiß überhaupt nicht wovon Sie reden.«

»Das habe ich befürchtet«, murmelte Chakotay.

»Ich schlage vor, wir öffnen einen Kom-Kanal zu Gantel«, wandte sich Mila an Jonal. Sie wirkte ein wenig nervös.

Jonal nickte und betätigte die Kontrollen.

»Kanal geöffnet!« rief er, als die Verbindung hergestellt war. Ganz offensichtlich freute er sich über seinen Erfolg. Der Hauptschirm zeigte jetzt nicht mehr den kleinsten Mond des Planeten.

»Wir empfangen visuelle Signale«, meldete Stephens.

Im zentralen Projektionsfeld erschien jemand, der Jonals Bruder hätte sein können. Im Hintergrund zeigte sich ein Raum, an dessen Wänden bunte Tapisserien hingen. Einige andere Gestalten saßen an Pulten und Konsolen. Alle ähnelten sich sehr. Die Frauen sahen aus wie Schwestern von Mila und Tassay.

»Sie sind Televek«, sagte Paris. Er wand sich hin und her, doch Mila hielt ihn auch weiterhin fest.

»Ja, darauf deutet alles hin«, brummte Chakotay.

»Gantel ...«, wandte sich Jonal an den Mann auf dem Schirm. »Wir haben die Brücke und damit das ganze Schiff unter unsere Kontrolle gebracht.«

Der Gesichtsausdruck des Dritten Direktors veränderte sich nicht. »Schon jetzt?«

»Es blieb uns nichts anderes übrig. Die Föderationsleute sind sehr intelligent, wie Sie inzwischen wissen. Sie haben Shaales Flotte sondiert und standen kurz davor, die Wahrheit zu erfahren.«

»Das gefällt mir so sehr an Ihnen, Jonal: Ihre Fähigkeit, sich an veränderte Situationen anzupassen. Nun gut. Die Kapseln sind startbereit, und die einzelnen Gruppen warten nur noch auf den Einsatzbefehl. Es kann praktisch sofort losgehen. Sie haben doch nichts Wertvolles beschädigt, oder?«

»Natürlich nicht.«

»Sie sind also Raumpiraten«, sagte Chakotay.

»Oh, wir sind viel mehr als das. Und Sie, Verehrtester, sind ein Narr.« Mila zerrte Paris in die Höhe, bis seine Füße den Kontakt mit dem Boden verloren. »Ihr alle seid Narren. Kein Wunder, daß ihr euch so weit von der Heimat entfernt habt und nicht wißt, wie ihr zurückkehren sollt.«

»Jonals Meinung gefällt mir besser«, sagte Paris leise.

»Selbst wenn die Föderationsleute Narren sind ...«, ließ sich ein ungeduldiger Gantel vom Hauptschirm her vernehmen. »Es ändert nichts an der Tatsache, daß sie über eine sehr beeindruckende Technik verfügen. Die von großem Nutzen für uns sein könnte. Jonal ... Wollen Sie da stehenbleiben, bis ich Sie von jemandem ablösen lasse?«

»Nein, natürlich nicht.« Der falsche Drosary wandte sich an Chakotay. »Commander, fordern Sie Ihre Leute auf, sich im vorderen Teil des Kontrollraums zu versammeln, zwischen Navigationspult und Hauptschirm. Für eine Weile werden sie nicht mehr gebraucht, und dort können wir sie besser im Auge behalten. Wir kümmern uns um die Konsolen. Ihre einzige Aufgabe besteht jetzt nur noch darin zu warten.«

»Und wenn Sie das aus der *Voyager* entfernt haben, was Sie von Anfang an stehlen wollten – was wird dann aus uns?« fragte Chakotay, als sich die Offiziere in den vorderen Bereich der Brücke begaben.

»Dann bringen sie uns um«, sagte Paris. »Oder sie überlassen uns hier an Bord dem Tod.«

»Wir beabsichtigen nicht, irgend etwas aus Ihrem Schiff zu entfernen«, sagte Gantel. »Ich habe vielmehr vor, die gesamte *Voyager* als Beute in Anspruch zu nehmen! Ebenso wie das Verteidigungssystem des Planeten!«

»Sie sind also gar nicht hier, um den Bewohnern von Drenar Vier zu helfen?« fragte Chakotay. Sein Tonfall wies darauf hin, daß er die Antwort bereits kannte.

»Uns interessieren nur die defensiven Anlagen, die dem Schutz des Planeten dienen«, erwiderte Gantel. »Die Drenarianer sind uns ebenso gleichgültig wie Sie. Die beste Lösung dürfte darin bestehen, Sie auf Drenar Vier abzusetzen. Sobald wir das Verteidigungssystem deaktiviert haben. Soll das Universum über Ihr Schicksal entscheiden.«

»Auf diese Weise sind wir alle unsere Probleme los«, sagte Jonal und lächelte.

»Ich finde es erstaunlich, daß ein so primitives Volk ein solches Raumschiff bauen konnte«, meinte Tassay.

»Ja, ich auch«, pflichtete ihr Mila bei.

»Ein unverhoffter Glücksfall für uns«, sagte der Dritte Direktor.

»Wir sind nicht primitiv«, widersprach Paris. »Weshalb glauben Sie, uns überlegen zu sein?«

»Weil wir Ihnen überlegen *sind.*« Jonal ließ Rollins los und bedeutete ihm, sich den anderen Offizieren vor dem Navigationspult hinzuzugesellen. Mila gab Paris frei, der langsam von ihr fortwich. Schließlich löste sich auch Tassays Arm von Chakotays Hals. Jonal und Mila hoben die von den Sicherheitswächtern fallengelassenen Phaser auf und hielten sie schußbereit.

»Sie sind Barbaren, Diebe und Lügner«, sagte Chakotay.

»Ganz und gar nicht, Commander«, erwiderte Jonal. »Wir repräsentieren vielmehr einen qualitativen Evolutionssprung, für den es bei Ihnen kein Äquivalent gibt. Unsere Instinkte sind empathischer Natur. Sie warnen uns nicht mehr vor primitiven Gefahren, die längst aus unserem Leben verschwunden sind. Statt dessen reagieren wir auf die Bewußtseinssphären anderer intelligenter Wesen, auf ihre Psychen und elementarsten Selbstfaktoren. Dadurch entsteht schnell eine Aura der Vertrautheit, die wiederum Manipulation ermöglicht.«

»Sie haben uns auf eine besonders hinterhältige Art reingelegt«, warf Stephens den Televek vor.

»Sie wußten genau, welche psychischen Knöpfe Sie bei uns drücken mußten, um unser Vertrauen zu gewinnen«, sagte Paris.

Jonal nickte. »Nachdem wir eine gewisse Zeit bei Ihnen verbrachten, ja.«

»Sie sind Verkäufer«, stellte Chakotay fest. »Geborene Verkäufer.«

»Sie haben uns ein Idealbild von sich selbst verkauft.« Paris stöhnte leise. »Und wir sind darauf hereingefallen.«

»Die Televek wollten Zeit gewinnen«, fügte Rollins hinzu. »Bis zum Eintreffen der Flotte. Nach den letzten Sensordaten besteht sie aus acht Schiffen, die sich mit Warpfaktor sieben Komma fünf nähern.«

»Wir sind ans Überleben in hochentwickelten Gesellschaftsstrukturen angepaßt«, dozierte Mila und sah Paris an. »Sie hingegen eignen sich besser für ein Leben in der Wildnis, bewaffnet mit Speer und Keule.«

»In jene Wildnis würde ich Sie gern mitnehmen«, meinte Paris zuckersüß.

»Sie finden mich noch immer attraktiv, nicht wahr?« Mila lächelte. »Das wußte ich.«

»Ich finde Sie abscheulich.« In Paris' Augen blitzte es plötzlich. »Aber ich würde gern etwas Primitives mit Ihnen anstellen. Zum Beispiel Ihnen das Genick brechen.«

»Ich sollte Sie auf der Stelle zum Schweigen bringen!« heulte Mila.

»Nichts spricht dagegen«, warf Gantel ein. »Die Föderationsleute bleiben ohnehin nicht mehr lange am Leben.«

Milas Lächeln kehrte zurück, aber es wirkte jetzt nicht mehr selbstgefällig, sondern böse und unheilvoll. Sie sah zu den beiden anderen »Mittlern«, die kurz nickten.

»Wie können Sie sich für hochentwickelt halten und dem Leben trotzdem so wenig Achtung entgegenbringen?« fragte Chakotay.

»Oh, wir achten das Leben sehr, Commander«, betonte Jonal. »Vor allem unser eigenes.«

»Ich lasse nicht zu, daß Sie ihn umbringen«, sagte Chakotay bitter und trat vor, blockierte damit Milas Schußfeld.

»Sie werden es zulassen müssen, wenn Sie tot sind.« Tassay nahm den Phaser von Jonal entgegen und richtete ihn auf Chakotay.

Mila zielte ebenfalls, zögerte jedoch. Jonal runzelte die Stirn. »Worauf wartet ihr noch?«

»Na schön«, sagte Mila.

Plötzlich verwandelten sich die drei Televek in schimmernde Energiesäulen. Sie schrien überrascht, und ihre Stimmen klangen seltsam hohl. Einen Sekundenbruchteil später waren sie vollkommen entmaterialisiert, und das Glitzern der Transporterenergie verblaßte.

Die Brückenoffiziere jubelten.

Chakotay sah zu Stephens und forderte ihn mit einer knappen Geste auf, die Kom-Verbindung zum Televek-Schiff zu unterbrechen.

Der Fähnrich erreichte die Funktionsstation mit drei langen Sätzen, und seine Finger huschten über Schaltflächen hinweg. Gantel verschwand vom Hauptschirm.

»Kom-Kanal geschlossen, Commander«, meldete er.

»Heben Sie die Isolierung der Brücke auf.« Chakotay holte tief Luft. »Computer, alle Kontrollen freigeben, Autorisierungscode Alpha-gut, Abakrom-Dexter sechs vier null neun zwei.«

»Kontrollstatus normal«, meldete der Computer.

Der Commander klopfte auf seinen Insignienkommunikator. »Chakotay an Transporterraum. Wie …«

»Die drei Fremden sind in Gewahrsam genommen und unterwegs zur Arrestzelle«, sagte der Transporterchef. »Lieutenant Torres ist auf dem Weg zu Ihnen.«

Wenige Sekunden später öffnete sich die Tür des Turbolifts, und die Chefingenieurin betrat den Kontrollraum.

»Torres!« Chakotay lächelte und streckte ihr beide Hände entgegen. »B'Elanna!«

»Ja, ich bin's tatsächlich«, scherzte sie und erwiderte das Lächeln. Auf halbem Wege kam sie dem Ersten Offizier entgegen und ließ sich von ihm umarmen.

Fast sofort wich Chakotay wieder von ihr zurück.

»Offenbar ergeht es den Televek wie Neelix vor unserer ersten Begegnung«, sagte B'Elanna. »Sie haben es noch nie mit einem Transporter zu tun bekommen.«

Chakotay nickte. »Es dürfte ein Erlebnis sein, das sie so schnell nicht vergessen.«

Torres sah zu den anderen. »Ich nehme an, sie sind verschwunden, ohne sich von Ihnen zu verabschieden.«

»Das hatten sie gerade vor.« Paris nahm am Navigationspult Platz. »Danke«, fügte er hinzu, als er B'Elannas Blick bemerkte.

»Ich bin froh, daß sie weg sind«, sagte Rollins, als er die Kontrollen seiner Station justierte.

»Ja.« Chakotay schnitt eine recht ernste Miene, als er zum Hauptschirm sah und an den Televek-Kreuzer dachte. »Leider sind sie noch nicht alle verschwunden.«

# 12

Gantel beugte sich in seinem Sessel vor, öffnete den Mund ... und schloß ihn wieder, als er keine geeigneten Worte fand. Kurz darauf fielen ihm einige Flüche ein, doch zu jenem Zeitpunkt war es bereits zu spät – das Föderationsschiff hatte die Kom-Verbindung unterbrochen.

Der Dritte Direktor knurrte und zischte vor sich hin, hob dann den Kopf und starrte zu seiner Crew.

»So etwas habe ich nie zuvor gesehen!« brachte Triness hervor, und in ihrer Stimme vibrierte untypische Nervosität. »Ich kann es kaum glauben ...«

»Mir ergeht es ebenso«, sagte Gantel. »Ich möchte mir die letzten Minuten der Aufzeichnung noch einmal ansehen. Der Computer soll die Bilder analysieren.«

Sie beobachtete, wie sich die Gestalten von Jonal, Mila und Tassay in einem sonderbaren Schimmern auflösten. Der Computer konnte dafür keine Erklärung anbieten.

»Sie scheinen irgendwie ... zerstrahlt worden zu sein«, sagte Triness, als der Kreuzer beidrehte. Sie kniff die Augen zusammen und blickte noch immer auf den leeren Schirm. »Aber es kam keine Waffe zum Einsatz, zumindest keine auf der Brücke befindliche.«

»In der Tat«, bestätigte Gantel. Sein Blick wanderte hin und her, verharrte schließlich an seinen Stiefeln, die aus erlesenem k'heplianischen Leder bestanden. Eine derartige Situation konnte einzigartigen Triumph bringen – aber auch eine Katastrophe. Die Flotte traf bald ein, und das bedeutete für ihn: Was er hier und jetzt unternahm, entschied über Erfolg oder Ruin. Das Problem war nur: Er wußte einfach nicht, wie es jetzt zu handeln galt.

Eines stand fest – er durfte nicht einfach abwarten.

»Entfernung zum Föderationsschiff?« fragte Gantel.

»Vierhunderttausend Kilometer«, antwortete die Navigatorin.

»Bringen Sie uns bis auf hunderttausend Kilometer heran ...«

Sterne erschienen auf dem großen Bildschirm, und der kleinste Mond des Planeten geriet in Sicht. Der Himmelskörper schwoll an, als das Televek-Schiff sich ihm näherte.

»Was auch immer die Föderationsleute angestellt haben – es muß von einem anderen Ort aus geschehen sein«, sagte die Navigatorin. Sie ging ein nicht unbeträchtliches Risiko ein, indem sie unaufgefordert sprach. »Woraus folgt: Vielleicht unterliegen Einsatz und Kontrolle jener Technik gewissen Beschränkungen.«

Einige andere Crewmitglieder nickten.

»Man stelle sich vor, welche Macht ein Aggressor durch eine solche Vorrichtung bekommt«, überlegte Triness laut.

»Man denke nur an den Preis, der sich durch den Verkauf erzielen läßt!« entfuhr es Gantel.

»Mehr als genug, um den Verlust der drei Gesandten auszugleichen«, fügte Triness hinzu.

Der Dritte Direktor nickte. »Jene Technik ist mehr wert als hundert Mittler.«

Plötzlich schien Triness die Dinge aus einer anderen Perspektive zu sehen. Gantel glaubte zu erkennen, wie ihr Gesicht die Farbe veränderte.

»Was ist los?« fragte er.

Ihr Blick kehrte zum großen Bildschirm zurück. »Derzeit gilt meine Sorge vor allem der ... Reichweite der Waffe.«

Gantel dachte kurz darüber nach und stimmte Triness zu – sie waren dem Föderationsschiff schon recht nahe.

»Die Reichweite jener Waffe muß sehr begrenzt sein, denn sonst wäre sie schon gegen uns eingesetzt worden. Wie groß ist die gegenwärtige Distanz?«

»Hundertfünfzigtausend Kilometer. Nimmt weiterhin ab.«

»Maschinen stop!« ordnete Gantel an.

»Ja, ich bin sicher, die Waffe wirkt nur über eine geringe Entfernung hinweg«, sagte Triness.

»Oder die Föderationsleute haben zunächst ganz bewußt darauf verzichtet, sie zu verwenden«, spekulierte Gantel. »Um ihre Existenz geheimzuhalten und einen Trumpf in der Hand zu haben.«

»Ja«, murmelte Triness. Nachdenklich schürzte sie die Lippen.

Gantel beugte sich vor und beobachtete das fremde Raumschiff. »Es darf kein Fehler passieren. Was auch immer geschieht: Die Waffe muß uns gehören. Ich möchte sie Shaale zum Geschenk machen.«

Wenn er jetzt richtig handelte ... Dann gewann er hohes Ansehen bei der Ersten Direktorin, vielleicht sogar eine spezielle Provision. Und was noch wichtiger war: Wenn er mit der notwendigen Umsicht vorging, verdiente er sich möglicherweise die Verkaufsrechte an der fremden Waffe. Ein zweifellos enormer Profit, der sich den Einnahmen hinzugesellte, die das Verteidigungssystem von Drenar Vier in Aussicht stellte. Diese Mission mochte sich als die erfolgreichste und gewinnträchtigste aller Zeiten erweisen. So etwas war gewiß ein Risiko wert, selbst ein großes.

Das Föderationsschiff schien eine Fundgrube an technischen Wundern zu sein ... Selbst wenn sich dem Planeten nichts Wertvolles abringen ließ – es genügte, die *Voyager* intakt zu erbeuten, um Gantels Erfolg zu gewährleisten. Allerdings waren genau damit noch immer einige Schwierigkeiten verbunden.

»Haben die Föderationsleute ihre Schilde aktiviert?«

»Nein«, erwiderte Triness. »Offenbar ist es ihnen noch

nicht gelungen, sie zu reparieren. Unsere hingegen sind aktiv und stabil.«

»Na schön. Fliegen wir etwas näher heran.«

»Ich wußte gar nicht, daß der Transporter wieder funktioniert«, sagte Chakotay, während er beobachtete, wie sich das Televek-Schiff näherte. Plötzlich hielt der Kreuzer an.

B'Elanna zuckte mit den Schultern. »Er war bis vor einigen Minuten defekt. Bei meinem letzten Abstecher hierher wollte ich Ihnen die erfolgreiche Reparatur melden.«

»Und warum haben Sie darauf verzichtet?«

»Weil hier alle mit ... anderen Dingen beschäftigt zu sein schienen.«

»Ja, ich schätze, das könnte man sagen.« Chakotays Stimme klang entschuldigend.

»Wie dem auch sei ...«, fuhr Torres fort. »Als die *Voyager* erst zur einen und dann zur anderen Seite kippte, ahnte ich, was hier passiert – und wer dahintersteckt. Die Blockierung aller Zugänge zum Kontrollraum gab mir Gewißheit.«

»Sie hatten völlig recht mit Ihrer Einschätzung der vermeintlichen Drosary«, sagte Chakotay. »Sie haben sie von Anfang an durchschaut, nicht wahr?«

»Vermutlich liegt es an meinem klingonischen Blut.« B'Elanna sah den Ersten Offizier an und lächelte. »Und an meinem menschlichen Herzen.«

Chakotay erwiderte das Lächeln. Torres kam oft mit der Bitte um Rat zu ihm, aber diesmal hatte er ihre Hilfe gebraucht. Er musterte sie mit unverhohlener Bewunderung und wollte Worte an sie richten, die seine Empfindungen zum Ausdruck brachten. Ein schlichtes »Danke« schien nicht zu genügen. »B'Elanna ... Das, was wir sind, kann manchmal unsere größte Schwäche sein, bei anderen Gelegenheiten aber auch zu unserer größten Stärke werden.«

Die Chefingenieurin schwieg eine Zeitlang und dachte darüber nach, bevor sie nickte.

»Commander ...« Stephens deutete zum Hauptschirm. »Die Televek versuchen, einen Kom-Kontakt zu uns herzustellen.«

»Sicher sind sie alles andere als glücklich«, meinte Paris.

»Ich schätze, das gilt auch für die anderen Televek, die mit ihrer Flotte hierher unterwegs sind«, fügte Rollins hinzu.

Chakotay runzelte die Stirn. »Gibt es beim Status des Planeten irgendwelche Veränderungen?«

»In den kontinentalen Regionen geht es noch immer drunter und drüber, Commander«, meldete Fähnrich Stephens. »Die Sensoren registrieren Eruptionen zahlreicher aktiver Vulkane und viele Beben, auch im Bereich der Meeresgräben.«

»Wie schlimm ist es?«

»Genaue Daten lassen sich leider nicht gewinnen, aber ich glaube, dies sind die schlimmsten seismischen Aktivitäten seit unserer Ankunft.«

Chakotay schwieg, als er nachdachte und schließlich tief Luft holte. »Alarmstufe Rot. Zielpeilung für die Waffensysteme. Transporterraum, können Sie den Transferfokus auf die Landegruppe richten?«

»Ich habe es versucht, Sir«, klang Hoffmans Stimme aus den Kom-Lautsprechern. »Der Monitor zeigt mir drei Signale, aber es gelingt mir nicht, eine klare Identifizierung vorzunehmen. Außerdem ist es unmöglich, den Fokus genau genug auszurichten. Dort unten gibt es noch immer jede Menge Interferenzen. Die drei georteten Personen könnten Drenarianer sein, oder auch Televek, Commander.«

»Verstehe. Mr. Rollins, Sie haben das Kommando. Halten Sie die Photonentorpedos auf den Kreuzer gerichtet. Ich bin im Transporterraum.« Bevor Chakotay die Brücke verließ, fügte er mit trockenem Humor hinzu: »Machen Sie sich wieder an die Arbeit, B'Elanna.«

Die Tür des Turbolifts schloß sich gerade noch rechtzeitig.

Drenar Vier platzte allmählich auseinander. Tuvok spürte, wie das Beben begann, aber auf so heftige Erschütterungen war er nicht vorbereitet. Er stand mit gespreizten Beinen, stützte sich an Konsole und Wand ab. Doch die enorme Gewalt des Erdbebens warf den Vulkanier einfach hin und her, schleuderte ihn dann zu Boden. Tuvok kroch übers zitternde Deck der Raumfähre, und durch die heftigen Vibrationen verschwamm alles vor seinen Augen.

Unter dem Shuttle hob sich abrupt der Boden, und Tuvok wurde nach oben gestoßen. Er versuchte, möglichst locker zu bleiben, erinnerte sich daran, daß angespannte Muskeln unter den gegenwärtigen Umständen zu Knochenbrüchen führen konnten. Unglücklicherweise stieß er mit dem Kopf zuerst gegen etwas Hartes, und dort gab es keine weichen Muskeln, die den Aufprall mildern konnten. Einmal mehr neigte sich ihm das Deck entgegen, und dann schienen sich die Vibrationen zu verdoppeln.

Ein kurzes Nachlassen der Erschütterungen erlaubte es ihm, zwischen oben und unten zu unterscheiden. An vielen Körperstellen spürte er Schmerzen, aber in keinem Fall waren sie stark genug, um auf ernste Verletzungen hinzuweisen. Tuvok schnappte nach Luft und kroch unter die Hauptkonsole vor dem Pilotensessel, um nicht erneut hin und geworfen zu werden.

Eine zweite Welle aus Erschütterungen kam, noch stärker als die erste. Die Vorsichtsmaßnahme des Vulkaniers zahlte sich aus – er verharrte an Ort und Stelle. Das ganze Shuttle bewegte sich, sprang ein oder zwei Meter weit nach Westen. Anschließend wartete es kurz, zusammen mit dem Rest der Welt, kippte dann ruckartig den Bug nach oben, in Richtung des Himmels, aus dem es herabgekommen war. Wenige Sekunden später hörten die Erschütterungen ganz auf, und es folgte eine sonderbare, alles umfassende Stille.

Tuvok wagte sich langsam unter der Hauptkonsole hervor und versuchte aufzustehen. Ein Knie gab nach, und jähe Pein verwandelte sein Gesicht in eine Grimasse. Die Konturen der Umgebung lösten sich kurz auf, und er spürte, wie an seinem Kopf etwas anzuschwellen begann. Trotzdem glaubte er, im großen und ganzen Glück gehabt zu haben. Er wandte sich der Konsole zu und trachtete danach, die Energieversorgung wiederherzustellen. Alle Displays blieben dunkel.

*Also stehen wir wieder am Anfang,* dachte Tuvok. Er brauchte einige Minuten, um den unterbrochenen Versorgungskanal zu finden, und noch einmal so viel Zeit war erforderlich, um ihn zu reparieren. Anschließend verwendete er die von dem Televek-Techniker vorbereitete Sonde – ein Gerät, das eher primitiv anmutete, jedoch seinen Zweck erfüllte. Damit gelang es ihm recht schnell, Energie in die Hälfte der Shuttle-Systeme zu leiten. Die Kommunikation stand auf der Prioritätenliste natürlich ganz oben, aber als sich Tuvok bemühte, die entsprechende Anlage in Betrieb zu nehmen, erwartete ihn eine sehr unangenehme Überraschung: Sie funktionierte nicht und war so stark beschädigt, daß jeder Reparaturversuch scheitern mußte. Das betreffende Segment der Hauptkonsole wies einen tiefen Riß auf, und Kurzschlüsse hatten viele wichtige Komponenten verschmoren lassen.

Der Vulkanier erlaubte sich ein tiefes, unlogisches Seufzen, bevor er beschloß, sich der zweiten Herausforderung zu stellen: dem Transporter. Dieser Teil der Kontrollen wies nur geringfügige Beschädigungen auf, doch das System ließ sich nicht aktivieren, woraus Tuvok folgenden Schluß zog: Mit den internen Bestandteilen mußte etwas nicht in Ordnung sein. Er wandte sich dem hinteren Teil des Shuttles zu und hielt sich immer wieder fest, um nicht in Richtung Heckluke zu taumeln. Sicher dauerte es nicht mehr lange, bis die Nachbeben begannen, und dann wurde vermutlich alles noch schlimmer. Hinzu kam: Die Televek konnten praktisch jeden Augenblick zurückkehren. Der Zeitfaktor spielte also eine wichtige Rolle.

Tuvok sah keine Logik in pessimistischen Spekulationen, doch er mußte den sehr ernsten Status der Mission und insbesondere seiner eigenen Situation eingestehen.

Mit vulkanischer Rationalität schob er alle Zweifel beiseite. »Ich arbeite schneller«, sagte er laut, als könnte ihn Drenar Vier hören. Er bereitete sich vor, ließ sich dann durch einen kontrollierten Sturz in die Hecksektion der Raumfähre fallen und begann dort mit der Arbeit.

Energiestrahlen zuckten durch den dunklen Wald, trafen hier und dort auf Baumstämme. Brennende Borke und Holzsplitter flogen davon. Janeway und Kim blieben kurz stehen, um das Feuer zu erwidern – was die Televek zwang, in Deckung zu gehen. Aber schon wenige Sekunden später setzten sie die Verfolgung fort.

Kurze Zeit später schwärmten die Gegner aus. Nacheinander hasteten sie durchs Unterholz, hielten dabei den Kopf gesenkt und wahrten einen sicheren Abstand. Janeway hielt vergeblich nach Zielen Ausschau, winkte dem Fähnrich zu und bedeutete ihm, mit ihr zusammen zurückzuweichen – nur dadurch konnten sie vermeiden, ins Kreuzfeuer der Televek zu geraten.

Als sie glaubten, daß die Distanz groß genug geworden war, richteten sie sich auf und liefen so schnell, wie es das grüne und braune Dickicht zuließ. Doch nicht nur von den Verfolgern drohte Gefahr, sondern auch von der Umgebung. Janeway kletterte gerade über einen Felsen und blickte in die Richtung zurück, aus der sie kam, als Kim ihr etwas zurief.

Fast im gleichen Augenblick sprang er und gab ihr einen Stoß, der sie zur Seite schleuderte. Einige Sekunden lang blieb sie benommen liegen, winkelte dann die Arme an und stemmte sich hoch. Sie atmete tief durch – und schnappte noch einmal nach Luft, als sie plötzlich verstand.

Weiter vorn zeigte sich ein Einschnitt im Boden, der wenigstens zum Teil natürlichen Ursprungs sein mochte. Die jüngsten Veränderungen hingegen stammten zweifellos vom letzten Beben. Eine Spalte, etwa zwei Meter breit – und so tief, daß der Blick nicht ganz bis nach unten reichte, sich nach einigen Dutzend Metern in Finsternis verlor. Janeway wäre fast hineingefallen, als sie sich nach den Verfolgern umgesehen hatte. Nur dem aufmerksameren Kim war es zu verdanken, daß sie noch lebte.

»Danke«, sagte sie.

Kim lächelte schief. »Gern geschehen, Captain.«

»Wir müssen darüber hinwegspringen«, meinte Janeway. Sie ließ sich von Kim auf die Beine helfen und hob ihren Phaser auf. Dann wichen sie einige Meter zurück und nahmen Anlauf. Es fiel ihnen nicht weiter schwer, über den tiefen Einschnitt im Boden hinwegzusetzen, aber als sie sich auf der anderen Seite abrollten und aufstanden … mußten sie sich sofort wieder ducken. Mehrere Energiestrahlen rasten über sie hinweg, sicherer Hinweis darauf, daß die Televek sie erneut entdeckt hatten.

»In Bewegung bleiben«, schnaufte Janeway und lief wieder. »Über die Schulter hinweg feuern. Und achten Sie aufs Gelände …«

Sie hatte das letzte Wort kaum ausgesprochen, als der Boden zu zittern begann. Innerhalb weniger Sekunden kam es wieder zu heftigen Erschütterungen. Janeway hielt sich am nächsten Baum fest – der unmittelbar darauf entwurzelt wurde, als sich ein neuer Riß im Waldboden bildete und jenem Einschnitt entgegenwuchs, den sie eben gerade überquert hatten.

Kim rief ihr wieder etwas zu.

»Ich weiß!« erwiderte Janeway, ließ los, sprang zurück und landete im Gestrüpp. Diesmal war sie es, die Kim hochhalf, als die Erschütterungen nachließen. Doch sie hörten nicht auf – eine zweite Welle kündigte sich bereits an.

Sie blickte zurück und beobachtete, wie zwei Televek aufstanden und sich orientierten, dann nach ihr und dem Fähnrich Ausschau hielten. Einer von ihnen sah die Föderationsuniformen.

»Die Burschen geben nicht auf«, sagte Janeway und zog an Kims schmutzigem Ärmel.

»Es geht also weiter«, erwiderte der junge Mann. Gemeinsam sprangen sie über die neu entstandene Schlucht, und im gleichen Augenblick wurde das Beben wieder stärker. Der gegenüberliegende Rand der Klamm schoß sich einen halben Meter weit nach oben, als sie darauf landeten. Janeway erhielt einen heftigen Stoß gegen das Schienbein und fühlte sich emporgehoben, um ein oder zwei Sekunden später einen Hang hinunterzurutschen, der in eine breite natürliche Rinne führte.

Janeway sah, wie sich Kim an Büschen und Sträuchern festzuhalten versuchte. Sie trachtete danach, seinem Beispiel zu folgen, aber um sie herum wackelte und schüttelte sich alles. Sie kam sich vor wie auf dem Deck eines Segelschiffes, das durch ein sturmgepeitschtes Meer glitt.

Die beiden Starfleet-Offiziere rutschten erneut über den Hang, bis ihnen zwei umgestürzte Bäume den Weg versperrten. Sie stießen gegen die glatte Borke, und praktisch im gleichen Augenblick hörte das Erdbeben so abrupt auf, als hätte sich die Hand eines Titanen herabgesenkt und die Welt zur Ruhe gebracht.

»Ist alles in Ordnung mit Ihnen, Captain?« fragte Kim und stöhnte leise, als er aufzustehen versuchte. Er schloß beide Augen und schnitt eine Grimasse, bevor er den Rücken streckte. Erneut stöhnte er, etwas lauter als beim erstenmal.

»Ich denke schon«, antwortete Janeway. Sie verzog ebenfalls das Gesicht, als sie sich in die Höhe stemmte. Wind kam auf, böiger Wind, der einen regelrechten Sturm anzukündigen schien. Doch die dichten grauen Wolken am Himmel stammten nicht von einem Tiefdruckgebiet, das Regen brachte. Sie bestanden vielmehr als vulkanischer Asche, die alles Leben in dieser Region zu ersticken drohte – selbst wenn der Planet irgendwie überlebte.

»Vielleicht sind die Televek in den Einschnitt gefallen«, sagte Kim hoffnungsvoll. Damit schien er das Stichwort zu geben: Das Zischen einer energetischen Entladung übertönte das lauter werdende Heulen des Windes. Der junge Mann gab einen schmerzerfüllten Schrei von sich und tastete nach dem rechten Bein.

»Sie sind getroffen!« entfuhr es Janeway. Sie hob den Phaser und schoß in die Richtung, in der sie den Schützen vermutete. Mit dem Zielen verlor sie keine Zeit – ihre Aufmerksamkeit galt in erster Linie Kims Zustand. Und natürlich dem Bemühen, mit ihm zusammen in Deckung zu gelangen. An der höchsten Stelle ragten die zwei umgestürzten Bäume drei Meter weit empor, und es gab keine Möglichkeit, unter ihnen hindurchzukriechen, um die andere Seite zu erreichen.

Janeway schob sich an dem einen Baum entlang und zog Kim mit, bis sie eine Stelle erreichte, an der der Stamm nur noch einen Meter durchmaß. Dort verharrte sie, half dem Fähnrich nach oben, feuerte noch einmal und hechtete dann auf die andere Seite. Nachdem sie Kim dabei geholfen hatte, sich aufzusetzen, hob sie vorsichtig den Kopf, um über den Stamm hinwegzuspähen.

Mehrere Televek schossen und zwangen sie, sich sofort wieder zu ducken.

Dicke Splitter stoben fort, als sich Strahlen in die Borke brannten. Holzfragmente regneten auf Janeway und Kim herab.

Die Kommandantin duckte sich noch etwas tiefer. »Wie sieht's aus?« fragte sie Kim und versuchte, einen Eindruck von der Wunde zu gewinnen.

»Ich bin noch am Leben, aber es fühlt sich nicht besonders gut an«, entgegnete der junge Mann. Er schien voll bei Bewußtsein zu sein, doch seine Stimme klang nun heiser und rauh. Mit beiden Händen hielt er sich das verletzte Bein und sah so zu Janeway auf, als sei alles seine eigene Schuld.

»Ich habe Sie nicht darum gebeten, ein lebender Schild für mich zu sein«, sagte sie. »Obwohl ich die Geste zu schätzen weiß.«

Kim lächelte, und dadurch verschwand der Schmerz fast völlig aus seinen Zügen. Janeway stellte plötzlich fest, daß die Verfolger nicht mehr schossen. Sie richtete sich halb auf und feuerte über den Baumstamm hinweg, versuchte diesmal, tatsächlich jemanden zu treffen. Die Televek lagen am oberen Rand der Rinne, aber es gelang der Kommandantin nicht, sie genau zu lokalisieren. Nun, bestimmt dauerte es nicht mehr lange, bis sie erneut näher kamen.

Zwei Köpfe zeigten sich, und dann blitzten zwei Energiestrahlen. Janeway hielt es für besser, wieder in Deckung zu gehen, anstatt das Feuer zu erwidern. Eine kluge Entscheidung: Das Holz des Stamms explodierte genau dort, wo sich eben noch ihr Gesicht befunden hatte.

»Von diesen Bäumen ist bald nichts mehr übrig«, sagte sie. »Können Sie gehen?«

Kim versuchte, das verletzte Bein zu bewegen, und Janeway beobachtete, wie sein Gesicht wieder zu einer von Pein gezeichneten Grimasse wurde. Sie überprüfte ihren Phaser und nahm zur Kenntnis, daß die Ladekapsel nur noch wenig Energie enthielt. Das energetische Potential von Kims Strahler war ein wenig größer, wenn auch nicht viel.

»Unsere Lage ist nicht gerade rosig, oder?« Kim keuchte und versuchte, sich in eine einigermaßen bequeme Position zu bringen, was jedoch unmöglich zu sein schien. Janeway wußte, daß er das Bedürfnis verspürte, sich an ihrem Mut und ihrer Unerschütterlichkeit ein Beispiel zu nehmen. Sollte sie ihm mitteilen, daß sie einen Plan hatte, der nicht schiefgehen konnte und sie beide in Sicherheit bringen würde? Sie entschied sich dagegen. *Er hat ein Recht darauf, die Wahrheit zu erfahren.*

Wieder rasten Strahlblitze heran und verbrannten einen so großen Teil des Baumstamms, daß sie einen halben Meter zur Seite weichen mußten. Janeway musterte den jungen Mann, als sie sich erneut hinter die Barriere aus Holz duckten. Ganz deutlich erinnerte sie sich an die üblichen Vorträge, die Kadetten in diesem Zusammenhang an der Akademie hörten, den Hinweis darauf, daß der Dienst irgendwann verlangen mochte, das eigene Leben zu opfern. Janeway gehörte seit vielen Jahren zu Starfleet, doch sie sah sich außerstande, ausgerechnet ein solches Dogma in Worte zu fassen.

»Kim, Sie sollen wissen, daß ich ...«

»Captain!« entfuhr es dem Fähnrich, und er sah an ihr vorbei.

Janeway vernahm ein seltsames Summen, und als sie den Kopf drehte, bemerkte sie einen vertrauten Glanz. Tiefe Erleichterung durchströmte sie, als sie plötzlich verstand, was geschah. Tuvok materialisierte dicht vor ihr, mit einer Transfer-Armbinde am linken Arm. In den Händen hielt er zwei weitere Binden und einen Tricorder.

»Captain ...« Der Vulkanier sah auf Janeway hinab.

»Ducken Sie sich!« rief sie und zerrte am Ärmel des Neuankömmlings, als ein von den Televek abgefeuerter

Strahl Tuvoks Kopf nur um wenige Zentimeter verfehlte.

Er ging neben ihr in die Hocke.

»Danke, Captain.«

»Schon gut. Ich nehme an, Sie sind beschäftigt gewesen.«

»Leider komme ich nicht mit guten Neuigkeiten«, sagte Tuvok. »Das Kommunikationssystem des Shuttles läßt sich nicht mehr reparieren. Wenigstens konnte ich den Transporter in Ordnung bringen.«

»Ich wußte, daß Sie es schaffen, Tuvok.« Kim wollte lächeln, doch dadurch gewann sein Gesicht nur etwas Fratzenhaftes.

»Allerdings funktioniert der Transporter nicht besonders gut«, fügte der Vulkanier hinzu.

Wieder wurde der Baumstamm von einem Energiestrahl getroffen. Janeway nahm ihren Phaser und nickte in Richtung der Televek am oberen Rand der Rinne. Tuvok zog den eigenen Strahler, richtete sich zusammen mit der Kommandantin auf und schoß. Sie hatten sich gerade wieder geduckt, als von der linken Seite her mehrere Strahlen gleißten und einen jungen Baum dicht hinter den drei Starfleet-Offizieren verdampften. Janeway und Tuvok zielten und erwiderten das Feuer. Schon nach wenigen Sekunden versagte Janeways Phaser aufgrund einer erschöpften Ladekapsel, und sie benutzte Kims Waffe. »Auch dieser Strahler enthält nicht mehr viel Energie«, teilte sie dem Vulkanier mit.

»Dann bin ich genau zur richtigen Zeit eingetroffen.« Tuvok legte Kim eine der Armbinden an. »Ich schlage vor, Mr. Kim wird zuerst in Sicherheit transferiert.«

»Einverstanden.« Janeway half dem Vulkanier dabei, die Binde zu befestigen.

»Ich konnte das Transportersystem nicht mit Minimalenergie für eine stabile Dauerfunktion ausstatten. Aus diesem Grund habe ich eine zyklische Aktivitätskurve programmiert, die sich alle vier Minuten wiederholt. Es gab keine andere Möglichkeit. Wenn die Kurve ihren Scheitelpunkt erreicht, steht genug Energie zur Verfügung, um eine Person zu transferieren. Nur auf diese Weise konnte ich zu Ihnen gelangen.«

Janeway nickte, beeindruckt von dem, was Tuvok in kurzer Zeit zustande gebracht hatte. Sie verstand seine Logik und begrüßte sie, machte sie bereits zur Grundlage ihrer Überlegungen. »Wann öffnet sich das nächste Transferfenster?«

Tuvok sah auf die Anzeigen seines Tricorders. »In genau fünfzehn Sekunden.«

»Gut. Zuerst Kim. Dann Sie, und zum Schluß ich.«

»Also bis später«, sagte Kim und versuchte erneut zu lächeln.

Janeway zwinkerte ihm zu und legte selbst die dritte Armbinde an. Tuvok behielt auch weiterhin die Displays des Tricorders im Auge. Schließlich berührte er eine kleine Schaltfläche, und vier Sekunden später entmaterialisierte Kim.

»Schießen Sie auch weiterhin, Mr. Tuvok«, forderte Janeway den Vulkanier auf. »Und halten Sie den Kopf unten. Sie übernehmen die linke Seite, ich den Rand der Anhöhe.«

Sie feuerten mehrmals und krochen dann an den Baumstämmen entlang. Janeway überprüfte ihre Waffe und stellte fest, daß die Ladekapsel nur noch sehr wenig Energie enthielt.

Ein weiterer Strahl fauchte und fraß sich dicht über Tuvoks Kopf in die Borke. Diesmal kam er von rechts.

Janeway schoß zweimal auf eine schemenhafte Gestalt, die sich daraufhin tiefer in den Wald zurückzog. Vielleicht hatte sie den Televek getroffen, doch sie konnte nicht sicher sein.

»Noch eine Minute und elf Sekunden«, sagte Tuvok. »Captain, ich halte es für nahezu ausgeschlossen, daß Sie unter den gegenwärtigen Bedingungen imstande sind, noch fast sechs Minuten zu überleben.«

»Sie überlassen mir Ihren Phaser, nicht wahr?« fragte die Kommandantin. Stille folgte diesen Worten. Es kam zu einer weiteren, leichten Erschütterung, und kurz darauf fauchte wieder ein von den Televek abgefeuerter Energiestrahl.

Tuvok musterte die Kommandantin ruhig. »Ich bestehe darauf, Captain.«

Der vulkanische Humor war recht subtiler Natur, doch Janeway mochte ihn sehr.

Eine Zeitlang blieb alles ruhig, und die beiden Starfleet-Offiziere nutzten die gute Gelegenheit, um in drei verschiedene Richtungen zu schießen. Anschließend duckten sie sich wieder und warteten.

»Noch zehn Sekunden«, sagte Tuvok, und Janeway nickte bestätigend. »Fünf Sekunden ... drei ...«

Er berührte eine Schaltfläche des Tricorders, sendete damit das Aktivierungssignal. Doch nichts geschah.

Janeway fluchte lautlos. »Was ist los?«

»Offenbar genügt die Energie nicht für einen Transfer. Vielleicht ist mir bei den Berechnungen ein Fehler unterlaufen. Der Zustand des Transporters und die vielen Variablen ...«

Der Baumstamm zerbarst, und überall flogen Holzsplitter umher. Die Druckwelle schleuderte Janeway und Tuvok zurück. Die Kommandantin lag auf dem Rücken und blickte zu Baumwipfeln empor, die sich im stärker werdenden Wind hin und her neigten. Erneut zitterte der Boden, stärker als vorher. Ein Nachbeben. Oder der Beginn eines neuen.

Janeway versuchte sich aufzurichten, ebenso wie Tuvok neben ihr.

Sie blickten zum Hang. Vier Televek kamen vom Rand der Rinne herab und näherten sich schnell. Auch von der linken Seite her vernahm Janeway das Geräusch von Schritten.

»Wenn wir uns ganz ruhig verhalten und absolut keinen Widerstand leisten, läßt man uns vielleicht am

Leben«, sagte Tuvok. Er klang völlig gelassen, blieb auch jetzt rational und logisch.

»Darauf würde ich nicht wetten«, erwiderte Janeway. Sie beobachtete, wie der nächste Televek heranwankte, die Waffe hob und auf sie anlegte. Dann verschwammen die Konturen der Umgebung, und der Wald löste sich auf.

# 13

Daket stand neben seinem Kreuzer, lehnte an einer gewölbten Stelle des Rumpfes und atmete tief durch. Er war zusammen mit einer der Gruppen im Wald gewesen, um dort die neuesten Daten der Tiefenmessungen aufzuzeichnen und zu analysieren. Eigentlich wollte er sich auf diese Weise nur die Zeit vertreiben, während er darauf wartete, daß Tolif und seine Leute von dem fremden Shuttle zurückkehrten. Doch dann kam es zu einem neuerlichen Beben, stark genug, um Bäume zu entwurzeln und das Grundgestein nach oben zu pressen.

Daket war noch jung und agil, den Sternen sei Dank. Und außerdem schien ihn das Glück zu begleiten. Immerhin lebte er noch und brauchte nicht einmal über Verletzungen zu klagen. Das Schicksal sah Ruhm und Größe für ihn vor, daran zweifelte er nicht, aber bei solchen Gelegenheiten fragte er sich, ob das Universum davon wußte.

Er hatte es irgendwie geschafft, die Lichtung zu erreichen, bevor die stärksten Erschütterungen begannen. Eine Zeitlang hielt er es für möglich, daß für sie alle das Ende kam, daß sich diese absurde Welt anschickte, sie zu verschlingen. Doch dann ließ das Beben nach, und Ruhe kehrte zurück.

Eine Ruhe, die sicher nicht lange dauerte …

Auf der Lichtung waren keine Risse im Boden entstanden, und der Kreuzer hatte das Erdbeben unbeschädigt überstanden. Daket wußte, daß er diesen Umstand ebenfalls dem Glück verdankte, doch er konnte sich einfach nicht dazu durchringen, dem Glück zu vertrauen. Die seismische Aktivität nahm immer mehr zu, und eines der nächsten Beben *mußte* zur Katastrophe führen. Dadurch wurde Dakets ohnehin schon prekäre Situation noch bedenklicher.

Kein einziges Mitglied seiner Crew wollte auf dem Planeten sterben, und Daket würde nie den Status des Direktors erreichen, wenn sich die Besatzungsmitglieder durch ihn gefährdet sahen. Er konnte es ihnen nicht verdanken. Sicher schmiedeten sie bereits den einen oder anderen Plan gegen ihn, und an ihrer Stelle hätte er ebenso gehandelt.

Auch ihm lag nichts an einem Tod auf Drenar Vier. Von Anfang an war er der Ansicht gewesen, daß diese spezielle Mission zu viele Risiken mit sich brachte. Daket verabscheute Risiken. Er ging nie welche ein – es sei denn, ihm blieb nichts anderes übrig. Und genau das war hier und jetzt der Fall. Auch deshalb empfand er seine Lage als so schwierig.

Trotz der vielen, seit Tagen andauernden direkten Untersuchungen und Sondierungen mit den Scannern war es Daket noch immer nicht gelungen, einen Zugang zu der exotischen und sicher sehr wertvollen Energiequelle zu finden, die sie einige Kilometer tief in der Kruste des Planeten geortet hatten. Sie waren nicht einmal mehr imstande gewesen, mehr über sie herauszufinden. Woraus folgte: Die Mission mußte als kompletter Fehlschlag bezeichnet werden.

Was ihn jedoch nicht daran hinderte, in seinen Berichten die Bemühungen der verschiedenen Einsatzgruppen in einem besonders guten Licht darzustellen. Eine solche Taktik hätte jeder Teilhaber oder Direktor angewendet. Es kam darauf an, daß die eigene Arbeit und auch die der Untergebenen lobenswert erschien. Um das zu gewährleisten, berichtete man nur das Positive und ließ alles Negative weg. Dieser Trick war keineswegs neu – viele Direktoren und Assistenten verwendeten ihn.

Aber Daket glaubte, besonders geschickt zu sein und den Beweis dafür auf Drenar Vier erbracht zu haben.

Doch selbst jener kleine Erfolg stand nun auf dem Spiel. Die Probleme spitzten sich immer mehr zu. Es ging nicht nur darum, daß sie mit ihren Forschungen auf der Stelle traten. Es ging auch nicht nur um die Erdbeben, Vulkanausbrüche, Verletzten und jene endlosen Klagen, die Gantel und seine Leute auf sie herabregnen ließen. Als neuer Faktor kamen die Fremden hinzu. Offenbar gaben sie sich nicht damit zufrieden, nur Gantel Sorgen zu bereiten.

»Finden Sie das Shuttle!« So lautete der Befehl des Dritten Direktors. »Stellen Sie sicher, daß es keine Überlebenden gibt. Reparieren Sie anschließend die Raumfähre, damit wir sie mitnehmen können.«

Es klang alles ganz einfach.

Doch die Wirklichkeit sah anders aus.

Das kleine, von dem Föderationsschiff stammende Shuttle stürzte nicht etwa ab, sondern landete. Dadurch blieben einige wichtige Bordsysteme funktionsbereit. Mehr noch: Die – bewaffneten – Insassen überlebten. Bevor Tolifs Gruppe den Landeplatz erreichte, trafen Drenarianer ein und brachten die Außenweltler zu ihrer Siedlung. Sicher, der Ort war alles andere als eine Festung, aber es hätte erhebliche Mühe gekostet, die Föderationsleute dort zu finden und zu überwältigen.

Unglücklicherweise bestand die einzige Alternative darin, mit der von den Fremden verkörperten Bedrohung zu leben. Eigentlich unakzeptabel – aber immer noch weniger riskant als eine Aktion gegen die Drenarianer und ihre neuen Gäste.

»Sie werden genau überwacht«, hatte Daket dem Dritten Direktor Gantel mehrmals gemeldet. »Wir zählen sogar ihre Atemzüge.«

Immerhin befanden sich die Föderationsleute in dem Ort, und das war nahe genug.

Aber noch vor dem Morgengrauen des nächsten

Tages erhielt Daket einen beunruhigenden Bericht von einem seiner Scouts: Eine kleine Gruppe, zu der auch die Shuttle-Crew gehörte, hatte die Siedlung verlassen und näherte sich der gelandeten Raumfähre.

Die im Bereich des Shuttles stationierte Einsatzgruppe war bereit, die Fremden und ihre drenarianischen Freunde in Empfang zu nehmen. Daket hoffte, daß Tolifs Team einen raschen Erfolg erzielte, Föderationsleute und Drenarianer problemlos eliminierte, so daß es nicht zu weiteren Verzögerungen kam. Er wollte keine Zeit mit den Fremden verlieren; weitaus wichtigere Dinge verlangten seine Aufmerksamkeit.

»Ich kümmere mich persönlich um die Arbeiten am Shuttle«, hatte er Gantel versichert, obwohl er gar nicht genau wußte, wo es gelandet war. Auch um alle anderen Angelegenheiten kümmerte er sich »persönlich«: um die Tiefenmessungen und Sondierungen, um die Suche nach einem Zugang zur Energiequelle und so weiter. Genau das wollte Gantel hören, und nur darauf kam es an.

»Der Dritte Direktor möchte Sie sprechen.« Die Stimme eines Brückenoffiziers drang aus dem Kommunikator an Dakets Gürtel.

»Richten Sie ihm aus, daß ich unterwegs bin, um festzustellen, welche negativen Folgen sich durch die letzten Beben für unsere externen Einsätze ergeben haben. Erwähnen Sie Verluste, die sowohl das Personal als auch die Ausrüstung betreffen. Und sagen Sie dem Dritten Direktor, daß ich mich bald mit ihm in Verbindung setzen werde.«

»Ja, Daket.«

Der kurze Kom-Kontakt ging zu Ende. Auf der Brücke des Kreuzers ahnte niemand, daß der Kommandant direkt neben dem Schiff stand.

Daket sah zu den Wolken aus vulkanischer Asche empor. Die Zeit wurde immer knapper. Er fühlte das wachsende Bedürfnis, Gantel darauf hinzuweisen, daß die Mission völlig sinnlos war, daß er und seine Crew alles versucht, lange genug gewartet und bereits zuviel riskiert hatten. Daß es besser war, den Planeten zu verlassen. Die Präsenz der Fremden aus dem Shuttle und im Schiff, das Drenar Vier umkreiste, spielte angesichts der bevorstehenden Ankunft von Shaale kaum eine Rolle. Daket zweifelte kaum daran, daß Gantel ihm zugestimmt hätte, wenn er hier unten gewesen wäre und nicht an Bord seines Kreuzers im Orbit. Doch ein entsprechender Hinweis hätte ihn vermutlich in erhebliche Schwierigkeiten gebracht.

Und das wollte er nicht riskieren.

Gantel bestand immer wieder darauf, daß Daket durchhielt und weiterarbeitete, bis Shaale mit ihrer Flotte eintraf. »Sie muß den Eindruck gewinnen, daß wir *alles* versuchen, um einen Erfolg zu erzielen, daß wir jede Möglichkeit nutzen, bis zum letzten Augenblick.«

Das war natürlich richtig. Gantel hatte nicht den Rang des Dritten Direktors erreicht, indem er gute Gelegenheiten ungenutzt ließ oder darauf verzichtete, sein Image aufzupolieren. Außerdem nahm er nur selten Rücksicht auf Untergebene.

Dakets Rechtfertigungen waren keineswegs schlecht, sondern eher klassischer Natur. Allerdings: Gantel wollte nichts dergleichen hören. Was bei Daket zu Ratlosigkeit führte. Allem Anschein nach gab es nichts mehr, auf das man sich verlassen konnte.

Daket blickte über die grasbewachsene Lichtung. Die einzelnen Arbeitsgruppen kamen und gingen jetzt wieder in regelmäßigen Abständen. Sie brachten neue Sensoren und sammelten die Daten der bereits installierten Exemplare. Es war durchaus denkbar, daß durch die Beben unterirdische Tunnel entstanden, die vielleicht eine Verbindung zur subplanetaren Energiequelle schufen. Doch Daket glaubte nicht, daß irgend jemand auf dieser Welt so viel Glück hatte. Zumindest niemand, der mit ihm zusammenarbeitete. Vermutlich nicht einmal Gantel.

Er warf einen Blick aufs Chronometer. Schon seit Stunden hatte er keinen Bericht mehr von der Gruppe beim Shuttle bekommen – ein unverzeihliches Versäumnis. Außerdem galt Gantels Interesse vor allem dieser Sache. Tolif leitete das Team: ein kompetenter Mann, der normalerweise großen Wert auf Pünktlichkeit legte. Daket schüttelte den Kopf. Für einen Tag war er bereits mit genug Problemen konfrontiert worden – den krönenden Abschluß bildeten während des Bebens umstürzende Bäume, die ihn fast unter sich begraben hätten.

»Ich brauche so etwas nicht«, sagte er laut zum Planeten und zum Himmel voller Aschewolken, als er sich umdrehte und zur Luftschleuse schritt. »Und ich habe es gewiß nicht verdient.«

Er begab sich zur Brücke.

»Noch immer keine Nachricht von Tolif?« fragte er dort, obgleich er sicher war, daß man ihm sofort Bescheid gegeben hätte.

»Nein«, antwortete eine junge Teilhaberin namens Tatel. Sie hatte sich der Crew extra für diese Mission angeschlossen, und Daket wußte kaum etwas über sie – was ihm derzeit nur recht war.

»Stellen Sie eine Verbindung her. Wie sah die Situation beim letzten Kom-Kontakt aus?«

»Von Fortschritten war die Rede. Hier ist der Bericht.«

Daket sah auf den Schirm seiner Kommandostation. Tolifs Angaben enthielten genug Details, aber es fehlte Vielversprechendes. Die Bordsysteme des Shuttles waren stark beschädigt, und es erwies sich als recht schwierig, sie zu reparieren. Eine Aktualisierung des Berichts wurde angekündigt, doch bisher waren keine zusätzlichen Informationen übermittelt worden. Im schlimmsten Fall hatte das jüngste Beben sowohl Tolif als auch alle seine Mitarbeiter umgebracht. Daket schüttelte einmal mehr den Kopf. Es bedeutete selbst für ihn eine Herausforderung, so etwas positiv darzustellen.

»Na schön«, sagte Daket ernst. Er hob und senkte die Schultern. »Hat Gantel darauf hingewiesen, warum er mich sprechen will?«

»Ich glaube, es gibt neue Entwicklungen da oben.«

Was sicher nichts Gutes bedeutete, argwöhnte Daket. Irgendwelche neuen Entwicklungen im Orbit blieben ohne Einfluß auf seine Mission – es sei denn, die Umstände verlangten eine Änderung des Plans.

Wollte Gantel die Crew des gelandeten Kreuzers anweisen, diesen elenden Planeten zu verlassen? Daket wußte nicht, was Gantel mit einer solchen Order zu bezwecken gedachte, aber seiner Ansicht nach war *alles* besser, als noch länger auf Drenar Vier zu bleiben. Besser gesagt: *fast* alles.

Er forderte Tatel auf, einen Kom-Kanal zu öffnen.

»Einen Augenblick.« Tatel beugte sich zu ihren Kontrollen vor. »Es trifft gerade eine Meldung von Tolif und seiner Gruppe ein.«

Daket hob erwartungsvoll den Kopf. »Ja?«

Die Teilhaberin schwieg mehrere Sekunden lang, die Daket wie eine kleine Ewigkeit erschienen. Dann verzog sie das Gesicht. »Ich befürchte, es sind keine guten Nachrichten …«

Janeway seufzte erleichtert, als die vertrauten Konturen des Transporterraums der *Voyager* vor ihren Augen erschienen. Die Erleichterung reichte noch tiefer, als sie Chakotay und einige Sicherheitswächter sah, die erfreut lächelten und ihre Waffen sinken ließen.

Sie drehte den Kopf und stellte fest, daß Tuvok neben ihr stand.

»Bringen Sie Fähnrich Kim zur Krankenstation«, wies Chakotay die Sicherheitswächter an, als Janeway von der Transferplattform heruntertrat. »Haben wir Sie bei irgend etwas gestört?« fragte der Erste Offizier und deutete auf die Phaser.

»Es war eine sehr willkommene Störung«, versicherte ihm Janeway.

»In der Tat«, bestätigte der Vulkanier.

Chakotays Lächeln wuchs in die Breite. »Bleiben Sie beim nächsten Mal nicht so lange fort.«

»Ich werde versuchen, Ihren Rat zu beherzigen. Übrigens: Wenn Sie erneut Besuch von Geistern erhalten, so verspreche ich Ihnen, alles viel ernster zu nehmen.«

»Ja, Sir. Darf ich Ihnen sagen, daß Sie schrecklich aussehen?«

Janeway blickte an sich herab. Noch immer klebte eine dicke Patina aus Staub, Asche und Schweiß an ihr. Hinzu kam: Die Uniform war an beiden Ärmeln und an einem Knie zerrissen. Tuvoks Erscheinungsbild unterschied sich kaum von dem ihren. Sie nickte. »Danke.« Sie schritt zur Tür und wartete, bis das Schott beiseite glitt, ging dann mit langen Schritten durch den Korridor. Chakotay schloß sich ihr an.

»Wie ist unser Status?« fragte die Kommandantin.

»Womit soll ich anfangen?« erwiderte Chakotay. Er wartete jedoch keine Antwort ab. »Wir fanden heraus, was Sie uns mit Ihrer Kom-Botschaft mitteilen wollten, und anschließend begannen wir mit Berechnungen. Die Konstellation der drei Monde bedeutet eine Katastrophe für den Planeten. Und zwar wesentlich früher, als wir zunächst annahmen.«

»Das überrascht mich kaum«, sagte Janeway und gab die Hoffnung auf, sich geirrt zu haben. »Bitte fahren Sie fort.«

»Torres entwickelte den Plan, die Umlaufbahnen der Monde geringfügig zu verändern, mit Hilfe eines Warpfelds und des Impulstriebwerks der *Voyager*. Wir hoffen, daß der kumulative Effekt genügt, um zu verhindern, daß die kollektive Gezeitenkraft der drei Monde ihr Maximum erreicht. Wir haben bereits mit der Ausführung des Plans begonnen, sind mit dem ersten Mond fertig und nehmen uns jetzt den zweiten vor.«

»Das läßt auf eine gelungene Reparatur des Warpantriebs schließen«, warf Tuvok ein.

»Ja. Der Transporter ist ebenfalls betriebsbereit, wie Ihre Präsenz an Bord beweist. Das alles verdanken wir B'Elanna.« Chakotay lächelte nun wie ein Vater, der voller Stolz von den Leistungen seiner Tochter sprach. Janeway beneidete ihn fast um diese Perspektive. Die junge und oft recht launische Halbklingonin war ihr von dem neuen Ersten Offizier aufgezwungen worden, als aus den Maquis- und Föderationscrews eine Besatzung werden mußte. Damals hatte Chakotay B'Elanna als eine Art technisches Genie beschrieben, und inzwischen mußte ihm Janeway recht geben. Torres leistete immer wieder Erstaunliches.

»Ich werde ihr persönlich danken.« Janeway schauderte ein wenig. »Um ganz ehrlich zu sein: Auf dem Planeten steckten wir ziemlich in der Klemme.«

»Für unser Überleben habe ich eine Wahrscheinlichkeit von fünf Prozent errechnet«, meinte Tuvok.

»Wie tröstlich«, kommentierte Janeway.

Tuvok musterte sie kurz. »Es ist mir ein Rätsel, wieso Sie eine derartige Bemerkung als tröstlich empfinden.«

»Sie sind unnachahmlich, Tuvok«, murmelte Chakotay.

»Das hat auch Lieutenant Torres behauptet, bei mehreren Gelegenheiten«, entgegnete der Vulkanier. »Ich verstehe die Bemerkung nicht ganz, aber ich weiß sie zu schätzen.«

Sie betraten den Turbolift. »Brücke«, sagte Janeway und klopfte dann auf ihren Insignienkommunikator. »Captain an Krankenstation. Wie steht es um Fähnrich Kim?«

»Derzeit geht es ihm recht gut«, antwortete der holographische Arzt. Er klang fast fröhlich. Der Doktor schien an medizinischen Notfällen Gefallen zu finden und darin eine willkommene Abwechslung zu sehen. Immerhin war er genau dafür programmiert worden. Im großen und ganzen gesehen konnte Janeway sich nicht über die Kompetenz des Arztes beklagen. Für ein Hologramm verfügte er über eine erstaunlich breite Palette an Fähigkeiten. Er und seine talentierte Assistentin Kes bildeten ein Team, das allen medizinischen Bedürfnissen an Bord gerecht wurde.

»Hat er Schmerzen?« fragte Janeway.

»Nein, Captain. Ich habe die Wunde bereits behandelt und ihm außerdem ein Sedativ verabreicht. In einigen Tagen ist er so gut wie neu. Muß ich mit dem Eintreffen weiterer Verletzter rechnen?« Bei den letzten Worten schien der Doktor zu lächeln.

»Eine gute Frage. Ich gebe Ihnen Bescheid, sobald ich eine Antwort weiß. Janeway Ende.«

»Die drei angeblichen Mittler waren natürlich Televek«, fuhr Chakotay fort. »Wir müssen davon ausgehen, daß sie immer gelogen und zu keinem Zeitpunkt die Wahrheit gesagt haben. Vor einer Weile wollten sie das Schiff unter ihre Kontrolle bringen. Es ist einzig und allein B'Elanna zu verdanken, daß ihr Versuch scheiterte.«

»Wo sind sie jetzt?« fragte Tuvok.

»In der Arrestzelle.«

»Gut«, sagte Janeway. »Ich würde gern mit ihnen reden.«

»Wir haben noch ein anderes Problem«, meinte Chakotay. »Unsere Fernbereichsensoren haben eine Televek-Flotte geortet, die sich mit fast Warp acht nähert. Die falschen Mittler behaupteten, es seien Rettungs- und Transportschiffe, aber inzwischen glauben wir, daß es sich um Schlachtkreuzer handelt. Es geht den Televek vor allem darum, das Verteidigungssystem des Planeten in ihren Besitz zu bringen. Wichtigster Bestandteil davon ist die subplanetare Energiequelle.«

»Darauf deuten auch die von uns gesammelten Informationen hin«, sagte Tuvok.

»Es befindet sich ein Schiff auf dem Planeten«, teilte Janeway dem Ersten Offizier mit. »Ein Schiff wie das im Orbit.«

Das Schott der Transportkapsel glitt beiseite, und sie betraten die Brücke. Chakotay ging voraus.

»Commander!« rief Rollins von der taktischen Station.

»Was ist los?« fragte Janeway direkt hinter ihm.

»Es gibt Schwierigkeiten, Captain. Die Televek haben ihre Schilde und die Zielerfassung der Waffensysteme aktiviert. Sie wollen eine Kom-Verbindung mit uns herstellen, und wir können sie nicht länger hinhalten. Gantel hat gesehen, wie seine Leute von der Brücke verschwanden.«

»Verschwanden?« wiederholte Janeway und wölbte eine Braue.

Chakotay nickte ernst.

»Willkommen an Bord, Captain«, sagte Paris und freute sich ganz offensichtlich über die Rückkehr der Kommandantin.

»Danke, Mr. Paris. Wir bleiben bei Alarmstufe Rot. Wie ist der Status unserer Waffen?«

»Die Photonentorpedos sind einsatzbereit«, erwiderte Paris. »Im Gegensatz zu den Phasern.«

»Captain ...« Stephens wandte sich halb von der Funktionsstation ab. »Es treffen schon wieder Kom-Signale der Televek ein. Sie verlangen ...«

»Na schön.« Janeway blickte zum Hauptschirm, beobachtete den großen Televek-Kreuzer und stützte die Hände an den Hüften ab. »Öffnen Sie einen Kanal, Mr. Stephens. Es kann losgehen.«

»Gantel«, sagte Triness ein wenig nervös, »der Assistent der Ersten Direktorin Shaale fordert einen Bericht von uns an.«

Niemand von ihnen hatte direkt unter dem Kommando von Shaale gearbeitet, nicht einmal Gantel, der ihr nur einmal begegnet war. Deshalb erfüllte der bevorstehende Kontakt sie alle mit Unruhe.

»Antworte der Ersten Direktorin, es sei uns eine Ehre«, sagte Gantel. »Wir übermitteln ihr bald einen Bericht.«

»Wann? Bestimmt verzichtet der Assistent nicht darauf, eine solche Frage zu stellen.«

Gantel bedachte Triness mit einem durchdringenden Blick. Er brauchte eine Antwort, aber so sehr er auch suchte: Nirgends fand er eine. »Bald.«

»In Ordnung«, entgegnete Triness kummervoll.

Das Timing der Ersten Direktorin kam für Gantel einer regelrechten Katastrophe gleich. Plötzlich ging alles schief, und es gab nichts, um die vielen negativen Aspekte auszugleichen. Er spürte, wie Panik in ihm emporquoll, wie ihm Verzweiflung den Hals zuschnürte und …

*Nein!* dachte er und bekam sich wieder in die Gewalt.

Von einem Augenblick zum anderen verwandelte er die Panik in heißen Zorn – diese Fähigkeit hatte sich im Lauf der Jahre bei ähnlichen Gelegenheiten als recht nützlich erwiesen. Wenn man alle anderen anschrie, und zwar laut genug, so gelang es einem manchmal, selbst die schlimmste Krise zu überwinden. Dann konnte man genug Schuld abwälzen, um sich selbst aus dem Zentrum der Verantwortung zu rücken. Im schlechtesten Fall blieb einem wenigstens die eine oder andere Genugtuung.

Gantel holte tief Luft und gab sich dem Zorn hin.

»Was ist los mit Daket?« donnerte er.

»Wir haben gerade eine Kom-Verbindung mit ihm hergestellt, Direktor«, erwiderte Triness mit offensichtlicher Erleichterung darüber, eine solche Antwort geben zu können.

»Auf den Schirm!«

»Direktor …« Dakets Gesicht erschien im Projektionsfeld, zeigte routinierte und unter den gegenwärtigen

Umständen nicht sehr überzeugende Zuversicht. »Meine Gruppe überraschte die Fremden, als sie zu ihrem Shuttle zurückkehrten. Erbarmungslos verfolgten wir sie durch den Wald und verwundeten mehrere von ihnen. Wir gaben selbst dann nicht auf, als es wieder zu einem gefährlichen Beben kam …«

»Ja, und was wurde aus den Föderationsleuten?« warf Gantel ein. Die Details interessierten ihn derzeit nicht.

Daket wirkte plötzlich sehr blaß. »Sie … sie verschwanden.«

Gantel schüttelte den Kopf. »Ich weiß, was Sie meinen. Ich habe den Vorgang selbst beobachtet. Jonal und die anderen …«

»Sind sie alle tot?« fragte Daket.

»Vielleicht. Ich weiß es nicht genau. Wie ist Ihr Status?«

»Oh, natürlich, mein Status. Nun, wir haben keine Mühen gescheut …«

»Daket … Shaale trifft bald ein. Sagen Sie mir klipp und klar, wie's bei Ihnen aussieht. Sie haben nichts in der Hand, oder?«

Daket zögerte kurz. »Das stimmt leider«, bestätigte er dann.

»Nun gut. Treffen Sie Vorbereitungen dafür, den Planeten zu verlassen. Aber warten Sie auf meinen Befehl, bevor Sie starten. Wir werden der Ersten Direktorin ein angemessenes Geschenk übergeben, sobald sie hier ist. Ein Geschenk, das die … Rückschläge bei dieser Mission in einem nicht ganz so ungünstigen Licht erscheinen läßt. Wenn es keine Möglichkeit gibt, sofort das erste Ziel zu erreichen, so müssen wir uns auf das zweite konzentrieren: auf das Raumschiff der Fremden.«

Daket nickte, und Gantel drückte eine Taste auf seiner kleinen Schalttafel, unterbrach damit die Verbindung. Er hoffte inständig, daß sich Daket wirklich als Hilfe erwies, wenn er ihn brauchte. Der Kommandant des

Schiffes auf dem Planeten gehörte zu den Leuten, die es immer vermieden, ein Risiko einzugehen. Nun, unter den gegenwärtigen Umständen konnte Gantel ihm deshalb keine Vorwürfe machen.

»Gefechtsstationen besetzen«, wies er die Brückencrew an. »Maximale Deflektorenkapazität. Navigation, Kurs auf das Föderationsschiff. Eröffnen Sie auf meinen Befehl hin das Feuer.«

Gantel wartete und beobachtete, wie sich die Entfernung zwischen den beiden Raumern verringerte. So wie er die Sache sah, blieb ihm nur eine Chance. Er mußte versuchen, die *Voyager* außer Gefecht zu setzen, ohne sie vollständig zu zerstören. Anschließend schickte er eine Einsatzgruppe an Bord, die das Schiff übernahm und alle Überlebenden tötete.

Und wenn Shaale kam ... Dann bot er ihr das, was vom Föderationsschiff übrig war, als Geschenk an. Mit ein wenig Glück blieb das hochenergetische Phasersystem einigermaßen intakt, ebenso wie der seltsame Apparat, der Personen einfach so verschwinden ließ. Wenn alles klappte, konnte er diese Mission vielleicht doch noch mit einem persönlichen Erfolg beenden. Derzeit erschien es ihm fast zu schön, um wahr zu sein, aber er klammerte sich an der Hoffnung fest. Die Alternativen waren viel zu gräßlich, um darüber nachzudenken.

Gantel straffte die Schultern und atmete tief durch. »Triness, stell einen Kom-Kontakt mit dem Föderationsschiff her.«

Tuvok trat zur taktischen Station, was ihm einen erleichterten Blick von Rollins einbrachte. Die Finger des Vulkaniers huschten über Schaltflächen, und wenige Sekunden später sah er auf, nickte Janeway kurz zu.

»Gantel auf dem Schirm«, meldete Stephens.

Das Gesicht des Televek-Kommandanten erschien. Janeway sah es nun zum erstenmal, doch es wirkte gespenstisch vertraut. Gantel schnitt eine finstere Miene.

»Was haben Sie mit meinen Leuten angestellt?« fragte er sofort, als gäbe es nichts Wichtigeres.

»Sie wurden wegen Verbrechen gegen Föderationsgesetze unter Arrest gestellt«, sagte Janeway. »Ich entscheide später, was mit ihnen geschieht.«

»Sie haben kein Recht, sie festzuhalten oder über sie zu urteilen!«

»Dazu haben wir jedes Recht. Die angeblichen Mittler haben uns belogen, meine Crew bedroht und versucht, das Schiff unter ihre Kontrolle zu bringen. Doch diese Verbrechen sind nichts im Vergleich zu dem, was auf dem Planeten geschehen ist und noch immer geschieht. Ich bin auf Drenar Vier gewesen. Ich weiß von dem anderen Schiff und den Morden.«

»Ich lehne es ab, darüber mit Ihnen zu reden!« fauchte Gantel.

»Ich schätze, Ihnen bleibt gar nichts anderes übrig.«

»Sie sind eine unverschämte Närrin, Captain!« donnerte Gantel und beugte sich vor, bis sein Gesicht den ganzen Hauptschirm füllte. Janeway gewann den Eindruck, daß er sich nicht sehr oft auf diese Weise verhielt – obgleich es ihm keineswegs an schauspielerischem Talent mangelte.

»Ich glaube, daß zumindest einer von uns ein Narr ist«, erwiderte die Kommandantin.

Gantel durchbohrte sie mit einem wütenden Blick. »Sie haben hier nichts zu suchen. Trotzdem nehmen Sie sich das Recht, Regeln für andere zu bestimmen und sie nach Belieben anzuwenden. Aber damit erlauben Sie sich zuviel. Hinzu kommt, daß Sie sich in keiner besonders günstigen Position befinden. Wenn Sie versuchen, das Feuer auf uns zu eröffnen oder die Umlaufbahn zu verlassen, zerstören wir Ihr Schiff. Das würde ich gern vermeiden, aber manchmal muß man eine Sache opfern, um nicht zwei zu verlieren.«

»Drei von Ihren Leuten sind an Bord der *Voyager*«, sagte Janeway. »Und sie bleiben auch noch eine Zeitlang hier.«

»Ihre Familien werden für den Verlust entschädigt«, erwiderte Gantel gleichgültig. »Sie haben verloren, Captain. Ich bekomme Ihr Schiff, auf die eine oder andere Weise. Wir hoffen, die *Voyager* unbeschädigt zu übernehmen und dadurch das Leben der Besatzungsmitglieder zu schonen. Aber wir schrecken nicht davor zurück, von den Waffen Gebrauch zu machen, wenn Sie uns keine Wahl lassen.«

»Captain ...«, flüsterte jemand hinter Janeway. Sie drehte den Kopf und sah Lieutenant Torres, die versuchte, wieder zu Atem zu kommen – offenbar war sie gelaufen. Janeway konnte sich nicht daran entsinnen, gehört zu haben, wie sich die Tür des Turbolifts öffnete.

»Ja?« fragte sie leise.

B'Elanna nickte dem Gesicht im großen Projektionsfeld zu.

»Wenn Sie mich bitte kurz entschuldigen würden, Gantel«, sagte Janeway.

»Wagen Sie es nicht, die Verbindung zu unterbrechen, Captain!« entfuhr es dem Televek. »Sie sind nicht in der Position, um ...«

Janeway gab Stephens ein Zeichen, und daraufhin verklang Gantels Stimme.

»Ich habe vom Maschinenraum aus alles mitverfolgt«, sagte B'Elanna. »Das Interkom wollte ich nicht benutzen.«

»Ja, ja«, erwiderte Janeway ungeduldig. »Was möchten Sie mir mitteilen?«

»Ich schlage vor, Sie aktivieren die Schilde, Captain.«

Janeway streckte die Arme aus und legte ihre Hände auf B'Elannas Schultern. »Die Schilde?«

Ein Teil des Ernstes wich aus den Zügen der Chefingenieurin, als sie lächelte. »Ja, Captain.«

»Lieutenant ...« Janeway schüttelte den Kopf und lächelte ebenfalls. »Dafür haben Sie ein dickes Lob verdient.« Sie wandte sich wieder dem Hauptschirm zu. »Schilde hoch, Mr. Tuvok!«

Die Miene des Televek-Kommandanten auf dem Schirm verfinsterte sich zusehends. Er nahm einen Bericht entgegen, preßte erst die Lippen zusammen und fluchte dann lautlos.

»Mr. Stephens, öffnen Sie den Kanal wieder«, sagte Janeway.

»Kanal geöffnet, Sir.«

»Ich schätze, Sie müssen sich etwas mehr bemühen, um mein Schiff zu bekommen, Gantel«, teilte Janeway dem Televek mit. Mit einem kurzen Wink verbannte sie das zornige Gesicht vom großen Bildschirm.

»Eine Verbindung mit Daket, schnell!«

»Ja, Direktor«, bestätigte Triness.

Gantel glaubte zu sehen, wie der Weg seiner Karriere abrupt in einer tiefen Schlucht endete – alle seine Pläne stürzten in die Tiefe und gingen zu Bruch. Das Föderationsschiff mußte seine Probleme lösen, so oder so. Schlimmstenfalls hörte es auf, ein Problem zu sein, ob Schilde oder nicht.

»Richte Daket aus, daß ich ihn hier oben brauche, und zwar sofort. Wir greifen den Föderationsraumer an.«

Triness kam der Aufforderung nach, und einige Sekunden später nickte sie.

Gantel beobachtete das fremde Schiff auf dem Schirm. Nach einer Weile erhob er sich und hieb mit der Faust auf die kleine Schalttafel vor seinem Sessel. Er würde die *Voyager* ins Kreuzfeuer nehmen, sobald sich eine Gelegenheit dazu ergab, aber so lange wollte er nicht warten. »Feuer eröffnen!«

# 14

Daket ließ sich in den Kommandosessel auf der Brücke seines Kreuzers sinken und nahm Gantels Anweisung mit einer Mischung aus Beklommenheit und Erleichterung entgegen. Er sollte in den Orbit zurückkehren – endlich. Es wurde auch höchste Zeit: Es war erneut zu einem Beben gekommen, das das Raumschiff erschüttert hatte. Andererseits … Die Flotte der Ersten Direktorin war noch immer mehrere Lichtjahre entfernt, und der planetaren Mission fehlte nach wie vor der Erfolg. Wenn man diese Situationsaspekte berücksichtigte, konnte Gantels Befehl nur einen Sinn haben.

»Wurden Einzelheiten der taktischen Lage erläutert?« fragte Daket.

»Nein«, erwiderte Tatel. »Die Mitteilung war bemerkenswert kurz, und es wurde nicht auf eine Antwort gewartet. Ich habe die Kommunikationsverbindungen zwischen Gantel und dem Föderationsschiff überwacht. Der Kontakt brach eben gerade ab. Gantels Kreuzer wahrt zwar eine sichere Distanz, bringt sich aber in Angriffsposition.«

Das gefiel Daket ganz und gar nicht. »Die Einsatzgruppen sollen unverzüglich zurückkehren. Treffen Sie alle notwendigen Startvorbereitungen. Was die externen Installationen betrifft … Unsere Leute sollen mitnehmen, was sie tragen können. Aber niemand kehrt zu den Meßorten zurück, um auch den Rest zu holen. Dafür fehlt die Zeit.«

Daket wartete nervös, während seine Befehle weitergeleitet wurden. Ganz gleich, wie sehr sich die Einsatzteams beeilten: Sicher dauerte es mindestens eine halbe Stunde, um alles zu verstauen und das erforderliche energetische Niveau für alle Bordsysteme herzustellen. Während der Übungen hatte diese Routine sogar noch mehr Zeit in Anspruch genommen, vermutlich deswegen, weil alle *wußten*, daß es sich um Übungen handelte. Diesmal hingegen wurde es ernst.

Ein Gutes hatte dies alles: Für Tolif und den Rest seiner bemerkenswert inkompetenten Gruppe war es absolut ausgeschlossen, rechtzeitig zum Kreuzer zurückzukehren.

»Daket ...« Tatel wandte sich von ihren Kontrollen ab, und schlecht verborgene Besorgnis flackerte in ihren Augen.

»Was ist?« fragte Daket.

»Die Sensoren registrieren energetische Aktivität bei Triebwerk und Waffen unseres Schiffes im Orbit ...«

Sie unterbrach sich und warf einen erneuten Blick auf ihre Instrumente.

»Ich höre«, drängte Daket.

»Die Daten sind gerade aktualisiert worden. Gantel greift die *Voyager* an.«

»Auf meinen Schirm.«

Daket blickte zu dem Display, das rechts vor dem Kommandosessel aus dem Boden ragte.

»Die Scanner orten Waffenaktivität«, sagte Tatel.

»Ja, ich sehe es.« Daket stand auf, und sein Blick klebte an der grafischen Darstellung fest. Seiner Ansicht nach gab es jetzt zwei Alternativen. Entweder wurde das Schiff des wieder einmal kühnen und irrationalen Gantel von der *Voyager* vernichtet, wodurch Daket das Kommando über die Mission bekam. Oder Dakets Ankunft im Orbit wurde zu einem Faktor, der für Gantel über Sieg oder Niederlage entschied. Was auch immer geschah: Wenn Shaale anschließend die Situation einer genauen Analyse und Bewertung unterzog, so durfte

Daket mit der Beförderung zum Direktor rechnen – ohne daß er irgendwelche Risiken eingegangen war oder sich übermäßig bemüht hatte. Eine derartige Beförderung hielt er schon längst für überfällig. Er mußte nur vorsichtig sein, *sehr* vorsichtig.

Allerdings bedeutete es auch, daß er nicht länger mit der Rückkehr ins All warten durfte. Es kam jetzt darauf an, sofort zu handeln.

»Leiten Sie die Notstartsequenz ein. Wir müssen einige Leute zurücklassen.«

Tatel sah auf, und es fiel Daket schwer, ihren Gesichtsausdruck zu deuten. *Der Streß setzt ihr zu,* dachte er. *So wie auch allen anderen.*

»Worauf warten Sie?«

»Auf nichts«, sagte Tatel und führte die Befehle des Kommandanten aus.

»Das energetische Niveau in den Waffensystemen der Televek steigt«, meldete Tuvok von der taktischen Station. »Zielerfassung aktiv. Sie eröffnen das Feuer.«

Ein einzelner, greller Strahl kündigte den Angriff an, und unmittelbar darauf kam es zu einer seltsamen Salve. Blauweiße Entladungen lösten sich wie Funken vom Rumpf des Kreuzers, erreichten fast sofort die *Voyager* und zerplatzten an ihren Schilden.

»Bericht«, sagte Janeway.

»Die Televek setzen eine photonische Impulswaffe ein«, antwortete Tuvok. »Die einzelnen Entladungen sind nicht besonders stark, aber sie erzielen ein erstaunliche Gesamtwirkung.«

»Die Schilde sind stabil, doch ihre Kapazität nimmt ab«, ließ sich B'Elanna Torres von der technischen Station her vernehmen. »Die Verringerung beträgt inzwischen vierzehn Prozent.«

»Wie lange dauert es, bis die Schilde ausfallen?«

»Wenn die Televek ihren Angriff mit der bisherigen Intensität fortsetzen, kollabieren unsere Deflektoren in vier Minuten und siebenundzwanzig Sekunden«, erwiderte B'Elanna.

»Aber erste Strukturlücken entstehen schon vorher«, fügte Paris leise hinzu.

Janeway nickte. Die Photonenimpulse rasten auch weiterhin heran, hämmerten an die Schilde, schüttelten das Schiff und ließen es wie eine Glocke dröhnen. *Viereinhalb Minuten,* dachte sie. *Solange halten die Deflektoren. Aber vielleicht dreht vorher die Crew durch.*

Gantel ließ ihr keine Wahl. »Photonentorpedos vorbereiten.«

»Bugtorpedos bereit und aufs Ziel ausgerichtet«, sagte Tuvok.

»Wir müssen sie so einsetzen, daß sie eine möglichst große Wirkung entfalten«, mahnte Janeway. »Ein anderes Waffensystem steht uns derzeit nicht zur Verfügung, und leider können wir uns keine neuen Torpedos beschaffen. Wir dürfen nicht einen einzigen von ihnen vergeuden.«

»Ich habe nicht die Absicht, sie das Ziel verfehlen zu lassen«, erwiderte Tuvok. Es klang ein wenig verwirrt.

»Entfernung zweihunderttausend Kilometer«, meldete Paris. »Zielerfassung positiv.«

»Kapazität der Schilde um siebenunddreißig Prozent gesunken«, berichtete der Vulkanier pflichtbewußt.

Janeway hielt unwillkürlich den Atem an und nickte »Feuer.«

»Torpedo wird abgefeuert.« Tuvok berührte mehrere Schaltflächen, und ein dumpfes Donnern erklang, als das Ergkatapult den Photonentorpedo ins All schleuderte. Janeway beobachtete, wie das Televek-Schiff getroffen wurde – weißes Licht schimmerte am Bug.

»Die vorderen Schilde des Kreuzers sind kollabiert.« Tuvoks Stimme klang nun fast monoton. »Die Televek versuchen, sie zu restabilisieren.«

»Öffnen Sie einen Kom-Kanal«, sagte Janeway. »Fordern Sie die Televek auf, alle offensiven Maßnahmen einzustellen. Andernfalls sind wir gezwungen, ihr Schiff zu vernichten.«

Sie wandte sich an Chakotay. »Angesichts der inaktiven Deflektoren glaubten sie offenbar, leichtes Spiel mit uns zu haben.«

»Aber die Reaktivierung unserer Schilde kann ihnen wohl kaum entgangen sein.«

»Vermutlich dachten sie, daß eine Salve genügt, um unsere Deflektoren wieder ausfallen zu lassen. Mal sehen, was sie jetzt unternehmen.«

»Ich schätze, sie geben nicht so ohne weiteres auf«, erwiderte der Commander.

»Keine Antwort auf unsere Kom-Signale, Captain«, sagte Stephens.

Eine seltsame Ruhe herrschte. Alle Brückenoffiziere schwiegen, sahen zum Hauptschirm und beobachteten das Televek-Schiff. Doch der Frieden währte nur einige Sekunden. Plötzlich feuerte der Gegner wieder mit beiden Waffensystemen, und erneut wurde die *Voyager* von einem Strahl und Photonenimpulsen getroffen. Das Licht auf der Brücke trübte sich kurz und glühte dann wieder normal, als die Schilde destruktive Energie absorbierten.

»Ausweichmanöver, Mr. Paris«, wies Janeway den Navigator an.

»Wir halten das nicht mehr lange aus, Captain«, warnte Torres. »Die Kapazität der Schilde ist fast bis auf fünfzig Prozent gesunken. Sie bieten uns kaum mehr Schutz, wenn wir nicht damit beginnen, sie mit der Energie anderer Bordsysteme zu verstärken.«

»Restabilisierung der bugwärtigen Schilde des Televek-Schiffes hat begonnen«, meldete Tuvok. »Das Potential beträgt dreiundzwanzig Prozent und nimmt zu.«

»Genug ist genug, Captain«, sagte Chakotay.

Janeways Blick galt auch weiterhin dem Hauptschirm, und sie nickte entschlossen. »Zweiten Photonentorpedo auf das Ziel richten«, sagte sie. »Feuer.«

Tuvok betätigte ein Schaltelement. »Zweiter Photonentorpedo abgefeuert.«

Das Geschoß aus Energie sprang zum Televek-Kreuzer, durchschlug die erst teilweise restrukturierten Bugschilde und explodierte. Die gesamte Wucht der Detonation wandte sich nach innen, wirkte direkt gegen das Schiff. Das Ergebnis war ein breiter Riß in der Außenhülle. Gas strömte aus dem großen Leck, führte dazu, daß sich der Kreuzer zur Seite neigte. Einen Sekundenbruchteil später kam es zu einer zweiten, wesentlich größeren Explosion, die das Schiff in einen Feuerball verwandelte. Eine Wolke aus Trümmerstücken und glühenden Partikeln dehnte sich aus, umkreiste nun den Planeten in der gleichen Umlaufbahn wie zuvor das Schiff.

»Offenbar haben die Televek die Wirkungskraft unserer Torpedos unterschätzt«, sagte Chakotay.

»So scheint es«, erwiderte Paris.

Janeway stellte erleichtert fest, daß er nicht lächelte. Sie sah sich auf der Brücke um, bemerkte überall ähnlich ernste Mienen. Die Offiziere teilten ihre Empfindungen: Ihnen allen wäre es lieber gewesen, das Televek-Schiff nicht zu zerstören. Doch die Umstände hatten ihnen keine Wahl gelassen.

»Captain!« entfuhr es Neelix aufgeregt, als er aus dem Turbolift kam, gefolgt von Kes. »Wir haben alles auf den Monitoren gesehen! Hervorragend! Gute Arbeit! Ich wußte, daß man den Televek nicht vertrauen darf!«

»Ich glaube, in diesem Punkt müssen wir Ihnen zustimmen«, erwiderte Janeway.

»Sie hätten gleich zu Anfang auf ihn hören sollen«, sagte Kes und lächelte.

»Es freut mich, daß es Ihnen besser geht«, sagte Janeway zu ihr.

»Danke, Captain.«

»Sie sieht wieder wundervoll aus, nicht wahr?« schwärmte Neelix.

»Captain ...« Fähnrich Stephens sah auf die Anzeigen der Funktionsstation. »Ich habe das Shuttle auf dem Planeten lokalisiert. Es ... es erschien ganz plötzlich auf den Schirmen.«

»Vielleicht hat der Televek-Kreuzer dafür gesorgt, daß die elektromagnetischen Interferenzen noch stärker wurden, als sie es ohnehin schon waren«, spekulierte Chakotay.

»Ja.« Tuvok blickte auf die Schirme der taktischen Station. »Die Sondierungssignale werden jetzt nicht mehr blockiert.«

»Führen Sie einen vollen Scan des Bereichs durch, unter dem sich die subplanetare Energiequelle befindet«, sagte Janeway. »Halten Sie nach Dingen Ausschau, die bisher unserer Aufmerksamkeit entgangen sind und zusätzliche Informationen liefern könnten. Und sondieren Sie den zweiten Kreuzer. Vermutlich haben die Televek auch gelogen, als sie uns den Zustand ihres zweiten Schiffes beschrieben.«

Janeway wartete, während Tuvok die Sensoren programmierte. Der Kreuzer ruhte noch immer auf der Oberfläche des Planeten, aber sein zunehmendes energetisches Niveau wies auf einen baldigen Start hin. Am Landeplatz und in der Nähe davon fanden erhebliche Aktivitäten statt. Dutzende von Televek kehrten mit Ausrüstungsteilen und Installationskomponenten zum Schiff zurück.

»Sieht ganz danach aus, als bekämen wir hier oben bald Gesellschaft«, meinte Chakotay. Er trat zur Kommandantin, die an der Funktionsstation stand und Stephens über die Schulter sah.

»Uns bleibt kaum mehr Zeit«, sagte Janeway mehr zu sich selbst. Ihr Blick wanderte zum Ersten Offizier. »Gantel beabsichtigte überhaupt nicht, den Drenarianern zu helfen. Und das gilt auch für seine Freunde im zweiten Schiff. Hilfe für die Bewohner des Planeten kann nur von uns kommen.«

»Und sie muß ziemlich schnell kommen«, betonte Neelix. Falten bildeten sich in seiner fleckigen Stirn. »Immerhin trifft bald eine ganze Televek-*Flotte* ein.«

»Wir haben einfach nicht genug Zeit, um die Umlaufbahnen aller Monde zu modifizieren«, sagte Chakotay. »Es widerstrebt mir ebensosehr wie Ihnen, den Versuch aufzugeben, aber ...«

»Ich weiß.« Janeway hob die Faust zu den Lippen, senkte den Blick und konzentrierte sich. Es mußte einen Weg geben. Sie hatte das Gefühl, die einzelnen Stücke eines Puzzles in der Hand zu halten – jetzt kam es nur noch darauf an, sie zu einem Bild zusammenzufügen. Wenn das gelungen war, bekam sie Antwort auf alle ihre Fragen.

Doch vielleicht fehlte ein wichtiges Stück ...

»Wir übersehen etwas«, sagte sie und drehte sich zu den anderen um. »Ich bin ganz sicher.«

»Wir sollten von hier verschwinden, solange wir noch die Chance dazu haben«, sagte Neelix voller Nachdruck. »Captain, es war nie Ihre Aufgabe, die Drenarianer zu schützen oder ihnen zu helfen. Ich respektiere Ihre Anteilnahme – meine Gefühle bewegen sich in einer ähnlichen Richtung –, aber manchmal sind einem eben die Hände gebunden. So etwas muß man akzeptieren.«

»Ich glaube, da hat er recht, Captain«, fügte Kes sanft hinzu. »Sie und Ihre Leute sind immer und unter allen Umständen bereit zu helfen. Das habe ich inzwischen schon oft erlebt. Es ist einer der Gründe dafür, warum ich so gern an Bord bin. Ich nutze jede Gelegenheit, um von Ihnen zu lernen. Allerdings habe ich auch gelernt, daß selbst der beste Arzt ab und zu einen Patienten verliert. Vielleicht entspricht es dem Willen der Götter. Oder die Zeit der Betreffenden ist abgelaufen. Wie dem auch sei: Sie sind dafür nicht verantwortlich.«

Janeway fiel keine passende Antwort ein. Sie fühlte sich plötzlich seltsam leer. »Wir reden hier von einer ganzen Welt und einem bemerkenswerten Volk. Sie haben die Einheimischen nicht kennengelernt, Kes. Sie sind es wert, gerettet zu werden – was die Televek offenbar nie begriffen haben. Ich bin nicht geneigt, sie so einfach im Stich zu lassen.«

»Wenn Sie mir einen Hinweis gestatten, Captain«, ließ sich Tuvok vernehmen. »Die Anzahl der Personen spielt bei der Ersten Direktive nicht die geringste Rolle.«

»Wir könnten so viele Drenarianer wie möglich an Bord beamen und dann das Sonnensystem verlassen, bevor es zu spät ist«, schlug Neelix vor.

»Ja«, pflichtete ihm Kes bei. »Auf diese Weise wäre es Ihnen möglich, Dutzenden von Einheimischen das Leben zu retten.«

»Daran habe ich bereits gedacht«, sagte Janeway. »Vielleicht greifen wir auf diese Möglichkeit zurück, wenn es wirklich keine Alternative gibt. Aber das ist natürlich bei weitem nicht die beste Lösung des Problems. Wir sollten auch an folgendes denken: Es hat keinen Sinn zu versuchen, allein mit dem Impulstriebwerk zu entkommen. Zuerst muß der Warpantrieb rekonfiguriert werden. Ich weiß nicht, ob uns genug Zeit bleibt, doch eines steht fest: Wir gäben damit jede Hoffnung auf eine ausreichend große Veränderung der lunaren Umlaufbahnen auf. Und leider kenne ich keinen anderen Weg, um den Planeten vor einer Katastrophe zu bewahren.«

»Wenn es nicht die Televek-Flotte gäbe, könnten Sie auch weiterhin versuchen, die Monde zu bewegen«, meinte Neelix. »Aber die Flotte existiert nun einmal, und sie nähert sich rasch. Daran können Sie nichts ändern.«

»Ich muß ihm zustimmen«, sagte Chakotay nachdenklich. »Mit ein paar Photonentorpedos können wir die acht Kreuzer nicht abwehren.«

»Außerdem steht uns kaum mehr als halbe Deflektorenkapazität zur Verfügung«, fügte Torres hinzu. »Selbst unter idealen Bedingungen wären wir nicht imstande, es mit so vielen Gegnern aufzunehmen.«

Normalerweise rang sich Janeway immer recht schnell zu einer Entscheidung durch, aber diesmal fühlte sie sich von Ungewißheit heimgesucht. Wenn sie zuließ, daß die *Voyager* zerstört wurde ... Damit half sie niemandem. Doch die Vorstellung, einfach wegzulaufen, ein ganzes Volk seinem Schicksal zu überlassen ...

Irgendwo tief in ihr regte sich eine Idee. Sie sah auf und versuchte, klar zu denken, das mentale Hoffnungsfragment festzuhalten.

»Mr. Neelix ... Was haben Sie eben gesagt? Es ging dabei um den Schutz der Drenarianer.« Janeway kehrte zum unteren Deck der Brücke zurück und schritt langsam in Richtung Kommandosessel. Dort angekommen, drehte sie sich um. Allmählich gewann die Idee klarere Formen.

Chakotay musterte sie neugierig. »Worum geht es Ihnen, Captain?«

»Wessen Aufgabe ist es, die Drenarianer zu schützen?« fragte Janeway. »Ich meine ... Wenn *wir* sie nicht schützen können – wer ist dann dazu imstande?«

»Niemand«, antwortete Neelix.

»Vielleicht die Konstrukteure des planetaren Verteidigungssystems«, sagte Paris.

»Ja.« Janeway nickte. »Doch wer auch immer es konstruiert hat – jetzt ist er nicht mehr zugegen. Das Verteidigungssystem allerdings existiert nach wie vor. Es müßte eigentlich der Schlüssel sein.«

»Allem Anschein weist das System Fehlfunktionen auf, Captain«, gab Tuvok zu bedenken. »Außerdem wissen wir nicht genug darüber, um es innerhalb der noch verbleibenden Zeit kontrolliert für unsere Zwecke zu verwenden.«

»Genau das ist der Punkt, Tuvok.« Janeways Aufregung wuchs. Sie ging hinter Paris' Sessel auf und ab, sah die Sache mit jedem Schritt deutlicher. »Ich glaube, ich kenne den Grund für die Fehlfunktionen. Die Bilder eines Traums wiesen mich darauf hin.« Sie blieb stehen und sah Chakotay an. »Die Geister zeigten es mir.«

»Captain«, wandte Neelix ein, »Tuvok erwähnte es bereits: Die Zeit ist sehr knapp.«

»Wenn ich recht habe, gibt es nur eine Möglichkeit, das Verteidigungssystem wieder in einen funktionstüchtigen Zustand zu versetzen.« Janeway drehte sich halb um. »Lieutenant Torres ...«

»Ja, Captain?«

»Ich brauche einen abgeschirmten Antimateriebehälter, ausgestattet mit einem Zünder. Er soll geladen und so schnell wie möglich für den Transfer vorbereitet werden. Darüber hinaus benötige ich zwei Antigraveinheiten. Wann können Sie mir das alles zur Verfügung stellen?«

B'Elanna zuckte mit den Schultern. »In fünf Minuten, Captain.«

»Gut. In sechs Minuten erwarte ich Sie im Transporterraum.« Janeway zögerte und beobachtete mit ihrem inneren Auge, wie die letzten verschwommenen Stellen der Idee Klarheit gewannen. »Mr. Tuvok, der Transporterraum soll den Transferfokus auf die subplanetare Energiequelle richten, an der alle so sehr interessiert sind. In der Kaverne gibt es ein Plateau, am westlichen Ende, glaube ich. Lassen Sie es lokalisieren. Ich möchte unmittelbar über dem Boden rematerialisieren.«

»Was haben Sie vor, Captain?« fragte Paris und starrte sie groß an. »Sie helfen niemandem, wenn Sie sich selbst in die Luft jagen.«

Sorge kennzeichnete die Züge des Navigators.

»Ich möchte die Batterien des Verteidigungssystems aufladen. Ich bin nicht sicher, ob es klappt, aber ich muß unbedingt einen entsprechenden Versuch unternehmen. Die Zeit sollte dafür reichen.«

»Sie sollten nicht allein aufbrechen.« Paris stand auf.

»Nein, ich begleite den Captain«, sagte Chakotay. »Wenn etwas schiefgeht, kann Paris dieses Schiff schneller als sonst jemand in Sicherheit bringen.« Er bedachte Janeway mit einem sehr ernsten Blick. »Beim letzten Mal bin ich zurückgeblieben. Diesmal komme ich mit.«

»Was passiert, wenn Sie Erfolg haben und das Verteidigungssystem uns für einen Gegner hält, den es zu eliminieren gilt?« fragte Neelix.

»Vielleicht weiß der Captain mehr, als Sie ahnen«, erwiderte Chakotay.

»Bitte vertrauen Sie mir«, wandte sich Janeway an den Talaxianer, der daraufhin stumm nickte.

Chakotay trat an die Seite der Kommandantin, forderte damit das Recht, sie zu begleiten.

Janeway seufzte. Sie fand keinen sonderlich großen Gefallen an der Vorstellung, daß Chakotay mitkam, aber irgend etwas hinderte sie daran, seine Forderung zurückzuweisen. Sie kannte ihn inzwischen gut genug, um den besonderen Glanz in seinen Augen zu erkennen und zu deuten. Er war ein Maquisard und schien immer dort sein zu wollen, wo es besonders heiß herging. *Heiß*, wiederholte Janeway in Gedanken. *In diesem Fall gibt es keinen treffenderen Ausdruck.*

»Na schön«, sagte sie. »Gehen wir.«

»Das Föderationsschiff hat eine Photonenwaffe gegen Gantels Kreuzer eingesetzt und einen direkten Treffer erzielt«, meldete Tatel. Beunruhigt sah sie auf die Anzeigen der taktischen Konsole, während sie gleichzeitig den Kom-Kontakt mit Triness an Bord von Gantels Schiff hielt. »Der Kreuzer hat die Bugschilde verloren.«

»Beeindruckend für einen einzelnen Treffer«, kommentierte Daket. Es gelang ihm, ruhig und selbstbewußt zu klingen. »Kein Wunder, daß Gantel solches Interesse an dem fremden Schiff hat.«

»Ich habe einen Bericht über die geheime Waffe der Föderationsleute in unsere Datenbank kopiert«, sagte Tatel.

Daket wußte bereits, worum es sich handelte: um eine unbekannte Technik, die es den Fremden an Bord der *Voyager* gestattet hatte, Gantels Gesandte einfach verschwinden zu lassen – ohne daß bei dem Vorgang irgendwelche Strahlungsprojektoren oder dergleichen sichtbar wurden. Es war tatsächlich eine verlockende Aussicht, eine solche Waffe zu erbeuten – solange der Erbeutende nicht zu ihrem Opfer wurde.

»Transferieren Sie den Bericht in meine Konsole«, sagte Daket. »Ich möchte ihn lesen.« *Ich möchte es wenigstens versuchen,* dachte er, zweifelte jedoch daran, ob er Gelegenheit dazu erhielt.

»Daten transferiert«, bestätigte Tatel. Sie sah wieder auf die Displays und lauschte gleichzeitig den Kom-Signalen aus dem Orbit. Dann runzelte sie plötzlich die Stirn – eine recht ungewöhnliche Reaktion.

Daket fühlte sich dadurch von Unbehagen erfaßt. »Was ist los?« fragte er.

»Gantel plant, den Angriff fortzusetzen. Die kollabierten Bugschilde werden restrukturiert. Man zieht Energie aus anderen Bordsystemen ab.« Tatel zögerte und schien auf etwas zu warten.

»Und?« hakte Daket nach. Er wollte Bescheid wissen – obwohl er ahnte, daß er an den neuen Informationen keinen Gefallen fand.

»Das Feuer ist wieder eröffnet worden, und die Schilde der *Voyager* werden schwächer. Gantel vermutet, daß sie zusammenbrechen, falls es ihm gelingt, ihr energetisches Niveau um weitere zehn Prozent zu senken. Wenn er wartet, sind die Föderationsleute vielleicht imstande, die volle Deflektorenkapazität wiederherzustellen oder ihn mit irgendeinem Manöver zu überlisten. Die *Voyager* scheint recht flink zu sein. Gantel hat ...«

Tatel unterbrach sich. Eine Zeitlang blieb sie still, und dann betätigte sie einige Tasten. Mehrere Sekunden später neigten sich ihre Hände nach oben und verharrten über den Schaltelementen, als fürchteten sie einen Kontakt mit ihnen.

»Berichten Sie, Teilhaberin«, sagte Daket.

»Es besteht keine Kom-Verbindung mehr mit Gantels Schiff«, erwiderte Tatel und wandte sich von den Kontrollen ab. »Offenbar ist es beschädigt worden.« Sie sah den Kommandanten an, und in ihren Augen zeigte sich nicht nur Schmerz, sondern auch eine Reue, die völlig fehl am Platz war.

Ein Charakterfehler, fand Daket. Glaubte sie vielleicht, daß sie imstande gewesen wäre, einen Unterschied zu bewirken? Nahm sie sich selbst zu wichtig? *Ich kenne sie bereits zu gut,* dachte er und beschloß, Tatel durch jemand anders zu ersetzen, sobald sie wieder zu Hause waren.

»Überprüfen Sie Ihre Instrumente«, forderte er die Teilhaberin auf.

»Alle Funktionen normal.«

»Vielleicht ist das Kommunikationssystem des anderen Kreuzers ausgefallen.«

»Nein«, sagte Tatel langsam und schüttelte den Kopf.

Als sie nichts hinzufügte, fragte Daket: »Wie meinen Sie das?«

»Ich meine, Gantels Schiff existiert nicht mehr. Ich empfange keine Daten mehr, nicht einmal Telemetrie, und die Sensoren orten nur das Föderationsschiff.«

Tatels Miene wirkte jetzt regelrecht ... *düster.* Einen solchen Ausdruck hatte Daket nie zuvor in einem Televek-Gesicht gesehen. Mit Tatel stimmte etwas nicht. Sie war tüchtig und zuverlässig, ja, aber auch sonderbar.

Daket rief sich innerlich zur Ordnung. Mit solchen Gedanken durfte er jetzt keine Zeit verlieren. Es hatte sich gerade alles geändert, was für ihn bedeutete: Er mußte sich den neuen Fakten stellen und unverzüglich handeln. Es bestand die konkrete Möglichkeit einer Katastrophe, und damit konnte sich Daket nur schwer abfinden.

Er spürte, wie sich alle Muskeln in seinem Leib anspannten, obwohl er versuchte, ruhig und gelassen zu bleiben. Doch er verlor diesen Kampf gegen sich selbst, erlitt eine Niederlage. *Die sich kaum mit der von Gantel vergleichen läßt,* fuhr es ihm durch den Sinn.

»Wenn sich dieser Angelegenheit etwas Positives entnehmen läßt, so würde ich gern wissen, wo es danach Ausschau zu halten gilt«, wandte sich Daket an die Brückencrew. »Wie lange dauert es noch, bis wir starten können?«

»In drei Minuten sind wir soweit. Die meisten Besatzungsmitglieder sind inzwischen zurück. Wir müssen nur noch ...«

Daket unterbrach Tatel. Er hielt es für falsch, unter den gegebenen Umständen irgendeine Art von Rücksicht zu nehmen. »Wer in drei Minuten nicht zurück ist, muß hier ... warten. Wir können einfach nicht mehr Zeit erübrigen. Die Flotte erreicht das Drenar-System in einer knappen halben Stunde, und dann müssen wir zugegen sein, um Shaale zu begrüßen.«

Mit etwas Glück – daran schien es heute zu mangeln – fand Daket heraus, was mit Gantels Schiff geschehen war. Was ihn vielleicht in die Lage versetzte, einem ähnlichen Schicksal zu entgehen. Oder er hielt sich von dem Föderationsschiff fern, bis die Flotte eintraf. Diese Taktik erschien Daket besonders attraktiv.

Wie dem auch sei: Auf der Oberfläche des Planeten konnte er nicht länger bleiben. Früher oder später mußte das Schiff den Erdbeben zum Opfer fallen. Und wenn es das seismische Chaos doch irgendwie überstand ... Shaale würde bestimmt nicht zögern, Dakets Karriere zu ruinieren. Für Untätigkeit gab es keine

Rechtfertigung. Er hatte bei seiner Mission nicht den geringsten Erfolg erzielt, und deshalb gab es keinen Grund für ihn, noch länger auf dem Planeten zu bleiben. Gantels Ende bedeutete, daß ihm niemand helfen konnte. Außerdem verlor er dadurch die Möglichkeit, die Schuld jemand anders zu geben. Andererseits ... Wenn diese Sache doch noch zu etwas Positivem führte, so war er jetzt genau in der richtigen Position, um davon zu profitieren. O ja, es mochte eine sehr heikle und riskante Position sein, was auch die pochenden Kopfschmerzen und das flaue Gefühl im Magen erklärte, aber am Horizont der Gefahr zeichnete sich auch eine große Chance ab.

»Noch zwei Minuten«, meldete Tatel.

Tief in Dakets Innern verkrampfte sich etwas. »Ich weiß«, sagte er leise. »Ich weiß.«

Die große unterirdische Höhle sah so aus wie in ihrem Traum – und doch fielen sofort Unterschiede auf. Überall bemerkte Janeway Anzeichen von Verfall. Zusammen mit Chakotay stand sie an jener Stelle, an der sich zuvor ihr visionäres Selbst befunden hatte. Als sie einatmete, erinnerte sie sich an die alles andere als angenehme Realität dieses Ortes. Es stank nach Rauch und Schwefel, wodurch jeder einzelne Atemzug schwerfiel. Aber seltsamerweise war es nicht ganz so schlimm wie während des Traums.

Die Maschine entsprach den Erinnerungsbildern, war tatsächlich gewaltig. Aber sie wies auch Schäden auf. Herabfallende Felsen hatten Dutzende von Rohren zerfetzt. Überall lag Schutt auf dem Plateau, stellte Janeway fest, als sie den mitgebrachten Behälter Chakotays Obhut überließ und sich langsam im Kreis drehte. An mehreren Stellen waren Teile der Wände eingestürzt; große Geröllhaufen hatten sich gebildet. Manche davon reichten bis zu dem riesigen Apparat, trübten dort das Licht der ansonsten hell glühenden Rohrbündel.

Risse reichten von der Decke bis zum Boden des Plateaus, wuchsen teilweise sogar noch weiter, hinein in die Schlucht. Einige von ihnen schienen Dutzende von Metern tief zu sein.

Janeway merkte, daß Chakotay ihrem Blick folgte – er sah dies alles jetzt zum erstenmal. Erstaunlicherweise konnten sie die Umgebung gut erkennen, denn nicht nur von der Maschine ging Licht aus, auch von einigen lampenartigen Vorrichtungen, die den Apparat umgaben und eine Art subplanetarer Sonne formten. Doch jenseits des Plateaus genügte ihr Glanz nicht mehr, um die Dunkelheit zu verdrängen. Dort verdichtete sich die Finsternis und verbarg den Rest der Höhle vor Janeways Blicken.

»Eine natürliche Kaverne«, sagte Chakotay leise.

»Das denke ich auch«, pflichtete ihm Janeway bei. »Die Natur kann eine enorme schöpferische Kraft entfalten.«

In der Stille, die diesen Worten folgte, hörten sie ein dumpfes Grollen, das seinen Ursprung tief unter ihren Füßen hatte und in der Schlucht widerhallte.

»Sie kann auch zerstören, was sie geschaffen hat«, sagte Janeway. Ein Nachbeben sorgte für mehrere leichte Erschütterungen, die irgendwo in der Dunkelheit Felsen von der Decke herabstürzen ließen.

Janeway wandte sich der Wand hinter ihnen zu. »Dort«, sagte sie. »Darum ging es den Televek.«

»So etwas habe ich nie zuvor gesehen«, erwiderte Chakotay. »In gewisser Weise wirkt die Maschine eher schlicht und einfach.« Er betrachtete sie eine Zeitlang. »Hat Ihnen die Vision den Apparat in einem solchen Zustand gezeigt?«

»Nein. Er wurde beschädigt, aber das ist noch längst nicht alles. Die stetige Verringerung des energetischen Potentials hat einen anderen Grund. Glaube ich wenigstens. Hier entlang«, sagte sie und deutete in eine bestimmte Richtung.

Chakotays Blick haftete noch einige Sekunden länger an den glühenden Rohren fest. Dann drehte er sich um und griff nach seiner Seite des Antimateriebehälters. Langsam und vorsichtig schritten sie zum Rand des Plateaus, zwischen sich den kleinen Container. Als sie noch etwa fünf Meter von der Kante entfernt waren, blieb Janeway stehen und streckte die Hand aus.

»Da unten«, sagte sie.

In diesem Zusammenhang hatte ihr die Vision keine klaren Bilder gezeigt, aber sie wußte trotzdem Bescheid. Die Geister hatten sie gebeten, diesen Ort aufzusuchen, und Janeway folgte ihrem Ruf. Zusammen mit Chakotay wartete sie, bis sich ihre Augen an die Düsternis gewöhnt hatten und ihnen Einzelheiten zeigten.

Der kilometerweite Magmasee unter dem Plateau war abgekühlt und dunkel. Eine dicke, erstarrte Schicht lag nun darauf, hielt das Feuer im Herzen des Planeten zurück – ein Feuer, das hier äonenlang gebrannt hatte.

Janeway überließ den Antimateriebehälter erneut ihrem Begleiter, holte den Tricorder hervor und klappte ihn auf. Sie sondierte, drehte das kleine Gerät hin und her, wechselte mehrmals die Frequenzen.

»Ich mußte ganz sicher sein«, sagte sie.

»Sicher in bezug auf was?« fragte Chakotay neugierig.

»Das Verteidigungssystem – die Maschine – verwendet geothermische Energie. Die ist praktisch unbegrenzt. Es sei denn, etwas unterbricht den Lavafluß.«

»Zum Beispiel ein Erdbeben?«

»Oder einige Dutzend von ihnen. Ich habe so etwas geahnt, als Nan Loteth darauf hinwies, die Vulkane im Süden seien neu.«

»Sie glauben also, daß durch die Verschiebungen in der planetaren Kruste der Lavastrom von hier fortgeleitet wurde?«

»Ja«, sagte Janeway. »Diese See scheint nie ganz ›ausgetrocknet‹ zu sein, aber er kühlte ab, und dadurch erstarrte das Magma.« Sie warf einen neuerlichen Blick auf die Anzeigen des Tricorders. »Durch die jüngsten Beben ist der größte Teil des Lavastroms wieder hierher zurückgekehrt, aber er bleibt nun unter den erstarrten Magmamassen gefangen. Wenn wir ein Loch darin schaffen, so daß die Lava nach oben dringen kann ... Das müßte die Energieversorgung des Verteidigungssystems wiederherstellen.«

Janeway verspürte jähen Schwindel, der sie fast das Gleichgewicht verlieren ließ. Sie wankte nach vorn, auf den Rand des Plateaus zu. Bilder wehten ihr entgegen, nicht den Augen, sondern ihren Gedanken – Bilder, die direkt in ihrem Bewußtsein entstanden. Erneut sah sie die Geister, viele diesmal. Sie drängten näher, flüsterten und raunten. Ihre Mitteilungen blieben zunächst konfus und verwirrend. Doch allmählich wurden sie deutlicher. Wie zuvor wurden keine Worte gesprochen, und doch verstand Janeway. Ihre Perspektive erfuhr eine Veränderung. Plötzlich befand sie sich nicht mehr in der Höhle, sondern auf der Oberfläche des Planeten, außerhalb der Siedlung, an einer Stelle, die ihr vertraut erschien, obwohl sie nie zuvor dort gewesen war.

Kummer erfüllte ihr Herz, als sie die Geister dorthin begleitete. Durch den Wald ging es, vorbei an den Leichen vieler Drenarianer. Kurz darauf erreichten sie die Lichtung, auf der das zweite Televek-Schiff gelandet war. Auf den ersten Blick wurde der Grund für die Beunruhigung der Geister klar: Sturmartiger Wind strich übers Gras, als der Kreuzer abhob; er war keineswegs beschädigt – was Janeway von Anfang an vermutet hatte. Das Schiff neigte den Bug dem Himmel entgegen, und wenige Sekunden später verschwand es jenseits der Aschewolken.

Einige Televek eilten kurz nach dem Start des Kreuzers auf die Lichtung. Sie riefen und winkten, starrten wütend zum Firmament. Janeway fragte sich, warum sie nicht rechtzeitig an Bord zurückgekehrt waren. Und sie fragte sich auch, warum die Geister mit solcher Unruhe auf den Umstand reagierten, daß die Televek den Planeten verließen. Ihnen mußte doch klar sein, worauf es die Fremden abgesehen hatten. Sie versuchte, sich mit den Phantomen in Verbindung zu setzen, ihrerseits mit ihnen zu kommunizieren, doch es gelang ihr nicht. Stumm blickte sie zum Himmel hoch, beobachtete das vom Televek-Kreuzer stammende, kleiner werdende Loch in den dichten Wolken.

Dann erinnerte sie sich an die *Voyager*. Die Geister zeigten ein Bild ihres Schiffes, drängten es anschließend beiseite und ließen etwas folgen, das keine Erinnerung sein konnte. Janeway sah, wie das Televek-Schiff aufstieg und den Orbit erreichte. Unmittelbar darauf schwebte wieder die *Voyager* vor ihrem inneren Auge: Allein umkreiste sie Drenar Vier. Diese Szene blieb zunächst unverändert – bis Janeway Gelegenheit bekam, einmal mehr den Kreuzer zu sehen. Auf der anderen Seite des Planeten steuerte er in eine höhere Umlaufbahn, um sich der *Voyager* zu nähern.

Erneut drängten sich die Geister Janeway entgegen, ballten sich in ihrem Bewußtsein regelrecht zusammen. *Kummer,* dachte sie. Nur mit diesem Wort ließen sich die Empfindungen beschreiben, die ihr nun entgegenfluteten. Die Geister … trauerten.

Es tat ihnen sehr leid, daß sie so schwach waren, den Drenarianern ebensowenig helfen konnten wie der *Voyager*. Mit dem letzten Punkt verbanden sich einige weitere Mitteilungen, die jedoch unklar blieben.

»Deshalb bin ich hier«, sagte sie und wußte nicht genau, ob sie wirklich laut sprach. Sie glaubte jedoch, das Echo des letzten Wortes zu hören, nicht nur in Gedanken, sondern mit den Ohren.

Die mentalen Bilder verblaßten, und erneut stand sie in der gewaltigen Höhle. Sie sah Chakotay an und bemerkte einen Schatten von Sorge auf seinen Zügen. Er schwankte kurz, straffte dann die Schultern und schien Benommenheit abzustreifen.

»Haben Sie es ebenfalls gesehen?« fragte Janeway.

»Ja. Wir dürfen keine Zeit vergeuden.«

Die Kommandantin nickte. Zusammen mit dem Ersten Offizier trat sie an den Rand des Plateaus heran.

»Es wäre sehr bedauerlich, wenn es ausgerechnet jetzt zu einem Beben käme«, meinte Chakotay, als sie nur noch wenige Zentimeter vom Abgrund trennten.

Janeway nickte und dachte dabei an ihren früheren Sturz. Sie beugte sich vor und starrte in die Schlucht hinab, sah dort die erstarrten Magmamassen als dunkles Etwas in der Düsternis. »Die Explosion sollte dicht über der Oberfläche erfolgen, um eine maximale Wirkung zu erzielen. Das Loch muß möglichst groß sein.«

»Ja.« Chakotay beugte sich ebenfalls vor. »Ich möchte diese Sache nicht wiederholen müssen.«

»Wie groß mag die Entfernung sein?«

Der Commander runzelte die Stirn. »Etwa sechshundert Meter.«

»Das entspricht auch meiner Schätzung.«

»Wir programmieren die Antigraveinheiten auf einen leichten negativen Auftrieb. Die Schwerkraft von Drenar Vier entspricht etwa neunundsiebzig Prozent der Erdnorm. Unter solchen Voraussetzungen fällt der Behälter mit einer Geschwindigkeit von zwei Metern pro Sekunde.«

Janeway rechnete schnell. »Lassen Sie uns den Zünder auf eine Verzögerung von viereinhalb Minuten einstellen. Alles klar?«

Chakotay nickte, und sie machten sich beide an die Arbeit. Als der Erste Offizier die Programmierung der zweiten Antigraveinheit beendete, aktivierte Janeway den Zünder. Sie richteten sich beide auf, hielten unwillkürlich den Atem an und gaben dem Behälter einen sanften Stoß. Er schwebte über den Rand des Plateaus hinweg und sank dann dem erstarrten Magma entgegen.

Janeway klopfte auf ihren Insignienkommunikator. »Transporterraum, hier spricht der Captain. Beamen Sie uns hoch.«

Sie bekam keine Antwort.

# 15

Daket hatte gewartet, bis das energetische Niveau des Verteidigungssystems wieder sank – eine Entscheidung, die ihn zusätzliche Zeit kostete. Aber er hielt sie für vernünftig, wenn er ihr die Möglichkeit eines Angriffs gegenüberstellte. Die Gnadenlosigkeit, mit der die geheimnisvollen Verteidiger des Planeten zuschlugen, war legendär. Und es widerstrebte Daket wie üblich, unnötige Risiken einzugehen.

Er würde natürlich nie erfahren, ob eine derartige Vorsichtsmaßnahme wirklich nötig gewesen war. Nichts geschah, als nach dem Start auf dem großen Bildschirm der ganze Planet sichtbar wurde und grafische Darstellungen auf eine Verringerung der Entfernung zum Föderationsraumer hinwiesen. Allein darin sah Daket einen Beweis dafür, daß er die richtige Entscheidung getroffen hatte.

Start und Orbitalnavigation verliefen völlig ereignislos, ein Umstand, den der Kommandant sehr begrüßte.

Erneut warf er einen Blick auf den Bericht über die erstaunliche Föderationswaffe, die dafür gesorgt hatte, daß Jonal und die anderen einfach verschwanden. Gantel war zweifellos bestrebt gewesen, die *Voyager* mehr oder weniger intakt in seine Gewalt zu bringen. Zuerst hatte er versucht, Zeit zu gewinnen, um nach einem günstigen Ansatzpunkt Ausschau zu halten. Doch dann verlor er die Geduld und den Verstand, griff allein an – mit katastrophalen Folgen für ihn selbst.

Daket erinnerte sich daran, daß Gantel klug genug gewesen war, eine sichere Distanz zur *Voyager* zu wahren, vermutlich aus Furcht vor der geheimen Waffe. Dieser Punkt besorgte auch Daket. War Gantel jenem seltsamen Gerät zum Opfer gefallen?

Daket hoffte, daß er keine direkte Antwort auf diese Frage bekam.

»Wir nähern uns«, meldete Tatel. »Schilde bei maximaler Kapazität.«

»Wahren Sie einen Abstand von zweihunderttausend Kilometern.«

»Ja. Allerdings möchte ich darauf hinweisen, daß bei einer solchen Entfernung die Energie unserer Waffen um drei Zehntel eines Prozents sinkt, und zwar pro ...«

»Ich weiß. Aber der große Abstand dürfte auch für die Föderationsleute ein Problem sein, wie ich hoffe. Ich beabsichtige, diesen beiderseitigen Nachteil zu meinem Vorteil zu nutzen.« Daket zögerte und lächelte, zufrieden mit sich selbst. Hätte sich Gantel so viel Geistesgegenwart bewahrt, in einer derart kritischen Lage? Wohl kaum. »Zweihunderttausend Kilometer. Es bedeutet, daß die Fremden in Reichweite aller unserer Waffensysteme sind. Gleichzeit behalten wir dadurch einen gewissen Sicherheitsspielraum.«

*Der uns vielleicht vor fatalen Fehlern schützt,* fügte Daket in Gedanken hinzu. Seine Aufgabe bestand keineswegs darin, das Föderationsschiff zu vernichten. Er mußte nur die Crew beschäftigt halten, bis Shaale mit ihrer Flotte eintraf. Derartige Aktivitäten genügten völlig für seine Zwecke. Mehr wäre töricht gewesen, wie Gantels Schicksal deutlich bewies.

Daket holte tief Luft. »Zielerfassung für die Waffensysteme. Transferieren Sie die gesamte Schildenergie in die vorderen Deflektoren und achten Sie anschließend darauf, daß ständig unser Bug auf das fremde Schiff zeigt. Wenn die Föderationsleute ihre Photonenwaffe einsetzen, versuchen wir, den Geschossen mit einem Ausweichmanöver zu entgehen. Oder wir zerstören sie mit unseren Desintegratoren. Falls wir dennoch einen

Volltreffer einstecken sollten, müssen in erster Linie die Schilde stabil bleiben. Gantels Fehler geben uns wenigstens die Möglichkeit, aus ihnen zu lernen.«

Einige Sekunden verstrichen, während der Kreuzer in die richtige Position manövriert und die Deflektoren restrukturiert wurden. Schließlich drehte sich Tatel zu Daket um, nickte und lächelte.

Der Kommandant erwiderte das Lächeln. »Feuer frei.«

»Feuer frei«, sagte Tatel zu dem vierten Teilhaber an der Waffenstation. Ihre Worte galten einem jungen Mann, der sich durch ein hohes Maß an Genauigkeit auszeichnete. Und darauf legte Daket gerade jetzt großen Wert.

Die Impulskanone und Bugdesintegratoren feuerten, schleuderten Strahlbahnen durch die Schwärze des Alls. In der Ferne erschien plötzlich eine funkelnde Kugel und umgab das Föderationsschiff: Schilde, die destruktive Energie absorbierten. *Jetzt beginnt es,* dachte Daket und wünschte sich eine geringere Entfernung zu dem Schiff um zu versuchen, die Gedanken des fremden Captains zu erraten. Er beugte sich vor, stützte beide Ellenbogen auf die kleine Konsole vor dem Kommandosessel und hob die Hände zum Kinn. Aufmerksam beobachtete er die *Voyager* – und wartete.

»Der zweite Kreuzer steuert in einen hohen Orbit und nähert sich uns«, meldete Rollins. Er saß wieder an der Funktionsstation, während Tuvok Captain Janeway vertrat. »In weniger als einer Minute gelangt er in Reichweite der Zielerfassungssensoren.«

»Umgekehrt verhält es sich ebenso«, meinte Lieutenant Tom Paris. Eine mögliche Konsequenz bestand darin, daß die *Voyager* vielleicht ihre gegenwärtige Position verlassen mußte, was sie aus der Transporterreichweite brachte. Und das wollte derzeit niemand. Paris überlegte erneut, warum sich der Captain und Chakotay so viel Zeit auf dem Planeten ließen. Sie hätten längst das Transfersignal senden sollen.

Tuvok wandte sich von Fähnrich Stephens ab, mit dem er die energetischen Distributionsmuster überprüft hatte. Einige lange Schritte brachten ihn zum Kommandosessel, und dort nahm er Platz. Neelix und Kes schwiegen. Hand in Hand standen sie am rückwärtigen Ende des unteren Brückendecks. Neelix hatte Kes gebeten, die Krankenstation aufzusuchen – dort wären ihr die Einzelheiten der gegenwärtigen Ereignisse erspart geblieben. Doch der holographische Doktor brauchte sie derzeit nicht, und deshalb bestand sie darauf, im Kontrollraum zu bleiben.

»Alarmstufe Rot«, sagte Tuvok. »Ausweichmanöver vorbereiten.«

»Aye, Sir«, bestätigte Paris. »Aber …«

»Entfernung zum Kreuzer zweihunderttausend Kilometer«, sagte Rollins. »Die Schilde sind aktiviert, und das energetische Niveau in den Waffensystemen steigt.«

»Auf den Schirm«, sagte der Vulkanier. »Mr. Paris, drehen Sie bei. Mr. Rollins, richten Sie die Photonentorpedos auf das Ziel.«

»Tuvok …« B'Elanna sah von den Anzeigen der technischen Station auf. »Ich rate dringend von einem weiteren Gefecht ab. Unsere geschwächten Deflektoren halten nicht noch einmal so viel aus.«

Paris konnte der Versuchung nicht widerstehen, der Chefingenieurin einen kurzen Blick zuzuwerfen. Zur Vorsicht mahnende Bemerkungen hörte man nur selten von ihr, was einen Rückschluß auf den Ernst der Lage zuließ. Unbehagen entstand in dem Navigator.

»Vielen Dank für den Hinweis, Lieutenant«, erwiderte Tuvok. »Aber vielleicht bleibt uns keine Wahl.«

»Der Kreuzer ist jetzt in Reichweite«, meldete Rollins. »Die Entfernung bleibt konstant. Das Schiff hat seinen Orbitalvektor an unseren angepaßt und wahrt die gegenwärtige Position.«

»Ich glaube, Sie sollten auf B'Elanna hören«, sagte Neelix. »Wir können später zurückkehren.«

Paris musterte den Talaxianer. In seinem Gesicht zeigte sich keine Furcht, sondern Sorge. Neelix war nie mit der schweren Bürde belastet gewesen, Kommando-Entscheidungen treffen zu müssen, so wie Tuvok jetzt. Aber er hatte viele Jahre lang ganz allein in diesem Teil der Galaxis überlebt, und es mangelte ihm nicht an Loyalität, weder Kes noch dem Captain oder der *Voyager* gegenüber. Ihm ging es nicht um die eigene Sicherheit, sondern um die der ganzen Crew. Dagegen hatte Paris nichts einzuwenden.

»Die Sensoren registrieren eine erhebliche Potentialverstärkung in den vorderen Schilden der Televek«, sagte Rollins. »Aber ...«

Tuvok hob den Kopf. »Ja?«

»Das energetische Strukturmuster ist neuartig.«

Der Vulkanier stand auf und ging zum hinteren Bereich des oberen Brückendecks. An der taktischen Station blickte er über Rollins' Schulter, um selbst einen Eindruck von der Situation zu gewinnen.

»Lieutenant Torres, was halten Sie davon?« Tuvok streckte die Hand an Rollins vorbei und rejustierte die Kontrollen der Nahbereichsensoren. Dann berührte er eine Schaltfläche, woraufhin die Daten in einem kleinen Projektionsfeld der technischen Station erschienen.

Torres begann mit einer raschen Analyse.

»Die Televek überlagern die Deflektoren«, sagte sie kurze Zeit später. »Die Verstärkung der Bugschilde geht mit einer Schwächung aller anderen einher.«

»Dann haben sie einen dummen Fehler gemacht«, sagte Neelix. »Wir können sie von hinten angreifen.«

»Wir können nicht schnell genug manövrieren, um einen Ausgleich zu schaffen«, warf Paris ein.

»Das stimmt«, entgegnete Tuvok. »Wir müssen logischerweise von der Annahme ausgehen, daß der Kommandant des zweiten Schiffes weiß, was mit dem ersten Schiff geschehen ist. Deshalb hält er zusätzliche Sicherheitsmaßnahmen für erforderlich. Die Schilde der Televek sind erstaunlich komplex. Ich glaube, auf diese Weise könnten sie einen zuverlässigen Schutz vor unseren Photonentorpedos bieten.«

»Die Restrukturierung ist noch nicht abgeschlossen«, fuhr B'Elanna fort. Ihre Finger blieben in Bewegung, betätigten ein Schaltelement nach dem anderen. »Den vorderen Schilden werden weitere Deflektorschichten hinzugefügt. Wenn es den Televek gelingt, immer nur den Bug auf uns gerichtet zu halten, sind sie auf sehr wirkungsvolle Weise vor uns geschützt.«

»Das ist vermutlich auch der Grund, warum sie nicht näher kommen«, sagte Paris.

Tuvok nickte.

»Da wäre noch etwas«, meinte B'Elanna. »Der aktuelle Abstand ermöglicht es ihnen, ihre Waffensysteme gegen uns zum Einsatz zu bringen. Gleichzeitig maximieren sie ihre Chance, einen direkten Photonentorpedotreffer zu vermeiden.«

Paris glaubte fast, die Andeutung von Falten in Tuvoks Stirn zu erkennen.

»Navigator, halten Sie unsere Position, bis Sie andere Anweisungen erhalten«, sagte der Vulkanier. »Mr. Rollins, öffnen Sie einen externen Kom-Kanal. Ich möchte noch ein letztes Mal versuchen, den Konflikt durch Verhandlungen zu lösen. Mir fällt die Vorstellung schwer, daß ein hochentwickeltes Volk auf Vernunft verzichtet, wenn ...«

»Die Televek haben das Feuer eröffnet«, verkündete Stephens.

»Bestätigung«, sagte Rollins. »Photonenimpulse und konventionelle Energiestrahlen.«

»Verhandlungen mit den Televek haben keinen Sinn, Mr. Tuvok«, stöhnte Neelix.

Erschütterungen folgten seinen Worten, und ein fast

ohrenbetäubendes Dröhnen, das der Crew schon viel zu vertraut war.

»Sir!« rief Stephens, als Tuvok zum unteren Brückendeck zurückkehrte und dabei angesichts der heftigen Vibrationen schwankte. »Das Transfersignal ist eingetroffen! Captain Janeway und Commander Chakotay sind bereit für den Retransfer!«

Tuvok drehte sich um. Für ein oder zwei Sekunden verharrte er in völliger Reglosigkeit. Dann nickte er Stephens zu. »Kanal öffnen«, sagte er und hob die Stimme, um das allgemeine Dröhnen zu übertönen. »Wir werden angegriffen, Captain. Daher sind wir nicht in der Lage, die Schilde zu senken und Sie an Bord zu beamen. Ich werde versuchen, das Schiff aus der unmittelbaren Gefahrenzone zu bringen und so schnell wie möglich zurückzukehren ...«

»Ich fürchte, dann sind wir nicht mehr hier«, unterbrach Janeway den Vulkanier. »Der Zünder ist eingestellt und aktiviert – daran läßt sich jetzt nichts mehr ändern. Wenn wir in vier Minuten noch immer hier unten sind, brauchen Sie gar nicht mehr versuchen, uns hochzubeamen.«

»Kapazität der Schilde auf dreiundfünfzig Prozent gesunken«, berichtete B'Elanna. Paris hörte die Anspannung in ihrer Stimme, sah sie auch in den Zügen der Chefingenieurin. Er wußte, wie sie empfand.

»Ausweichmanöver«, wies Tuvok den Navigator an.

Das gefiel Paris ganz und gar nicht. »Wir können den Captain nicht zurücklassen«, sagte er fast beschwörend, während er sich gleichzeitig anschickte, den Befehl auszuführen. Er sah keine Alternative dazu – obwohl alles in ihm danach drängte, dem Captain zu helfen.

»Ich würde nicht zögern, den Captain und Mr. Chakotay zu transferieren, wenn das möglich wäre«, erwiderte Tuvok. »Aber wir können nicht hierbleiben und die Schilde senken.«

»Tuvok hat recht«, tönte Chakotays Stimme aus den

Lautsprechern der externen Kommunikation. »Derzeit sind Sie nicht in der Lage, uns zu helfen.«

»Vielleicht doch.« Paris sah zum Hauptschirm, der den nächsten Mond zeigte. »Ich habe eine Idee.« Er bediente die Navigationskontrollen. »Es könnte klappen, wenn die Zeit ausreicht.«

»Was auch immer Ihnen eingefallen ist …«, sagte Janeway ruhig. »Probieren Sie es aus.«

Paris sah zu Tuvok, und auf das Nicken des Vulkaniers hin aktivierte er das Impulstriebwerk. Der Mond auf dem Hauptschirm wurde größer, glitt dann nach backbord. Das Dröhnen ließ nach, als die *Voyager* dem gegnerischen Feuer auswich.

»Der Televek-Kreuzer folgt uns und wahrt den gleichen Abstand wie vorher«, meldete Rollins. »Er richtet erneut den Zielerfassungsfokus auf uns.«

»Noch drei Minuten, Mr. Paris«, klang Janeways Stimme aus der Höhle tief in der Kruste des Planeten. »Wie läuft's bei Ihnen?«

»Bitte gedulden Sie sich ein wenig, Captain.« Schweiß perlte auf Paris' Stirn, rann ihm in die Augen. Er blinzelte und widerstand der Versuchung, die Hände von den Kontrollen zu lösen. »Wir haben jede Menge Zeit.«

»Brücke an Maschinenraum«, sagte Tuvok, als die Televek wieder das Feuer eröffneten. Paris sah kurz auf und stellte fest, daß der Vulkanier nun zum Mond blickte. *Er versteht,* dachte der Navigator. *Er weiß, was ich vorhabe.*

»Hier Maschinenraum«, erwiderte Lieutenant Carey.

»Mr. Carey, suchen Sie unverzüglich den Transporterraum auf. Kümmern Sie sich dort persönlich um den Retransfer von Captain Janeway und Mr. Chakotay.«

»Ja, Sir«, bestätigte Carey. »Ich bin unterwegs.«

»Wir müssen die Chance sofort nutzen, wenn sie sich ergibt«, sagte Paris.

Tuvok nickte. »Lieutenant Torres, treffen Sie Vorbereitungen dafür, die Schilde auf meine Anweisung hin zu senken. Wie lange dauert die Reaktivierung?«

»Sie mußten erheblichen Belastungen standhalten. Ich schätze, es dauert mindestens anderthalb Minuten, um ...«

Paris sah zu B'Elanna. Ihr Blick wanderte von einem Brückenoffizier zum nächsten, und in den Augen glomm das Licht des Verstehens. »Schon gut. Ich bin soweit.« Sie drehte sich wieder zu ihrer Station um und setzte die Arbeit fort.

Auch Paris konzentrierte sich wieder auf seine Aufgabe. Das Manöver war nicht besonders schwer, zumindest nicht unter gewöhnlichen Umständen. Es ging einzig und allein darum, die *Voyager* in einen lunaren Orbit zu steuern. Aber nur während einer halben Umlaufbahn blieb der Mond zwischen der *Voyager* und dem Televek-Kreuzer – wenn sich das Föderationsschiff auf der dem Planeten zugewandten Seite befand. Ihnen blieb nicht genug Zeit, das Manöver zu wiederholen, und derzeit war die Geschwindigkeit viel zu hoch. Beim Abbremsen durfte kein Fehler passieren.

Paris hielt an der Entschlossenheit fest, Präzisionsarbeit zu leisten.

»Noch eine Minute und dreißig Sekunden«, ließ sich Chakotay vernehmen. Er klang ebenso ruhig wie der Vulkanier.

»Wir beeilen uns, Commander«, versicherte ihm Tuvok. Er wirkte noch immer völlig gelassen, doch Paris glaubte, in seinem maskenhaften Gesicht erste subtile Anzeichen von Unruhe zu erkennen. Er wußte natürlich, daß unerschütterliche Ruhe zu den Wesensmerkmalen von Vulkaniern gehörte, aber Chakotays fast übermenschliche Selbstbeherrschung mußte aus einer anderen Quelle kommen. Captain Janeway und der Erste Offizier ergänzten sich, gaben sich gegenseitig Kraft. Diese Erkenntnis verbannte einen Teil der Sorge aus Paris.

Er wartete bis zum letzten Moment, bis Stephens bestätigte, daß sich der Mond zwischen den beiden Raumschiffen befand. Dann ging er auf Umkehrschub und nahm eine letzte Kurskorrektur vor. Die *Voyager* wurde langsam genug, um sich vom lunaren Schwerkraftfeld einfangen und in eine Umlaufbahn ziehen zu lassen.

»Alles klar«, meldete Rollins. Es klang fast atemlos.

»Lieutenant Torres ...«, sagte Tuvok.

B'Elanna nickte. »Schilde sind gesenkt.«

Der Vulkanier hob die Stimme. »Brücke an Carey. Beamen Sie Captain Janeway und Commander Chakotay an Bord.«

»Der Transferfokus ist nicht stabil, Lieutenant«, erwiderte Carey. »Wir sind über einundvierzigtausend Kilometer von der Oberfläche des Planeten entfernt und befinden uns damit jenseits der maximalen Transporterreichweite.«

Tuvok wippte auf den Zehen, und diesmal runzelte er tatsächlich die Stirn. Dadurch gewann sein Gesicht fast menschliche Züge, fand Paris. »Ich schlage vor, Sie versuchen es trotzdem«, sagte er. »Deshalb habe ich mich mit Ihnen in Verbindung gesetzt.«

»Ja, Sir. Transfer wird eingeleitet.«

»Noch fünfzig Sekunden«, teilte Chakotay mit. »Wie sieht's aus?«

»Wir verstärken den Transferkanal mit der Zusatzenergie«, sagte Carey. »Zielerfassungsscanner werden rekalibriert. Mr. Tuvok ... Der Fokus ist ausgerichtet. Es mangelt ihm noch immer an Stabilität, aber ich glaube, ein Transfer kann trotzdem stattfinden.«

Paris sah zum Hauptschirm und beobachtete, wie die Oberfläche des Mondes unter ihnen dahinstrich. Die Entfernung wuchs jetzt wieder. Der Plan ging davon aus, daß die Televek ihr Schiff ebenfalls in einen lunaren Orbit steuerten und der *Voyager* um den Mond herum folgten. Aber wenn der Kreuzer statt dessen zurückwich, um die *Voyager* auf der dem Planeten zugewandten Seite des Mondes zu erwarten ...

Zum Glück schien das nicht der Fall zu sein.

»Noch fünfzehn Sekunden«, sagte Janeway. »Falls es jemanden interessiert.«

Tuvok hob den Kopf. »Transporterraum, Bericht!«

»Der Transfer findet jetzt statt«, meldete Lieutenant Carey.

Janeway blickte an den Wänden der gewaltigen Kaverne empor, sah dann wieder zum Magmasee hinab, der sich tief unten erstreckte. Dort schlief das Feuer der Welt unter einer erstarrten Kruste.

Sie würde nicht allein sterben, was jedoch kaum ein Trost war. Einmal mehr überprüfte sie die Anzeigen des Tricorders. Noch fünfzehn Sekunden, vierzehn ... »So war es eigentlich nicht geplant.«

»Ich weiß«, erwiderte Chakotay. »Geben Sie nicht auf.« Er deutete auf das Chronometerdisplay des Tricorders. »Uns bleiben noch ... sechs Sekunden.«

Janeway setzte zu einer Antwort an, doch die Worte kamen ihr nicht in der Höhle über die Lippen, denn sie entmaterialisierte zusammen mit dem Ersten Offizier. »Fünf«, sagte sie auf der Plattform im Transporterraum der *Voyager.*

»Sie sind an Bord!« entfuhr es Carey.

»Captain ...«, tönte Tuvoks Stimme aus dem Interkom-Lautsprecher. »Sie werden auf der Brücke gebraucht.«

Janeway hielt noch immer den Tricorder in der Hand, und ihr Blick klebte an der Anzeige des Chronometers fest: zwei ... eins ... null. »Brücke, stellen Sie energetische Aktivität auf dem Planeten fest?«

»Die Sensoren orten eine Explosion, Captain«, antwortete Stephens.

»Danke.« Janeway schloß die Augen, atmete tief durch und dachte daran, was nun in der uralten Höhle tief unter der Oberfläche von Drenar Vier geschah. Die Antimaterie-Explosion schuf ein großes Loch in der erstarrten Lava, und dadurch konnte glühendes Magma nach oben fließen, die Energieversorgung der Maschine wiederherstellen. Es gab keine Instrumente, die der Kommandantin entsprechende Bilder zeigten, aber sie wußte trotzdem Bescheid. Sie sah Chakotay an und bemerkte die gleiche Sicherheit in seinen Augen. Ihr zufriedenes Lächeln spiegelte sich auf den Lippen des Commanders wider.

»Wir sind gleich da«, sagte Chakotay und wandte sich an Carey. »Beamen Sie uns direkt zur Brücke.«

Janeway räusperte sich, als sie im Kontrollraum rematerialisierte. Überall um sie herum wurden Willkommensrufe laut.

»Mr. Paris ...« Sie lächelte noch immer. »Das war ausgezeichnete Arbeit. Sie *alle* haben erstklassige Arbeit geleistet«, fügte sie hinzu und sah sich um.

»Die Schilde sind reaktiviert«, meldete B'Elanna unmittelbar darauf. »Ich habe die Kapazität auf sechzig Prozent erhöht; mehr ist derzeit nicht möglich.«

Janeway nickte. »Gut.«

»Was ist mit unseren ›Freunden‹ an Bord des zweiten Kreuzers geschehen?« fragte Chakotay.

»Oh, sie sind direkt hinter uns«, sagte Paris. »Oder sie kommen uns entgegen.«

»In zwanzig Sekunden haben wir Gewißheit«, meinte Tuvok und neigte den Kopf zu einem knappen Gruß.

»Verstehe.« Janeway ging zum Kommandosessel. »Gefechtsbereitschaft.«

»Was ist mit den Photonentorpedos?« fragte Chakotay den Vulkanier, als Tuvok zur taktischen Station zurückkehrte.

»Sie können sofort eingesetzt werden«, lautete die Antwort. »Allerdings nützen sie uns vielleicht gar nichts. Der Kreuzer hat die vorderen Schilde verstärkt, und wir glauben, daß er damit gut geschützt ist. Außerdem wahren die Televek einen sicheren Abstand. Ich halte es für sehr wahrscheinlich, daß sie in der Lage sind, mehrere direkte Torpedotreffer zu überstehen. Vorausgesetzt, es gelingt ihnen nicht, den Photonengeschossen auszuweichen.«

»Mir liegt nichts daran, unsere wenigen Photonentorpedos einfach wegzuwerfen«, sagte Janeway. »Wir müssen uns etwas anderes einfallen lassen.«

»Keine Spur von den Televek, Lieutenant«, meldete Stephens. Der Mond verschwand vom Hauptschirm, wich dem dunklen All. Die Sichel des Planeten geriet in Sicht.

»Sind sie hinter uns?« fragte Chakotay.

»Bestätigung.« Tuvok bediente die Kontrollen der taktischen Station. »Die Sensoren haben den Kreuzer gerade erfaßt. Er verläßt den lunaren Orbit und fliegt exakt den gleichen Kurs wie wir.«

»Sind wir noch immer in Reichweite der gegnerischen Waffensysteme?«

Die *Voyager* schüttelte sich, als sich destruktive Energie an ihren Schilden entlud und Janeways Frage beantwortete.

»Ausweichmanöver, Mr. Paris«, wies die Kommandantin den Navigator an. »Versuchen Sie, etwas Zeit für uns zu gewinnen.«

»Ich frage mich, warum sich die Televek darauf beschränken, uns einfach nur zu folgen«, sagte Tuvok und neigte den Kopf ein wenig zur Seite.

»Wie meinen Sie das?« erkundigte sich Janeway.

»Mit wachsender Entfernung verlieren die Waffensysteme der Televek Energie und Zielgenauigkeit. Dennoch verzichten sie darauf, die Distanz zu verkürzen, um uns auf wirkungsvollere Weise anzugreifen. Der Grund dafür ist vermutlich die bald eintreffende Flotte. Anders ausgedrückt: Es geht unseren *Gegnern* darum, Zeit zu gewinnen.«

»Also hat es dieser Televek-Kommandant nicht so eilig wie Gantel, zu einem Helden zu werden«, überlegte Janeway, als das Dröhnen der Entladungen nachließ – was einmal mehr Paris' Navigationsgeschick bewies. Doch bestimmt dauerte es nicht lange, bis es den Fremden gelang, die *Voyager* erneut unter Beschuß zu nehmen.

»Wir könnten Minen ausschleusen«, sagte Paris, während er auch weiterhin die Navigationskontrollen bediente. »Die Verzögerungszeit für die Zünder ließen sich schätzen.«

»Die Televek dürften in der Lage sein, solche Sprengkörper rechtzeitig zu entdecken und zu neutralisieren«, gab Tuvok zu bedenken. »Ihre Deflektor- und Sensortechnik ist ebenso hochentwickelt wie unsere.«

»Wie wäre es mit einem weiteren Antimateriebehälter?« fragte Chakotay. »Wenn er richtig abgeschirmt ist, sind keine Sprengstoffe zu orten, nur harmlos erscheinende elektromagnetische Felder.«

»Wir müßten einen externen Zünder verwenden, und der ließe sich feststellen«, wandte Janeway ein.

»Mit den Phasern könnten wir den Behälter von der *Voyager* aus zur Explosion bringen, sobald die Televek nahe genug sind«, spekulierte Paris.

»Leider stehen uns die Phaser nicht zur Verfügung, Lieutenant«, erinnerte ihn Tuvok.

»*Wir* haben keine Phaser.« B'Elanna wandte sich von ihrer Station ab und beugte sich übers Geländer. »Aber die Televek haben welche. Beziehungsweise Energiewaffen, die unseren Phasern ähneln.«

Eine heftige Erschütterung erfaßte das Schiff, als eine weitere Salve des Gegners die Schilde traf. »Das ist uns durchaus klar, Lieutenant«, ließ sich der Talaxianer vernehmen.

»Neelix!« sagte Janeway scharf, was ihn dazu veranlaßte, einen Schritt zurückzutreten, näher zu Kes. In B'Elannas Zügen zeigte sich ernste Konzentration, als die Kommandantin den Blick auf sie richtete. »Worauf wollen Sie hinaus, Torres?«

»Wir könnten eine Subraumsonde der Klasse eins verwenden und den größten Teil der aus Instrumenten bestehenden Nutzlast durch einen abgeschirmten Antimateriebehälter ersetzen. Gegen die verstärkten Bugschilde läßt sich damit nicht viel ausrichten, aber ich schätze, die Rekonfiguration der Schilde nimmt eine gewisse Zeit in Anspruch. Was uns eine Gelegenheit gibt.«

Janeway sah der Chefingenieurin tief in die Augen und nickte langsam. »Wenn wir die Sonde so programmieren, daß sie der Ionenspur des Televek-Impulstriebwerks folgt …«

»Dann kommt sie vielleicht nahe genug an den Kreuzer heran«, sagte B'Elanna.

»Captain …« Tuvok hatte ganz offensichtlich verstanden, worum es ging. »Es müßte eigentlich möglich sein, die Sonde so zu modifizieren, daß ihr energetisches Muster dem einer Kom-Boje ähnelt.«

»Wodurch die Televek sie für ungefährlich halten«, fügte B'Elanna hinzu.

»Dadurch gewinnen wir noch etwas mehr Zeit«, sagte Janeway.

»Aber die Televek beobachten doch, wie wir die Sonde starten, oder?« warf Kes ein.

»Ja, es sei denn …« Paris zögerte und dachte genauer darüber nach.

»Es sei denn was?« fragte Janeway.

»Nun …« Paris hob und senkte die Schultern. »Sie sind uns um einen Mond gefolgt. Vielleicht folgen sie uns auch um einen anderen. Wie wär's mit einer weiteren Runde?«

Janeway sah zufrieden, wie sich die einzelnen Punkte des Plans zu einem einheitlichen Ganzen zusammenfügten. »Wann trifft die Flotte ein?«

»In einundzwanzig Minuten«, antwortete Tuvok.

»Wenn es so weitergeht wie bisher, sind unsere

Schilde bis dahin kollabiert«, erinnerte B'Elanna alle Anwesenden.

Janeway nickte und sah zum Hauptschirm. Der zweite Mond wurde gerade sichtbar, war ein ganzes Stück größer als jener, den sie hinter sich ließen. »Mr. Paris, programmieren Sie einen Kurs zu dem Mond. Bringen Sie uns um ihn herum. B'Elanna, bereiten Sie die Sonde vor.«

Die *Voyager* kippte kurz zur Seite, als der Televek-Kreuzer einen weiteren Treffer erzielte. Lieutenant Torres sprang fort von ihrer Station, und die Erschütterungen schienen ihr überhaupt nichts auszumachen, als sie die Brücke verließ.

»Das Föderationsschiff fliegt hinter den zweiten Mond«, meldete Tatel. »Sollen wir ihm folgen?«

»Ja, natürlich«, erwiderte Daket. »Aber wahren Sie den üblichen Abstand. Die Föderationsleute sind sehr einfallsreich – eine Erkenntnis, die viele unserer Kollegen mit dem Leben bezahlt haben.«

Der Kommandant lehnte sich zurück und wartete auf das Ende des Manövers. Seine Bereitschaft, ein Risiko einzugehen, war inzwischen noch weiter gesunken. Er vertrat den Standpunkt, daß man Erfolge nur dann genießen konnte, wenn man am Leben blieb.

»Die *Voyager* ist in einen niedrigen lunaren Orbit geschwenkt«, berichtete Tatel kurze Zeit später. »Kursanpassung erfolgt.«

Auf dem großen Bildschirm zeigte sich das Föderationsschiff als kleiner weißer Fleck, und Daket sah, wie er hinter dem großen Mond verschwand. Die *Voyager* geriet außer Sicht. Konnte weder beobachtet noch geortet werden. Und wenn schon. Daket würde die Verfolgung noch einige Minuten lang fortsetzen – mehr war gar nicht erforderlich. Er hatte bereits begonnen, sich zu entspannen. Das Schlimmste, so glaubte er, war überstanden; von jetzt an wurde alles besser.

»Umlaufbahn erreicht.«

»Seien Sie auf irgendeine Überraschung gefaßt«, sagte Daket.

Tatel nickte. »Das Föderationsschiff hat eine klare Ionenspur hinterlassen. Die Daten des Kursvektors entsprechen unseren Berechnungen.«

Die letzten Worte vermittelten Daket ein Gefühl der Sicherheit, das jedoch nicht lange dauerte. Plötzlich lösten mehrere Konsolen einen Annäherungsalarm aus. Der Kommandant drückte Tasten, blickte auf die Anzeigen und fand nach wenigen Sekunden, was er suchte: Ein kleines Objekt flog unter dem Kreuzer in einem niedrigen Orbit und kam allmählich näher.

»Analyse.«

»Offenbar handelt es sich um eine Sonde, unbewaffnet und nicht mit Warppotential ausgestattet«, sagte Tatel.

»Werden in den Aufzeichnungen Sonden erwähnt, die mit dem planetaren Verteidigungssystem in Zusammenhang stehen?« fragte Daket.

»Nehme eine entsprechende Überprüfung vor.« Tatel schwieg, während Datenkolonnen über den Computerschirm vor ihn wanderten. »Nein, es sind keine vom Verteidigungssystem eingesetzte Sonden bekannt.«

»Die Flugbahn des Objektes führt zu unserem Heck.« In Tatels Stimme erklang ein Hauch von Sorge. »Entfernung beträgt jetzt nur noch hundert Kilometer. Allem Anschein nach sendet die Sonde eine Art Peilsignal, über dessen Struktur uns nichts bekannt ist.«

»Ein Peilsignal?« wiederholte Daket.

»Das Objekt stellt keine unmittelbare Gefahr dar«, fuhr Tatel fort. »Es sondiert uns nicht einmal. Trotzdem schlage ich die Rekonfiguration unserer Heckschilde vor.«

»Das würde zu lange dauern. Wenn das Ding von der *Voyager* stammt ... Vielleicht sollen wir veranlaßt werden, die Bugschilde zu schwächen. Vermutlich erhoffen sich die Föderationsleute davon mehr Erfolgsaussichten bei einem Angriff mit ihrer Photonenwaffe. Sicher sind sie inzwischen der Verzweiflung nahe, denn immerhin bleibt ihnen kaum mehr Zeit.«

Tatel schwieg. Daran hatte sie nicht gedacht.

Daket lächelte selbstgefällig und lehnte sich wieder zurück. Nein, dies war gewiß nicht der geeignete Zeitpunkt, um ein Risiko einzugehen. Er spürte warme Zufriedenheit, und es widerstrebte ihm, sie kalt werden zu lassen. Man würde ihn als Helden bejubeln, ihn mit Beförderungen und Reichtum belohnen, wenn die Mission doch noch zu einem erfolgreichen Ende gebracht werden konnte. Es kam nur darauf an, die Föderationsleute einige weitere Minuten lang beschäftigt zu halten – dann stand seinem persönlichen Triumph nichts mehr im Wege.

Tatel rutschte unruhig hin und her. »Die Sonde nähert sich.«

Daket nickte gleichmütig. »Gehen wir auf Nummer Sicher. Zerstören Sie das Objekt mit den Heckdesintegratoren, jetzt sofort.«

»Das Ziel wird erfaßt.«

»Auf den Schirm.«

Die Sonde erschien als unbedeutender Punkt auf dem Heckschirm.

»Feuer.«

Ein dünner Energiestrahl zuckte vom Kreuzer zu dem kleinen Objekt im All. Einen Sekundenbruchteil später gleißte blendendes Weiß über den Bildschirm, und jähes Entsetzen erfaßte Daket. Er öffnete den Mund, kam jedoch nicht mehr dazu, einen Schrei auszustoßen.

# 16

Der Hauptschirm zeigte das All hinter der *Voyager,* und Janeway sah den plötzlichen Glanz der Antimaterie-Explosion: ein kurzes Strahlen, das schnell wieder hinter dem lunaren Horizont verblaßte.

»Bericht«, sagte Janeway und spürte fast so etwas wie einen Kloß im Hals.

»Starke Beschädigungen im Heckbereich des Kreuzers«, sagte Tuvok. »Die Schilde sind kollabiert, die Hauptenergie ist ausgefallen. Das Triebwerk funktioniert nicht mehr.«

»Ausgezeichnet, Captain!« lobte Neelix. »Offenbar ist es Ihnen tatsächlich gelungen, den Televek eine bittere Lektion zu erteilen!«

»In der Tat«, bestätigte Tuvok.

Janeway nickte und holte tief Luft. »Gibt es Überlebende?«

»Die Sensoren registrieren Lebensformen in den bugwärtigen Segmenten des Kreuzers, aber nicht sehr viele«, erwiderte Tuvok. »Die Lebenserhaltungssysteme versagen ebenfalls.«

»Wir können sie nicht einfach sich selbst überlassen«, sagte Janeway. »Mr. Paris, drehen Sie bei. Tuvok, stellen Sie eine Einsatzgruppe zusammen.«

»Glauben Sie, daß die Televek es wert sind, gerettet zu werden, Captain?« fragte Neelix, und seine Stimme klang jetzt sehr ernst. »Wir haben es hier mit Leuten zu tun, die ihre eigenen Kinder verkaufen würden, wenn sie sich etwas davon versprächen.«

»Jetzt übertreiben Sie ein wenig, oder?« entgegnete Janeway.

»Wenn Sie gestatten, Captain ...«, warf Paris ein. »Ich bezweifle, ob uns die Televek in einer ähnlichen Situation helfen würden.«

Janeway musterte ihn. In dieser Hinsicht erlaubte sich Tom bestimmt keinen Scherz. Gerade er wußte, was es bedeutete, im Stich gelassen zu werden – und später unerwartete Hilfe zu bekommen. Sie rang sich ein Lächeln ab. »Ich möchte trotzdem daran glauben«, sagte sie. »Es können nicht alle Äpfel im Korb faul sein, Mr. Paris. Das wäre zu schade.«

»Da bin ich ganz Ihrer Ansicht«, pflichtete Kes der Kommandantin bei.

»Ja, Sir«, erwiderte der Navigator. »Ich meinte nur ...«

»Ich weiß.« Janeway klopfte auf ihren Insignienkommunikator. »Janeway an Krankenstation.«

»Ja, Captain«, meldete sich der holographische Doktor.

»Vielleicht haben wir in einigen Minuten Arbeit für Sie.«

»Hier unten ist alles bereit, Captain«, sagte der Arzt. »Obgleich seit unserer Ankunft in diesem Sonnensystem erst jetzt jemand den Versuch unternimmt, mich über die aktuelle Lage zu informieren. Kann ich von der Annahme ausgehen, daß es sich bei den neuen Patienten um Besatzungsmitglieder handelt?«

»Nein. Es sind Televek.«

»Oh, ich ... verstehe«, erwiderte der Doktor nach einer kurzen Pause. »Wissen Sie, genau deshalb ist die Arbeit in der medizinischen Abteilung so interessant: Man erlebt immer wieder Überraschungen.«

Janeway sah zu Chakotay, der versuchte, sein Schmunzeln hinter vorgehaltener Hand zu verbergen. Der interessante Aspekt bestand diesmal darin, daß der Doktor nicht ganz unrecht hatte.

»Wir nähern uns der letzten Position des Kreuzers«, verkündete Paris. »Die Kursanpassung erfolgt in …«

»Captain …« Tuvoks Finger huschten über die Kontrollen, und gleichzeitig erklang ein Alarm. »Die Televek-Flotte hat das Drenar-System erreicht und den Warptransfer beendet.«

Daket setzte sich mühsam auf, schnappte nach Luft und keuchte. Das matte Glühen der Notbeleuchtung hüllte alles in einen vagen, purpurnen und blauen Schein. Wohin er auch sah: Die Displays aller Konsolen waren erloschen. Das Triebwerk funktionierte bestimmt nicht mehr, und der Kommandant fragte sich, wie sein Schiff der völligen Zerstörung entgehen konnte. Nun, eigentlich war es müßig, über dieses geringe Glück nachzudenken.

Er versuchte aufzustehen, und heißer Schmerz durchflutete ihn. Als er den Blick zum rechten Bein senkte, bemerkte er unterhalb des Knies eine Wunde, die von einem scharfkantigen Metallstück verursacht worden war. Erneut sah er sich auf der Brücke um und trachtete danach, Details zu erkennen. Hier und dort bewegte sich etwas – es hatten also einige Crewmitglieder überlebt. Aber niemand von ihnen war auf den Beinen, und der Kontrollraum glich einem Trümmerfeld.

»Tatel!« rief Daket und hustete. In dem Zwielicht blieb der Rauch fast unsichtbar, aber er mußte ziemlich dicht sein. Und vermutlich war er auch giftig. Es gab keine Möglichkeit für ihn, Gewißheit zu erlangen.

»Ich bin hier«, antwortete Tatel. Eine kleine Gestalt erhob sich und stolperte in Richtung Kommandosessel.

Daket sah nun, daß der Boden – das Deck – um einige Grad nach Steuerbord geneigt war. »Wie schwer ist das Schiff beschädigt?«

»Ich weiß es nicht«, brachte Tatel hervor. »Alle Bordsysteme sind ausgefallen, auch das Lebenserhaltungssystem. Und wir verlieren Luft durch ein Leck. Ich höre es.«

»Hier lohnt sich nicht die Suche nach Positivem«, stöhnte Daket und schüttelte den Kopf.

»Wir müssen davon ausgehen, daß der größte Teil des Hecks zerstört ist, unter anderem auch die Hangars. Ich bezweifle, ob jenseits von Sektion drei noch jemand lebt. Meine größte Sorge besteht jetzt darin, daß der Rest des Schiffes auseinanderbrechen könnte.«

»Wir müssen fort von hier«, ächzte Daket.

»Es sollte möglich sein, die bugwärtigen Rettungskapseln zu erreichen«, sagte Tatel. »Können Sie gehen?« Sie sah auf das verletzte Bein hinab.

»Ich *muß.*« Daket biß die Zähne zusammen. Wenn sie die Kapseln tatsächlich erreichten, und wenn sie hineinklettern konnten, bevor der Kreuzer auseinanderbrach, und wenn die kleinen Rettungsboote starteten, und wenn das Föderationsschiff sie nicht sofort nach dem Start zerstörte (Daket wäre ohne zu zögern bereit gewesen, einen entsprechenden Vernichtungsbefehl zu erteilen; er hatte sich nie mit irgendwelchen Skrupeln belastet), wenn all dies geschah ... Dann war es die erste Sache, die seit dem Beginn der Mission gut verlief.

Die übrigen vier Angehörigen der Brückencrew hinkten oder krochen fort. Sie hatten Daket und Tatel gehört; eine zusätzliche Aufforderung war nicht nötig. Als sie sich in Bewegung setzten, knirschte und knackte es in der Außenhülle des Schiffes. Es war ein Geräusch, das man nicht nur hörte, sondern auch fühlte. Daket beeilte sich, als die anderen durch die vordere Brückenluke verschwanden und den Weg in Richtung der Rettungskapseln fortsetzten. Doch der Schmerz im Bein brannte immer heftiger, und schon nach wenigen Metern mußte er stehenbleiben.

»Ich helfe Ihnen«, bot sich Tatel an. Sie bückte sich, schob die Arme unter seinen Leib und hob ihn hoch.

Ihre Kraft erstaunte den Kommandanten. Er hätte sie nicht für so stark gehalten.

Daket schwieg und erhob keine Einwände. Er war Tatel sogar dankbar, als sie ihm durch die Luke in den Korridor half, in eine Welt, die nur noch aus geborstenem Metall und Qualm zu bestehen schien. Ja, er war dankbar – aber er hatte nicht die geringste Ahnung, was Tatel zu einem derart dummen und törichten Verhalten veranlaßte. Nun, nicht alle Televek verfügten über geschäftliches Talent. Daket glaubte, reichlich damit ausgestattet zu sein, woraus folgte: Wenn ihm *mehr* davon zuteil geworden war, so mußten andere mit *weniger* ausgestattet sein. Die Televek wurden keineswegs gleich geboren. Hinzu kam, daß in Tatels Kopf irgend etwas nicht mit rechten Dingen zuging. Sie war ... seltsam. Als sie Daket in eine der Rettungskapseln zog, beurteilte er sie als eine in technischer Hinsicht zwar sehr geschickte, ansonsten aber hoffnungslos provinzielle Närrin.

»Projizieren Sie ein vollständiges taktisches Diagramm der Televek-Flotte auf den Hauptschirm«, sagte Janeway. »Kennzeichnen Sie unsere Position. Wie lange dauert es, bis die Schiffe auf Gefechtsreichweite heran sind?«

»Uns bleiben noch zwei Minuten und elf Sekunden«, erwiderte Tuvok.

»Captain ...« In Kes' Gesicht zeichnete sich ein ganzes Leben ab. »Sie sollten jetzt auf Neelix hören. Wir müssen so schnell wie möglich fort von hier.«

*Vernünftige Worte,* dachte Janeway. Und doch ... Nach all dem, was sie hinter sich hatten, widerstrebte es ihr, Drenar Vier aufzugeben. Sicher verstand Kes diese Empfindungen. Und der Ocampa mußte auch klar sein, daß es Janeway leichter fiel, solche Worte von ihr zu akzeptieren.

»Brücke an Maschinenraum«, sagte sie laut. »Lieutenant Torres?«

»Ja, Captain?«

»Wie lange dauert es, das Warptriebwerk zu rekonfigurieren?«

»Mindestens fünfzehn Minuten.« B'Elanna schwieg einige Sekunden lang, als sei sie außer Atem. »Und das auch nur dann, wenn sich keine Probleme ergeben«, fügte sie hinzu.

Sie wußten beide, daß sie nicht so viel Zeit hatten.

»Machen Sie sich sofort an die Arbeit«, sagte Janeway. »Und beeilen Sie sich.«

»Wenn wir einfach warten, werden unsere Probleme noch größer«, sagte Paris und sah zum Hauptschirm.

»Ja«, erwiderte Janeway und gab dem Navigator neue Anweisungen. Paris steuerte die *Voyager* erneut um den Mond herum, in Richtung der letzten Position des Kreuzers. Er hätte bestimmt nichts unversucht gelassen, um die *Voyager* in Sicherheit zu bringen. Allerdings gab es derzeit keine Sicherheit für sie. Die Televek-Flotte war ihnen weit überlegen und konnte sie schnell in die Enge treiben. Wenn sie es mit den acht Schlachtkreuzern zu tun bekamen, hatte es keinen Sinn mehr zu versuchen, sich hinter irgendwelchen Monden zu verstecken.

*Aber wenn wir hierbleiben, bleibt uns noch weniger Zeit,* dachte Janeway.

»Geben Sie den Rettungsversuch auf«, sagte sie schließlich. »Navigation, nehmen Sie Kurs auf die äußeren Gasriesen. Mr. Stephens, versuchen Sie, einen Kom-Kontakt mit den Televek herzustellen. Vielleicht sind wir auf diese Weise imstande, etwas Zeit zu gewinnen.«

»Die Televek antworten nicht«, sagte Stephens kurz darauf. »Die Flotte nähert sich mit fast voller Impulsgeschwindigkeit.«

»Ihr Kurs führt direkt zu uns«, fügte Tuvok hinzu. »Gefechtsdistanz wird in neunundfünfzig Sekunden erreicht.«

»Wenn wir das Sonnensystem ohne Warppotential

verlassen, haben wir nicht die geringste Chance«, stellte Chakotay fest.

»Und wenn wir bleiben, stellen uns die Televek zum Kampf«, murmelte Janeway. Sie blickte zum Hauptschirm, der jetzt kein taktisches Diagramm mehr zeigte, sondern eine stark vergrößerte Darstellung der Flotte. Die acht Kreuzer glichen den Sternen, präsentierten sich in Form von hellen Punkten vor dem samtenen Schwarz des Alls. Die Kommandantin stand auf und trat vor. Es gab bestimmte Worte, die in einer solchen Situation ausgesprochen und an die Crew gerichtet werden mußten, an Männer und Frauen, an die Starfleet-Angehörigen ebenso wie an die Maquisarden. Doch jetzt fehlte ihr die Zeit, sie zu formulieren.

»Photonentorpedos ausrichten und alle zur Verfügung stehende Energie in die Schilde leiten, auch die der Lebenserhaltungssysteme. Wir eröffnen nicht als erste das Feuer, aber ich möchte bereit sein.« Sie sah sich um und fing Chakotays Blick ein. »Wenn uns die Televek angreifen, so sollen sie einen hohen Preis dafür bezahlen.«

Der Erste Offizier nickte ernst.

»Captain ...« Normalerweise klang Tuvoks Stimme fast monoton, aber jetzt glaubte Janeway, einen Hauch Aufregung in ihr zu entdecken. »Die Sensoren registrieren multiple energetische Aktivität auf dem Planeten. Die Emissionsstrukturen sind diesmal weitaus stärker.« Er zögerte kurz. »Das Energieniveau steigt weiter ...«

»Die Höhle ...« Janeway drehte sich zur taktischen Station um. »Wie viele einzelne Aktivitätszentren orten Sie?«

»Dutzende. Und alle scheinen in den Weltraum gerichtet zu sein.«

»Auf den Schirm.«

Das taktische Display von Tuvoks Monitor erschien im großen Projektionsfeld. Alle Anwesenden beobachteten, wie sich Wolken aus purer Energie von der Oberfläche des Planeten lösten, an der *Voyager* vorbeiglitten und den Flug durchs All fortsetzten.

»Kurs?« fragte Janeway.

Tuvok nahm eine entsprechende Berechnung vor. »Das Ziel der Energiewolken ist offenbar die Televek-Flotte. Das individuelle energetische Niveau steigt noch immer und gewinnt jetzt enorme Ausmaße.«

Janeway kniff die Augen zusammen und sah, wie die Geister über den Hauptschirm glitten, wie sich die Kreuzer dem Planeten näherten und fast die Position der *Voyager* erreichten. Sie wußte, was sich nun anbahnte …

»Die Energiewesen greifen an«, sagte Stephens.

»Ja, darauf deutet alles hin«, erwiderte Chakotay.

»Die Televek scheinen in Schwierigkeiten zu geraten«, ließ sich Tuvok vernehmen. »Obwohl die Art des Angriffs unklar bleibt. Die energetischen Entitäten setzen keine erkennbaren Waffen ein. Die Televek feuern, erzielen damit jedoch keine sichtbare Wirkung.«

Chakotay hob die Brauen. »Was meinen Sie mit ›Schwierigkeiten‹?«

»In den Bordsystemen der Televek kommt es zu Überladungen und Ausfällen.«

»Wir empfangen ihre flotteninternen Kom-Signale«, sagte Stephens.

»Hören wir uns an, was dort drüben geschieht«, meinte Janeway.

Stimmen und Hintergrundgeräusche drangen plötzlich aus den Lautsprechern. Wiederholtes Krachen deutete auf mehrere kleine Explosionen hin. In den hektischen Meldungen und Anweisungen ging es immer wieder um Maßnahmen zur Brandbekämpfung und die Reparatur wichtiger Komponenten.

»Es klingt so, als fielen ganze Konsolen durch massive Kurzschlüsse aus«, kommentierte Chakotay.

»Sensor- und Audiodaten weisen darauf hin, daß es an Bord aller Kreuzer solche Probleme gibt«, sagte

Tuvok. »Die Televek setzen ihre Gegenangriffe fort, aber es läßt sich nach wie vor keine Wirkung feststellen.«

»Weil sie Phantome jagen«, erwiderte Chakotay, lächelte und sah zum Captain.

»Unsere Geister, Commander«, meinte Janeway und lächelte ebenfalls.

Die donnernde Stimme einer Frau übertönte plötzlich das aus den Lautsprechern dringende akustische Chaos. »Rückzug!« befahl die Televek-Kommandantin.

»Wir empfangen visuelle Kom-Signale«, meldete Stephens.

Janeway nickte ihm zu.

Auf dem Hauptschirm erschien das Gesicht der Frau. Sie ähnelte den anderen Televek, war jedoch weitaus älter als die drei »Mittler«. Darüber hinaus schien sie sehr reich zu sein und einen Status zu genießen, von dem die meisten Televek nur träumen konnten. Die Brücke ihres Schiffes kam dem Thronsaal einer Königin gleich. Überall zeigten sich dicke Polster, prunkvolle Wandteppiche, glitzernde Ziergegenstände und Bögen aus verschnörkeltem Metall. Die mit vielen Stickereien geschmückte Uniform wies leuchtende Farben auf, so als sollte das ganze Universum von ihr Kenntnis nehmen.

»Versuchen Sie, einen Kanal zu öffnen, Mr. Stephens«, sagte Janeway und hörte, wie die Televek mit einer sehr autoritären Stimme Anweisungen rief. In ihren grünen Augen glomm kaltes Feuer. *Bestimmt rollen Köpfe,* dachte Janeway. *Auf die eine oder andere Weise.*

»Bei zwei Kreuzern ist das energetische Niveau auf null gesunken, Captain«, berichtete Tuvok. »Rettungskapseln wurden gestartet. Andere Schiffe nehmen derzeit die ersten davon auf. Einige der übrigen Kreuzer haben sich ein geringes Energie- und Funktionspotential bewahrt, doch beim Flaggschiff registrieren die Sensoren umfassende Ausfälle der Bordsysteme. Ein Kernkollaps des Reaktors steht unmittelbar bevor.«

Janeways Blick galt noch immer der Frau, die gekommen war, um der *Voyager* das Verderben zu bringen. Statt dessen erfuhr sie jetzt selbst Unheil. »Kann eine Kom-Verbindung hergestellt werden?« fragte Janeway.

Stephens schüttelte den Kopf. »Die Televek antworten nicht, Captain.«

»Eigentlich habe ich auch nicht damit gerechnet.«

»Es ist ohnehin zu spät«, sagte Tuvok. Das Bild der Televek-Kommandantin Shaale – wenn Janeway ihren Namen richtig verstanden hatte – verschwand plötzlich vom Hauptschirm und wich der Darstellung des Weltraums. Es blitzte, und eine neue Sonne schien zu entstehen.

»Das Flaggschiff wurde zerstört«, stellte Tuvok fest. »Es gibt keine Überlebenden.«

»Unser Kom-System reagiert auf Signale, die ihren Ursprung auf der Steuerbordseite der *Voyager* haben«, sagte Stephens.

»Bestätige zwei Kontakte.« Tuvok blickte auf die Anzeigen der taktischen Station. »Es handelt sich um Rettungskapseln der Televek. Offenbar stammen sie von dem beschädigten Kreuzer, den wir in der Umlaufbahn des Mondes zurückgelassen haben.«

»Sie weisen die Flotte auf ihre Ankunft hin, Captain«, fügte Stephens hinzu.

»Wie viele Personen sind an Bord?« fragte Janeway.

Der Vulkanier sah erneut auf die Displays. »Die Bioindikatoren orten elf Lebensformen in der ersten Kapsel und sechs in der zweiten.«

»Gut.« Janeway klopfte auf ihren Insignienkommunikator. »Brücke an Transporterraum. Beamen Sie Jonal, Mila und Tassay in die zweite Rettungskapsel. Tuvok übermittelt Ihnen die Koordinaten.«

»Aye, Sir«, antwortete der Transporterchef.

»Sie lassen sie einfach so gehen?« fragte Chakotay.

Janeway seufzte. »Ich möchte sie nicht die nächsten siebzig Jahre in unserer Arrestzelle verbringen lassen.«

Sie musterte den Ersten Offizier einige Sekunden lang. »Irgendwelche Kommentare, Commander?«

Chakotay zuckte mit den Schultern. »Nein, Captain.«

»Der Transporterraum meldet, daß sich die drei Gefangenen jetzt an Bord der zweiten Rettungskapsel befinden«, teilte Tuvok mit.

»In Ordnung.« Janeway legte die Hände auf den Rücken. »Bitte projizieren Sie wieder die taktische Anzeige auf den Hauptschirm.«

Grafiken füllten das zentrale Projektionsfeld und wiesen darauf hin, daß sich die restlichen Televek-Schiffe zur Flucht wandten. Zwei Kreuzer blieben zurück, trieben neben den Trümmern im All, die an Shaales Flaggschiff erinnerten.

»Brücke an Maschinenraum.«

»Hier Torres, Captain.«

»Warten Sie mit der Rekonfiguration des Warptriebwerks. Wir müssen noch die Umlaufbahnen von zwei Monden verändern, und es sieht ganz so aus, als bekämen wir Gelegenheit dazu.«

Janeway drehte sich zu Chakotay um und sah, wie er die Augen aufriß. Er schnappte nach Luft, schien plötzlich an Atemnot zu leiden. Sie streckte die Hand nach ihm aus, aber von einer Sekunde zur anderen konnte sie ihn nicht mehr sehen. Die Geister waren wieder bei ihr.

Stimmen erklangen in Janeways Selbst, aber nicht alle kamen von den Geistern. Sie vernahm auch die verblüfften, furchterfüllten Stimmen von hundertvierzig Männern und Frauen, der Besatzung des Raumschiffs *Voyager.* Sie alle berührten sich, ganz sanft. Und dann sprachen die Geister zu ihnen.

Wie zuvor benutzten sie keine Worte, übertrugen stattdessen die Essenz reiner Bedeutung. Diesmal kam es nicht zu Bildern, die Leid, Angriffe, Katastrophen und Tod zeigten. Die visionären Szenen ließen sich vielmehr so übersetzen: »Danke. Die Kinder ... danken euch.«

Mit den Kindern waren die Drenarianer gemeint, glaubte Janeway. Doch das Volk von Drenar Vier stammte nicht etwa von den Geistern ab. Es gab keine Nachkommen-Ahnen-Beziehung. Die Wirklichkeit erwies sich als noch phantastischer.

Als ihr diese Gedanken durch den Kopf gingen, veränderten sich jene Bilder, die nicht nur sie sah, sondern auch alle anderen Personen an Bord. Janeway erblickte etwas von dem großen Bewußtsein, das die Geister geschickt hatte, von der Präsenz, der sie und Chakotay schon einmal im mentalen Kosmos begegnet waren und die nun zu allen sprach.

Als die Crew der *Voyager* in den geistigen Strom des fremden Selbst tauchte, fluteten den Sinnen der Besatzungsmitglieder Myriaden von Wahrnehmungsfragmenten entgegen. Sie betrafen fremde Galaxien, ferne Welten und exotische Lebewesen – Informationen, die nicht nur in Form von Bildern übertragen wurden, sondern auch durch Emotionen. Die Flut hielt nicht lange an, schrumpfte schon nach kurzer Zeit und reduzierte sich schließlich auf eine Vision, die Janeway bereits kannte. Vor dem inneren Auge sah sie erneut ein gewaltiges Raumschiff, viele hundert Male größer als die *Voyager.* Langsam glitt es dahin, verdunkelte dabei das Licht der Sterne ...

# 17

Lieutenant Torres wartete geduldig darauf, daß sie an die Reihe kam, als Janeway von den übrigen Personen im Konferenzzimmer Berichte entgegennahm. Für die *Voyager* herrschte fast wieder normaler Status.

»Wir können den Flug fortsetzen, Captain«, sagte B'Elanna schließlich. »Wir haben fast volles Warppotential und volle Impulskraft.«

Die drei Monde von Drenar Vier bewegten sich jetzt in neuen Umlaufbahnen, und das Warptriebwerk der *Voyager* war rekonfiguriert. B'Elanna hatte sogar Zeit gefunden, das beschädigte Shuttle zu bergen.

Die neuesten Daten deuteten darauf hin, daß der Planet allmählich zur Ruhe kam. Eigentlich handelte es sich dabei erst um eine Tendenz, die sich allein den Sensoren der *Voyager* offenbarte. Es würde noch Wochen dauern, bis die Drenarianer einen Unterschied bemerkten. Wie dem auch sei: Torres hatte voller Stolz feststellen können, daß die Modifizierung der lunaren Umlaufbahnen tatsächlich eine Verringerung der seismischen Aktivitäten bewirkte, zumindest mittel- und langfristig – und darauf kam es an.

»Danke, Lieutenant«, sagte Janeway. »Sie haben gute Arbeit geleistet, Sie alle.«

»Wann brechen wir auf?« fragte Neelix, der fast die ganze Zeit über geschwiegen hatte.

»Bald«, erwiderte Janeway. »Warum haben Sie es so eilig?«

Der Talaxianer schmollte ein wenig. »Das habe ich gar

nicht, Captain. Ich meine nur ... Bevor wir dieses Sonnensystem verlassen, sollten wir mit einem Shuttle zu den Wracks der Televek-Kreuzer fliegen und uns ihre ... Laderäume ansehen. Vielleicht finden wir dort etwas, das wir gebrauchen können.«

Janeway und Chakotay wechselten einen kurzen Blick, wandten sich dann beide an B'Elanna.

»Eine gute Idee«, sagte die Chefingenieurin. »Immerhin behaupteten die angeblichen Mittler, an Bord der Kreuzer befänden sich die von uns benötigten Komponenten. Vielleicht haben sie wenigstens in diesem Punkt nicht gelogen.«

»Na schön, Neelix, ich bin einverstanden.« Janeway lächelte. »Paris, nehmen Sie Kurs auf die Wracks. Wir beamen uns hinüber. Commander Chakotay, B'Elanna ... Stellen Sie eine Liste zusammen. Wir gehen einkaufen.«

Wenige Minuten später schwebte die *Voyager* neben einem der treibenden Televek-Wracks. Captain Janeway, Chakotay, Paris und Lieutenant Torres materialisierten in einem dunklen Korridor. Das Licht ihrer Taschenlampen strich über glatte, ungeschmückte Wände.

»Chakotay und ich nehmen uns die Brücke vor«, sagte Janeway. »Mr. Paris, B'Elanna ... Sie wissen, worauf es ankommt. Bleiben Sie mit uns in Verbindung.«

Die Gruppe teilte sich, und jedes Paar ging in eine andere Richtung, lauschte dabei dem Echo der eigenen Schritte. Abgesehen davon blieb es völlig still um sie herum. Janeway merkte, daß die Luft verbraucht roch. Außerdem stank es nach verbrannten Schaltkreisen und irgendwelchen Chemikalien. Und es war kalt. Die Temperatur im Innern des Wracks sank ständig – Janeway konnte bereits sehen, wie ihr Atem kondensierte. Der Grund: Die Lebenserhaltungssysteme funktionierten nicht mehr.

Von der *Voyager*-Brücke aus gab Rollins mehrmals Richtungshinweise, und dadurch fiel es Janeway nicht schwer, den Kontrollraum des Kreuzers zu finden. Zusammen mit Chakotay überprüfte sie die Schaltpulte, um einen Eindruck vom Ausmaß der Schäden zu gewinnen.

»Es ist unmöglich, die Energieversorgung der wichtigsten Bordsysteme wiederherzustellen«, sagte Chakotay. Er kniete an einer von insgesamt fünf Konsolengruppen. »Die primären energetischen Distributionsmodule sind geschmolzen, ebenso die Kanalisatoren.«

Also gab es keine unmittelbare Möglichkeit, die Televek-Technik zu testen und mit ihr zu experimentieren. *Nun, es spielt keine Rolle,* dachte Janeway, als sie sich die Kontrollen des Feuerleitstands ansah. Sie seufzte und schüttelte den Kopf. »Selbst wenn es möglich wäre, wieder Energie in die Systeme zu leiten ... Es hätte überhaupt keinen Sinn. Es sind zu viele Bestandteile zerstört worden.«

Chakotay erhob sich und nickte in der Dunkelheit, die nur vom Glühen der beiden Taschenlampen erhellt wurde.

Janeway klopfte auf ihren Insignienkommunikator. »Torres, Paris ... Wir haben hier nichts gefunden. Wie sieht's bei Ihnen aus?«

»Schlecht, Captain«, erwiderte B'Elanna. »Mit dem Maschinenraum läßt sich kaum mehr etwas anfangen. Dort ist praktisch nichts heil geblieben. Die Reste einiger Geräte qualmen noch. Ich vermutete, das automatische Feuerlöschsystem hat für kurze Zeit funktioniert und fiel dann aus, als die Energieversorgung zusammenbrach. Wenn es überhaupt nicht aktiv geworden wäre, stünden wir jetzt nicht hier.«

»Captain ...«, warf Tuvok ein.

Janeway berührte ihren Insignienkommunikator noch einmal. »Sprechen Sie.«

»Die Sensoren haben etwas gefunden, das ein großes Lager zu sein scheint, nicht weit von der technischen Sektion des Kreuzers entfernt. Der entsprechende Bereich ist so gut abgeschirmt, daß Sie sich nicht hineinbeamen können. Die Resultate meiner jüngsten Sondierungen weisen darauf hin, daß es an Bord des anderen Wracks einen ähnlichen Raum gibt. Hinzu kommt, daß wir mit den bisherigen Scans keine nennenswerten Depots feststellen konnten.«

»Sie haben mehr erwartet, nicht wahr?« fragte Janeway.

»Ja, Captain. Wenn die Televek tatsächlich mit Waffen und Technologie handeln, und wenn sie wirklich so vorsichtig sind, wie man ihnen nachsagt ... Unter solchen Voraussetzungen kann man von der logischen Annahme ausgehen, daß sie wertvolle Güter in einem speziell geschützten Bereich unterbringen.«

»Ja, das stimmt vermutlich. Janeway an Torres. Haben Sie das gehört?«

»Ja, Captain.«

»Ich möchte, daß Paris und Sie im Korridor vor dem abgeschirmten Lager auf Commander Chakotay und mich warten.«

»Wir sind unterwegs«, sagte Paris.

Kurze Zeit später trafen sie sich vor einem großen Schott, das aus fünf Zentimeter dickem Terminium bestand. B'Elanna und Chakotay untersuchten den Öffnungsmechanismus, zuckten dann mit den Schultern.

»Verriegelt«, sagte der Erste Offizier schlicht.

»Ohne funktionierende Energieversorgung dürfen wir nicht hoffen, uns auf normale Weise Zugang zu verschaffen«, fügte B'Elanna hinzu. »Damit bleibt nur eine Alternative.«

»Verstehe.« Janeway nickte, und ihre drei Begleiter wichen zurück, als sie den Insignienkommunikator aktivierte. »Transporterraum, wir brauchen ein schweres Phasergewehr, Typ III.«

Kurze Zeit später schimmerte ein Transporterfeld, und das Gewehr erschien vor Chakotay auf dem Boden. Er hob die Waffe hoch, justierte sie auf maximale Emissionsstärke und hielt sie mit beiden Händen in Hüfthöhe. Der Commander wartete, bis die anderen weit genug zurückgewichen waren, schoß dann auf die Mitte des Schotts. Ein Feuerstoß genügte.

»Achten Sie darauf, sich nicht zu verbrennen«, warnte Janeway die anderen drei Offiziere, als sie wieder vortraten, dabei noch immer die Hitze der Entladung im Gesicht spürten. Es gelang ihnen, die beiden Schotthälften auseinanderzuschieben – sie ließen sich jetzt mühelos bewegen. Paris trat als erster durch den nun offenen Zugang. Janeway folgte ihm, hob die Taschenlampe ... und glaubte, ihren Augen nicht trauen zu können.

Vor ihr erstreckte sich ein geradezu riesiger Raum, bis in jede Ecke mit großen und kleinen Kisten gefüllt. Die einzelnen Behälter mußten nicht extra geöffnet werden, um festzustellen, was sie enthielten. Diagramme gaben Auskunft über den Inhalt, zeigten Darstellungen der entsprechenden Instrumente. Das Spektrum reichte von ESP-Flußregulatoren über Gravitongeneratoren bis hin zu Phaserprojektoren. Zwischen den langen Reihen aus Kisten ruhten hier und dort Paletten, auf denen größere Aggregate standen, eingehüllt in transparente Kunststoffplanen. Maschinen für Grabungsarbeiten unter extremen Bedingungen. Und schwere Energiekatapulte, für die Abwehr besonders hartnäckiger Angreifer bestimmt.

B'Elanna schritt zu einigen Kisten, die am Ende eines von größeren Containern geformten Ganges standen. »Hier haben wir den benötigten Flußregulator. Und noch sieben weitere.«

Sie klopfte auf einen Behälter, und ihre Fingerkuppen strichen über das kennzeichnende Diagramm. Schließlich drehte sie den Kopf, sah zu den anderen und lächelte. »Die Komponenten unterscheiden sich ein wenig von unseren.« Ihr Blick kehrte zu der grafischen Darstellung an der Kiste zurück. »Aber ich glaube, wir können den Regulator trotzdem verwenden.«

»Janeway an *Voyager.* Wir brauchen einige Techniker. Hier gibt es viel zu tun.«

B'Elanna betätigte die Code-Tasten der Kiste, während Janeway, Chakotay und Paris weitergingen.

Es dauerte nicht lange, bis die von Lieutenant Carey angeführte zweite Einsatzgruppe vor dem Lager materialisierte und sofort mit der Arbeit begann. Die Techniker katalogisierten zunächst, öffneten Container, wenn sich das als erforderlich erwies, verglichen dann die gesammelten Daten. Nach sechs Stunden meinte Torres, sie seien fertig.

Das Lager enthielt nicht nur den ESP-Flußregulator, den sie brauchten, um die Phaser zu reparieren. Es bot ihnen auch noch ein Geschenk ganz besonderer Art: zwei mit Warppotential ausgestattete taktische Sonden, ungefähr so groß wie die Photonentorpedos der *Voyager*. B'Elanna untersuchte sie und kam zu folgendem Schluß: Das gesamte Steuerungs- und Navigationssystem mußte ausgetauscht werden, aber es *war* möglich, die beiden Sonden in Torpedos zu verwandeln und somit den knappen Vorrat der *Voyager* zu ergänzen.

Und es gab noch viel, viel mehr. In dem großen Raum lagen zahllose tragbare Waffen, von kleinen Phasern bis hin zu schweren Desintegratoren, außerdem viele Geräte, deren Zweck nicht sofort ersichtlich wurde. Natürlich konnte nicht alles an Bord der *Voyager* gebracht werden, deren Lager nur begrenzten Platz boten. Ihnen blieb nichts anderes übrig, als eine Auswahl zu treffen, mit dem Ergebnis, daß sie fast nichts aus dem Depot des zweiten Televek-Kreuzers holten.

Als Janeway im Kommandosessel saß und die Liste der transferierten Gegenstände durchging, fand sie keinen Grund zur Klage.

»Das wär's«, sagte sie, lächelte zufrieden und gab den Datenblock B'Elanna zurück. Sie legte beide Hände flach auf die Armlehnen und blickte zum Hauptschirm, der Drenar Vier und die Sterne jenseits des Planeten zeigte. »Treffen Sie Vorbereitungen für die Initialisierung des Warpflugs.«

»Wollen Sie den Drenarianern noch einen Besuch abstatten, bevor wir dieses Sonnensystem verlassen?« fragte Chakotay, der links neben Janeway saß.

»Nein«, antwortete sie. »Wir sollten es nicht übertreiben. Ich möchte vermeiden, dem bereits erfolgten Verstoß gegen die Erste Direktive einen weiteren hinzuzufügen.«

»Wie Sie meinen, Captain«, sagte Chakotay.

Janeway seufzte leise, als sie den besonderen Tonfall des Commanders hörte. »Wir haben schon einmal darüber gesprochen, nicht wahr?«

»Mehrmals«, sagte Paris und blickte starr geradeaus.

»Es bleibt eine Frage, die sich nur schwer beantworten läßt«, kommentierte Tuvok. »Niemand von uns weiß, wieviel von der gegenwärtigen drenarianischen Zivilisation auf die Geister zurückgeht – oder auf jene Wesen, die die Geister schufen. Deshalb läßt sich kaum verifizieren, ob wir unverantwortlich gehandelt haben oder nicht, als wir den Untergang ihrer Kultur verhinderten.«

»So wie ich die Sache sehe …« Janeway musterte die Brückenoffiziere der Reihe nach. Chakotay und die anderen warteten geduldig, und sie holte tief Luft. »Ich hatte inzwischen Gelegenheit, gründlich über alles nachzudenken und die seltsamen, von den Geistern geschickten Visionen noch einmal Revue passieren zu lassen. Die Drenarianer sind davon überzeugt, daß eine uralte Gottheit sie besuchte, ihnen Herz und Seele für die Geister ihrer Vorfahren öffnete. Ich glaube, der sterbende Gott, der vor Äonen nach Drenar Vier kam, war eine fremde Entität, die über eine außerordentlich hochentwickelte Technik verfügte. Es könnte ein Geschöpf aus Energie gewesen sein, das vielleicht aus einer anderen Galaxis stammte. In der Vision, die uns allen zuteil wurde, sahen wir sein Raumschiff.«

»Ja, Captain«, sagte Tuvok. »Es wäre unlogisch, etwas anderes anzunehmen.«

»Ich bin ganz Ihrer Meinung«, ließ sich Chakotay vernehmen.

»Nun, ich weiß nicht, warum jenes Wesen Drenar Vier einen Besuch abstattete, aber es verbrachte recht viel Zeit bei den Einheimischen, fand Gefallen an ihnen und ihrer erstaunlichen Zivilisation. Vielleicht war es ebenso wie ich von der hohen Intelligenz der Drenarianer beeindruckt. Vermutlich lag die Entität damals im Sterben, und das Volk von Drenar Vier versuchte, ihr den Aufenthalt – die letzten Tage – so angenehm wie möglich zu machen. Für das Wesen können jene Bemühungen nicht mehr gewesen sein als Gesten, aber vermutlich wußte es sie zu schätzen.«

»Deshalb schuf es die Geister, bevor es den Planeten verließ«, warf Chakotay ein.

»Ja«, pflichtete ihm Janeway bei. »Es errichtete gewissermaßen einen Zaun um die Welt, aber einen, der zur Kultur der Drenarianer paßte, keinen negativen Einfluß auf sie ausübte.«

»Wie der Beschützer«, sagte Paris und stellte damit eine offensichtliche Verbindung her. »Auch er wollte ein von ihm gefundenes Volk schützen, die Ocampa. Allerdings aus anderen Gründen.«

»Vielleicht erhielt Drenar Vier Besuch vom zweiten Beschützer«, meinte Chakotay wie beiläufig – er schien diese Möglichkeit für nicht sehr wahrscheinlich zu halten.

»Ausgeschlossen ist das keineswegs«, erwiderte Janeway. »In den Visionen fehlten entsprechende Hinweise. Ich schätze, wir werden es nie erfahren.«

»Im Prinzip haben wir uns nicht anders verhalten als das unbekannte Wesen damals«, sagte Tuvok. »Wir gewährten den Drenarianern Schutz und achteten darauf, ihre Kultur so wenig wie möglich zu beeinflussen.«

Chakotay nickte. »Ja, das glaube ich auch.« Er wirkte jetzt sehr zufrieden.

»Trotzdem … Sie haben zumindest einen Teil ihrer Unschuld verloren.« Melancholie erklang in Janeways Worten. Sie hob den Kopf, begegnete den Blicken der Brückenoffiziere und bemerkte eine Sorge darin, die nicht nur ihr galt. »Aber ich glaube, sie haben sich ihr vielversprechendes Entwicklungspotential bewahrt.«

»Für Gegenwart und Zukunft«, fügte der Vulkanier hinzu.

Janeway nickte ihm zu. »Danke, Mr. Tuvok.«

»Es *war* richtig, den Drenarianern zu helfen«, beharrte Chakotay nachdenklich. »Wir durften sie nicht einfach im Stich lassen.«

»Man kann nur jeweils heute leben«, sagte Janeway, und der Hauch eines Lächelns umspielte ihre Lippen. »Bringen Sie uns fort von hier, Mr. Paris.«

Das Lächeln verschwand.

»Bringen Sie uns nach Hause.«

## STAR TREK™

in der Reihe
HEYNE SCIENCE FICTION & FANTASY

STAR TREK: CLASSIC SERIE

*Vonda N. McIntyre,* Star Trek II: Der Zorn des Khan · 06/3971
*Vonda N. McIntyre,* Der Entropie-Effekt · 06/3988
*Robert E. Vardeman,* Das Klingonen-Gambit · 06/4035
*Lee Correy,* Hort des Lebens · 06/4083
*Vonda N. McIntyre,* Star Trek III: Auf der Suche nach Mr. Spock · 06/4181
*S. M. Murdock,* Das Netz der Romulaner · 06/4209
*Sonni Cooper,* Schwarzes Feuer · 06/4270
*Robert E. Vardeman,* Meuterei auf der Enterprise · 06/4285
*Howard Weinstein,* Die Macht der Krone · 06/4342
*Sondra Marshak & Myrna Culbreath,* Das Prometheus-Projekt · 06/4379
*Sondra Marshak & Myrna Culbreath,* Tödliches Dreieck · 06/4411
*A. C. Crispin,* Sohn der Vergangenheit · 06/4431
*Diane Duane,* Der verwundete Himmel · 06/4458
*David Dvorkin,* Die Trellisane-Konfrontation · 06/4474
*Vonda N. McIntyre,* Star Trek IV: Zurück in die Gegenwart · 06/4486
*Greg Bear,* Corona · 06/4499
*John M. Ford,* Der letzte Schachzug · 06/4528
*Diane Duane,* Der Feind – mein Verbündeter · 06/4535
*Melinda Snodgrass,* Die Tränen der Sänger · 06/4551
*Jean Lorrah,* Mord an der Vulkan Akademie · 06/4568
*Janet Kagan,* Uhuras Lied · 06/4605
*Laurence Yep,* Herr der Schatten · 06/4627
*Barbara Hambly,* Ishmael · 06/4662
*J. M. Dillard,* Star Trek V: Am Rande des Universums · 06/4682
*Della van Hise,* Zeit zu töten · 06/4698
*Margaret Wander Bonanno,* Geiseln für den Frieden · 06/4724
*Majliss Larson,* Das Faustpfand der Klingonen · 06/4741
*J. M. Dillard,* Bewußtseinsschatten · 06/4762
*Brad Ferguson,* Krise auf Centaurus · 06/4776
*Diane Carey,* Das Schlachtschiff · 06/4804
*J. M. Dillard,* Dämonen · 06/4819
*Diane Duane,* Spocks Welt · 06/4830
*Diane Carey,* Der Verräter · 06/4848
*Gene DeWeese,* Zwischen den Fronten · 06/4862
*J. M. Dillard,* Die verlorenen Jahre · 06/4869
*Howard Weinstein,* Akkalla · 06/4879
*Carmen Carter,* McCoys Träume · 06/4898
*Diane Duane & Peter Norwood,* Die Romulaner · 06/4907
*John M. Ford,* Was kostet dieser Planet? · 06/4922
*J. M. Dillard,* Blutdurst · 06/4929
*Gene Roddenberry,* Star Trek (I): Der Film · 06/4942
*J. M. Dillard,* Star Trek VI: Das unentdeckte Land · 06/4943
*David Dvorkin,* Die Zeitfalle · 06/4996
*Barbara Paul,* Das Drei-Minuten-Universum · 06/5005

# STAR TREK™

*Judith & Garfield Reeves-Stevens,* Das Zentralgehirn · 06/5015
*Gene DeWeese,* Nexus · 06/5019
*D. C. Fontana,* Vulkans Ruhm · 06/5043
*Judith & Garfield Reeves-Stevens,* Die erste Direktive · 06/5051
*Michael Jan Friedman,* Das Doppelgänger-Komplott · 06/5067
*Judy Klass,* Der Boacozwischenfall · 06/5086
*Julia Ecklar,* Kobayashi Maru · 06/5103
*Peter Norwood,* Angriff auf Dekkanar · 06/5147
*Carolyn Clowes,* Das Pandora-Prinzip · 06/5167
*Diana Duane,* Die Befehle des Doktors · 06/5247
*V. E. Mitchell,* Der unsichtbare Gegner · 06/5248
*Dana Kramer-Rolls,* Der Prüfstein ihrer Vergangenheit · 06/5273
*Michael Jan Friedman,* Schatten auf der Sonne · 06/5179
*Barbara Hambly,* Der Kampf ums nackte Überleben · 06/5334
*Brad Ferguson,* Eine Flagge voller Sterne · 06/5349
*Gene DeWeese,* Die Kolonie der Abtrünnigen · 06/5375
*Michael Jan Friedman,* Späte Rache · 06/5412
*Peter David,* Der Riß im Kontinuum · 06/5464
*Michael Jan Friedman,* Gesichter aus Feuer · 06/5465
*Peter David/Michael Jan Friedman/Robert Greenberger,* Die Enterbten ·06/5466
*L. A. Graf,* Die Eisfalle · 06/5467
*John Vornholt,* Zuflucht · 06/5468
*L. A. Graf,* Der Saboteur · 06/5469
*Melissa Crandall,* Die Geisterstation · 06/5470
*Mel Gilden,* Die Raumschiff-Falle · 06/5471
*V. E. Mitchell,* Tore auf einer toten Welt · 06/5472
*Victor Milan,* Aus Okeanos Tiefen · 06/5473
*Diane Carey,* Das große Raumschiff-Rennen · 06/5474
*Diane Carey,* Kirks Bestimmung · 06/5476

STAR TREK: THE NEXT GENERATION
*David Gerrold,* Mission Farpoint · 06/4589
*Gene DeWeese,* Die Friedenswächter · 06/4646
*Carmen Carter,* Die Kinder von Hamlin · 06/4685
*Jean Lorrah,* Überlebende · 06/4705
*Peter David,* Planet der Waffen · 06/4733
*Diane Carey,* Gespensterschiff · 06/4757
*Howard Weinstein,* Macht Hunger · 06/4771
*John Vornholt,* Masken · 06/4787
*David & Daniel Dvorkin,* Die Ehre des Captain · 06/4793
*Michael Jan Friedman,* Ein Ruf in die Dunkelheit · 06/4814
*Peter David,* Eine Hölle namens Paradies · 06/4837

*Jean Lorrah,* Metamorphose · 06/4856
*Keith Sharee,* Gullivers Flüchtlinge · 06/4889
*Carmen Carter u. a.,* Planet des Untergangs · 06/4899
*A. C. Crispin,* Die Augen der Betrachter · 06/4914
*Howard Weinstein,* Im Exil · 06/4937

# STAR TREK™

*Michael Jan Friedman,* Das verschwundene Juwel · 06/4958
*John Vornholt,* Kontamination · 06/4986
*Mel Gilden,* Baldwins Entdeckungen · 06/5024
*Peter David,* Vendetta · 06/5057
*Peter David,* Eine Lektion in Liebe · 06/5077
*Howard Weinstein,* Die Macht der Former · 06/5096
*Michael Jan Friedman,* Wieder vereint · 06/5142
*T. L. Mancour,* Spartacus · 06/5158
*Bill McCay/Eloise Flood,* Ketten der Gewalt · 06/5242
*V. E. Mitchell,* Die Jarada · 06/5279
*John Vornholt,* Kriegstrommeln · 06/5312
*Laurell K. Hamilton,* Nacht über Oriana · 06/5342
*David Bischoff,* Die Epidemie · 06/5356
*Diane Carey,* Abstieg · 06/5416
*Michael Jan Friedman,* Relikte · 06/5419
*Michael Jan Friedman,* Die Verurteilung · 06/5444
*Simon Hawke,* Die Beute der Romulaner · 06/5413
*Rebecca Neason,* Der Kronprinz · 06/5414
*John Peel,* Drachenjäger · 06/5415
*Diane Duane,* Dunkler Spiegel · 06/5417
*Susan Wright,* Der Mörder des Sli · 06/5438
*W. R. Thomson,* Debtors Planet · 06/5439
*Michael Jan Friedman & Kevin Ryan,* Requiem · 06/5442
*Dafydd ab Hugh,* Gleichgewicht der Kräfte · 06/5443

STAR TREK: DIE ANFÄNGE
*Vonda N. McIntyre,* Die erste Mission · 06/4619
*Margaret Wander Bonanno,* Fremde vom Himmel · 06/4669
*Diane Carey,* Die letzte Grenze · 06/4714

STAR TREK: DEEP SPACE NINE
*J. M. Dillard,* Botschafter · 06/5115
*Peter David,* Die Belagerung · 06/5129
*K. W. Jeter,* Die Station der Cardassianer · 06/5130
*Sandy Schofield,* Das große Spiel · 06/5187
*Lois Tilton,* Verrat · 06/5323
*Diane Carey,* Die Suche · 06/5432
*Esther Friesner,* Kriegskind · 06/5430
*Melissa Scott,* Der Pirat · 06/5434
*Nathan Archer,* Walhalla · 06/5512
*Greg Cox/John Gregory Betancourt,* Der Teufel im Himmel · 06/5513
*Robert Sheckley,* Das Spiel der Laertianer · 06/5514

STAR TREK: STARFLEET KADETTEN
*John Vornholt,* Generationen · 06/6501
*Peter David,* Worfs erstes Abenteuer · 06/6502
*Peter David,* Mission auf Dantar · 06/6503
*Peter David,* Überleben · 06/6504

# STAR TREK™

*Brad Strickland,* Das Sternengespenst · 06/6505
*Brad Strickland,* In den Wüsten von Bajor · 06/6506
*John Peel,* Freiheitskämpfer · 06/6507
*Mel Gilden & Ted Pedersen,* Das Schoßtierchen · 06/6508
*John Vornholt,* Erobert die Flagge! · 06/6509
*V. E. Mitchell,* Die Atlantis Station · 06/6510
*Michael Jan Friedman,* Die verschwundene Besatzung · 06/6511
*Michael Jan Friedman,* Das Echsenvolk · 06/6512
*Diane G. Gallagher,* Arcade · 06/6513
*John Peel,* Ein Trip durch das Wurmloch · 06/6514
*Brad & Barbara Strickland,* Kadett Jean-Luc Picard · 06/6515

STAR TREK: VOYAGER
*L. A. Graf,* Der Beschützer · 06/5401
*Peter David,* Die Flucht · 06/5402
*Nathan Archer,* Ragnarök · 06/5403
*Susan Wright,* Verletzungen · 06/5404
*John Betancourt,* Der Arbuk-Zwischenfall · 06/5405
*Christie Golden,* Die ermordete Sonne · 06/5406
*Mark A. Garland & Charles G. McGraw,* Geisterhafte Visionen · 06/5407
*S. N. Lewitt,* Cybersong · 06/5408

DAS STAR TREK-UNIVERSUM, 2 Bde.,
**überarbeitete und aktualisierte Neuausgabe!**
von *Ralph Sander* · 06/5150

DAS STAR TREK-UNIVERSUM, Ergänzungsband
von *Ralph Sander* · 06/5151

*William Shatner/Chris Kreski,* Star Trek Erinnerungen · 06/5188
*William Shatner/Chris Kreski,* Star Trek Erinnerungen: Die Filme · 06/5450

*Phil Farrand,* Cap'n Beckmessers Führer durch
STAR TREK – DIE NÄCHSTE GENERATION · 06/5199
*Phil Farrand,* Cap'n Beckmessers Führer durch
STAR TREK – DIE CLASSIC SERIE · 06/5451

*Ralph Sander,* Star Trek Timer 1997 · 06/1997
*Nichelle Nichols,* Nicht nur Uhura · 06/5547
*Leonard Nimoy,* Ich bin Spock · 06/5548
*Lawrence M. Krauss,* Die Physik von Star Trek · 06/5549
*J. M. Dillard,* Star Trek: Wo bisher noch niemand gewesen ist · 06/6500
*Judith & Garfield Reeves-Stevens,* Star Trek – Deep Space Nine:
Die Realisierung einer Idee · 06/5550
*Judith & Garfield Reeves-Steven,* Star Trek Design · 06/5545
*Aris Kazidian & Bruce Jacoby,* Das Star Trek Kochbuch · 06/5546

Diese Liste ist eine Bibliographie erschienener Titel
KEIN VERZEICHNIS LIEFERBARER BÜCHER!